U0538788

「張看」現代
——張愛玲的「新文學」(1917～1949) 閱讀史研究

李璐 著

序言

文學武

（上海交通大學長聘教授，中國國家社科基金重大項目首席專家）

　　前段時間和李璐同學微信聊天，她告訴我，她的碩士論文即將在台灣出版。作為她曾經的導師，我在為她高興的同時也暗暗吃驚，畢竟在今天很多學者都在感慨出書難的時代，她還在求學期間就把自己的學術著作附諸出版，比起同輩人，這無疑是一個很高的學術起點。

　　李璐同學本科就讀於西安交通大學，然後通過推免的方式進入上海交通大學人文學院攻讀中國現當代文學專業。在讀期間，李璐同學給我留下最深的印象就是學習非常自覺、刻苦，除了上課，她的時間基本是在圖書館度過的。當別的同學還在沈迷於遊戲、嬉鬧的時候，她總是把精力用於閱讀和思考，這種沈浸於知識的恬靜與從容讓人羨慕，也讓人佩服。正因為這樣，她在整個碩士學習過程中學業成績十分突出，不止一位老師曾在我面前稱讚過她。正是靠這樣的勤奮自律，她碩士論文寫出了十幾萬字的精彩文稿，這在我校碩士論文歷史上極為罕見，得到了各位答辯委員的很高評價。

　　李璐即將出版的《「張看」現代——張愛玲的「新文學」

（1917～1949）閱讀史研究》，是一部頗見學術功力、見解獨到、構思縝密的著作。眾所周知，張愛玲的研究是當今華語文學中的一門顯學，許多知名學者投入了大量精力，其取得的成果有目共睹。這也決定了張愛玲研究又是一種挑戰，擺在研究者面前最大的問題恐怕就是如何運用新的手段和方法，避免張愛玲研究中的陳陳相因。對此，李璐有清醒的認識，也深知自己研究的難度。為了在前人研究的基礎上更進一步，李璐綜合運用了西方閱讀史和中國文獻學的方法。在談到這種方法的優點時，作者說：「選取新方法，即西方『閱讀史』（History of Reading）和中國現代文學文獻學的研究方法中西合璧。參照研究魯迅、周作人等中國現代作家閱讀史的步驟，將張愛玲個體的閱讀行為、閱讀過程、閱讀經驗、閱讀習慣、閱讀觀念以及閱讀對她本人產生的影響等作為研究對象，追尋張愛玲閱讀書目的同時，涉及對這些書籍的來源、時代傳播，以及現代中國讀者群體閱讀活動的探討，有助於推動『張學』領域的進一步擴大。」大量事實證明，有生命力的學術就在於新方法的運用。如當年的斯達爾夫人（Madame de Staël）對社會學方法的運用，弗洛伊德（Sigmund Freud）對精神分析學方法的運用、弗萊（Northrop Frye）的原型批評、瑞恰茲（Ivor Armstrong Richards）和艾略特（Thomas Stearns Eliot）為代表的新批評、拉康（Jacques Lacan）的結構主義批評等等都曾經產生過重大影響。而興起於西方的閱讀史研究方法這些年在大陸也越來越得到關注，因為閱讀史研究具有社會史、文化史、思想史等多種屬性，屬於交叉學科，因而具有較強的生命力。一些學者借助這種方法研究魯迅、周作人、沈從文等作

家，得到較好的效果。李璐的著作詳細呈現了張愛玲人生中三個不同階段閱讀的全貌，分析了各個階段的特點和不同階段的變化，這樣就在讀者面前打開了一幅張愛玲的閱讀版圖，清晰而又細緻。這種方法在張愛玲的研究中還是很少見的，應該說本書有開拓之功和方法論的價值，推進了張愛玲的研究。

由於張愛玲在現代文壇獨特的地位和傳奇的人生經歷，這就要求作者放大自己的視野，跳出單純的張愛玲的個人經驗，而把研究脈絡延伸到更為廣闊的天地。批評家勃蘭兌斯（Gerog Brandes）說，「一本書，如果單純從美學的觀點看，只看做是一件藝術品，那麼它就是一個獨自存在的完備的整體，和周圍的世界沒有任何聯繫。但是如果從歷史的觀點看，儘管一本書是一件完美、完整的藝術品，它卻只是從無邊無際的一張網上剪下來的一小塊。」（勃蘭兌斯：《十九世紀文學主流》第1分冊，第2頁，人民文學出版社1997年版。）既然是網狀結構，張愛玲必然與中國其他的作家、媒介、讀者等發生聯繫。為此，李璐的著作專門闢出了一章，分析作為批評家的張愛玲對中國現代眾多作家的評價，從中可以看出張愛玲的藝術鑑賞能力和閱讀偏好。在分析張愛玲的作品時，作者濃墨重彩地論述了她對張恨水、丁玲、魯迅等作家的借鑑和吸收，這充分說明李璐對中國新文學版圖的瞭然於胸。不僅如此，作者對當今盛行的各種文學理論和研究方法也頗為關注，幫助她生發出一些有趣的張愛玲解讀觀點。

近些年來，隨著大陸一度十分盛行的「以論代史」研究方法的被拋棄，越來越多的學者開始強調史料在現代文學研究中的地位。

李璐的這本著作在史料的考證和發掘上下了很大的功夫，這正是一個學者嚴謹治學精神的體現。在緒論中，作者廣泛搜集、幾乎窮盡了前人所有的張愛玲研究資料，正是透過大量的前人研究成果，李璐找到了自己的研究突圍方向。作者在書稿中對前人不輕易盲從，也不輕易否定，體現出良好的學術素養。可貴之處還在於，在自己使用材料的時候，從來都是小心翼翼加以考證，保證第一手資料的可靠，這樣就避免了空泛之論，也最大程度保證了該書稿的學術質量。特別是作者在考證張愛玲赴溫州見胡蘭成的部分，很有說服力，可以說解決了張愛玲研究學術史上不少人所忽視的盲點。

該書稿還有不少優點，如對新材料的發現、對學術權威的質疑、新觀點的提出等，在此不一一贅述。當然，在我看來，書稿也還有一些可以改進的地方，只從三個角度分析張愛玲的閱讀史，篇幅稍顯單薄；對張愛玲閱讀的局限性反思較少。但無論如何，李璐作為一個十分年輕的學者，她的著作為張愛玲研究又增添了一塊厚重的基石，也預示著一個更加遠大前程的到來。

當年，我的導師為我的書寫序，鼓勵有加；光陰荏苒，而今我又為我曾經的學生著作寫序。為此我感到十分欣慰和自豪，算是盡了作為導師的一點小小義務和責任，這也可以看作學術的一種薪火相傳吧。有李璐這樣癡迷學術的青年在，中國的學術未來可期。預祝她的學術研究更上一層樓。

2024年11月25日

目次

序　言　　　　　　　　　　　　　　　　　　　　　　　003

緒　論　　　　　　　　　　　　　　　　　　　　　　　009
　　第一節　研究緣起與意義　　　　　　　　　　　　　009
　　第二節　研究綜述（1943～2024）　　　　　　　　　013
　　第三節　研究方法與內容　　　　　　　　　　　　　032

第一章　新文學閱讀者張愛玲　　　　　　　　　　　　　039
　　第一節　張愛玲的中國近現代文學
　　　　　　（1840～1949）閱讀史彙編　　　　　　　　043
　　第二節　視野與選擇：張愛玲的新文學閱讀史分期　　061

第二章　嵌套與重述：張愛玲小說中的新文學閱讀者　　　084
　　第一節　「張恨水小說裏的人」　　　　　　　　　　087
　　第二節　符號化的新文學　　　　　　　　　　　　　099
　　第三節　農村書寫中的丁玲閱讀者　　　　　　　　　109
　　第四節　自傳體小說三部曲中的魯迅閱讀者　　　　　131

第三章　對話與定位：張愛玲的新文學評論　　　　　　　　　150
　　　第一節　回絕「躋身於魯迅老舍等之列」：
　　　　　　　「張看」《新青年》、《小說月報》作家　　　　　152
　　　第二節　「決不會同意編入一本女作家選集」：
　　　　　　　「張看」中國現代女作家　　　　　　　　　　　164
　　　第三節　「不高不低」：「張看」自我　　　　　　　　　173

結　語　　　　　　　　　　　　　　　　　　　　　　　　179

參考文獻　　　　　　　　　　　　　　　　　　　　　　　184

緒論

第一節　研究緣起與意義

張愛玲（Eileen Chang, 1920～1995），在1940年代的上海暴得大名，八十餘年後的今天，仍然在華語世界保持著她的地位和影響力，她的讀者對她的著迷，相較上個世紀而言有過之而無不及。張愛玲研究也一度成為海內外文學系學子的熱門選題，關於她的創作與人生經歷，已經被書寫到無以復加的地步，可以說，沒有什麼新的方法和話題是研究者放棄「套用」到張愛玲身上的，各種各樣的理論話語，現代性（Modernity）、精神分析（Psychoanalysis）、女性主義（Feminism）、原型批評（Archetypal Criticism）、敘事學（Narratology）、符號學（Semiotics）、結構主義（Structuralism）、解構（Deconstruction）、商品拜物教（Commodity Fetishism）、後殖民主義（Post-colonialism）……都在張愛玲研究中找到了用武之地。張愛玲作品裡所描寫的，和她自己真實生活中的衣食住行等種種細節，現在仍被學者們樂此不疲地重複著探尋，儘管研究對象和結論往往是同質性的。選擇研究張愛玲，首先面臨的詰問是，時至今日，「張學」還剩下多少研究空

間，研究過程中又如何避免「炒冷飯」的發生？

　　本書的研究意義便是立足於這兩個基本質疑。將張愛玲的中國新文學（1917～1949）閱讀史作為研究課題，第一，選取新方法，即西方「閱讀史」（History of Reading）和中國現代文學文獻學的研究方法中西合璧。參照研究魯迅、周作人等中國現代作家閱讀史的步驟，將張愛玲個體的閱讀行為、閱讀過程、閱讀經驗、閱讀習慣、閱讀觀念以及閱讀對她本人產生的影響等作為研究對象，追尋張愛玲閱讀書目的同時，涉及對這些書籍的來源、時代傳播，以及現代中國讀者群體閱讀活動的探討，有助於推動「張學」領域的進一步擴大。

　　在開始研究之前，需要特別說明的是，張愛玲閱讀的書籍並不能完整地代表她的「閱讀史」，廣義的「閱讀史」研究還應囊括對其閱覽過的畫作，觀賞過的電影、傳統戲劇、現代話劇、電視節目，收聽過的廣播、音樂等的蒐集整理。但為了集中探討張愛玲與她所身處、被滋養，並反過來形成反饋與影響的中國新文學的關係，考慮到研究方案的可行性，在繼承或反叛的空洞概括之下找尋出一條踏實有據的路徑，本書中的「中國新文學閱讀史」僅以書籍這一物質載體為中心，基本不討論其他媒介。同時將「新文學」縮小範圍為1917年到1949年之間的中國大陸現代文學，包含小說、詩歌、散文、劇本等各種文體，以及張愛玲在譯者語境中，而非在外國原作者語境中提及的翻譯作品，基本不牽涉在張愛玲離開中國之後發展壯大的當代文學領域，基本不關聯「華語語系」（Sinophone）文學等概念和系統。針對眾所周知的張愛玲個人對於

現代通俗文學的閱讀偏好，以及通俗文學與新文學構成互補關係的文學史共識，「新舊折中」、「雅俗合參」的現代通俗文學也被納入研究範圍之中，但是在探究張愛玲對現代書籍的閱讀、改寫和評論時，本書將以張恨水為代表的現代通俗文學與新文學都視為她的創作素材，並不側重張愛玲對它們不同的談論態度和處理方式。

第二，使用新材料。2020年是張愛玲的百年誕辰，因此催生了一大批相關研究專著，史料方面包括她與宋淇、鄺文美的736封來往書信的結集出版，陳子善等專家學者的史料整理的出版，還有兩岸三地諸多回憶文章的發表。結合已有的文獻，即張愛玲的書信、自傳體小說和其他小說、劇本、散文中所有有關閱讀的文字記錄；她在「女作家聚談會」、「『傳奇』集評茶會」、「納涼會」上，以及與蘇青、水晶、殷允芃等人的對談中提及或評點的中國現代作家、作品；和張子靜、張茂淵、胡蘭成、李開第、夏志清、莊信正、宋淇、鄺文美、胡適、王禎和、麥卡錫（Richard M. McCarthy）、蘇偉貞、丘彥明、林式同、平鑫濤、姚宜瑛、桑品載、周瘦鵑、柯靈等與張愛玲交遊過的人回憶她閱讀、接觸的新文學、現代通俗文學，本書企圖整理歸納張愛玲長達一生的新文學閱讀史，並根據文本內容推測閱讀時間，推斷她在不同時期的閱讀偏好、轉向、原因，既有利於推進對張愛玲其人的研究，也為之後探索張愛玲全面完整的「閱讀史」填補一塊重要拼圖。

具體說來，本書通過分析張愛玲小說中關於魯迅、五四新文學、張恨水、丁玲的描繪和作者意圖，論述這些現代文學對張愛玲創作的影響，為將她與其他中國現代作家進行對比研究提供了「張

看」的依據，防止研究的主觀武斷傾向，有益於更深層次成果的得出。而且，本書的研究對象張愛玲除了讀者、職業作家，還兼具文論家身份，通過分析她中國現代文學批評的特點，與同時代大陸評論風氣的異同，可以拓展將其抽象化，昇華進入中國文論的可能性。最後，從1940年代張愛玲在上海一炮而紅的時候開始，東方蝃蝀就透過現象看到了她「無處安放」的本質：「她的小說集子《傳奇》在百新書店出售就顯得有些尷尬，它擠在張恨水《似水流年》的旁邊好像不大合適，擠到《家》、《春》、《秋》一起當然更合不到一起。正如熱鬧的宴會裡，來了個不速之客，主人把他介紹到這邊一堆人也話不投機，介紹到那堆人去也格格不入，可是仔細端詳一下，他與二堆人都很熟悉，卻都那樣冷漠。」[1]柯靈的〈遙寄張愛玲〉中也有一句名言：「偌大的文壇，哪個階段都安放不下一個張愛玲。」[2]「無處安放」，既是一種抒情的文學表述，也象徵著張愛玲的獨特性，但事無孤立，本書以張愛玲的新文學閱讀史為入口，從她與其他中國現代作家的客觀聯繫、學理對比，以及她對他們的批評、評論出發，總結張愛玲與中國新文學的關係，為安放張愛玲的文學、歷史價值提供來自閱讀史視角的嘗試。

---

[1] 東方蝃蝀，〈張愛玲的風氣〉，陳子善編，《閱讀張愛玲書系4：張愛玲的風氣──1949年前張愛玲評說》（濟南：山東畫報出版社，2004），頁53。
[2] 柯靈，〈遙寄張愛玲〉，《香港文學》第2期（1985.2），轉引自柯靈，《煮字生涯》（太原：山西人民出版社，1986），頁161。柯靈的這篇文章有多次刪改，據陳子善考，《煮字生涯》的這一版收錄〈遙寄張愛玲〉的初版本，見陳子善，〈關於《遙寄張愛玲》的一封信〉，《不為人知的張愛玲》（北京：商務印書館，2021），頁217～220。

第二節　研究綜述（1943～2024）

一、「張學」文獻回顧

　　對於張愛玲的研究，因其之多、之盛，被許多學者（鄭樹森、劉紹銘、陳子善、許子東、李歐梵、高全之等）簡稱為「張愛玲學」（「張學」），甚至與「紅學」相並立。尤其是從她1995年去世以來，海內外接連不斷地出版張愛玲傳記、研究專著、評論和史料彙編，報刊、網路上的討論更是眾聲喧嘩、熱鬧非凡。無怪乎陳子善感嘆道：「『張愛玲學』如此迅速地成為顯學，在二十世紀中國作家研究中，大概也只有『魯迅學』差可比擬」。[3] 王德威也說，「五四以來，作家以數量有限的作品，而能贏得讀者持續的支持者，除魯迅外，惟張愛玲而已」。[4] 回顧「張學」，可以將其粗略分為三個板塊，第一版塊為1943年至1949年的中國報刊即時評論，第二版塊為1960年至1980年的美國、港台「張學」，第三版塊為1980年代至今，包括中國大陸在內的全球「張學」。

　　首先是1943年至1949年的中國報刊即時評論，也是張愛玲初登上海文壇的時期。在很長一段時間內，讀者們一直誤以為上個世

---

[3] 陳子善，〈前言〉，陳子善編，《閱讀張愛玲書系4：張愛玲的風氣——1949年前張愛玲評說》（濟南：山東畫報出版社，2004），頁1。
[4] 王德威，〈張愛玲成了祖師奶奶（代序）〉，《閱讀張愛玲書系3：落地的麥子不死——張愛玲與「張派」傳人》（濟南：山東畫報出版社，2004），頁1。

紀40年代的張愛玲研究乏善可陳，只有迅雨（傅雷）的〈論張愛玲的小說〉、胡蘭成的〈評張愛玲〉、譚正璧的〈論蘇青及張愛玲〉[5]寥寥幾篇評論，海峽兩岸出版的標題各樣的多本「張愛玲研究資料」在這方面收錄的文章也十分有限。陳子善的《張愛玲的風氣——1949年前張愛玲評說》、《不為人知的張愛玲》，和肖進的《舊聞新知張愛玲》等[6]史料整理的出版彌補了這一方面的空白，為系統梳理「張學」源頭提供了線索。

《張愛玲的風氣》收集了1944年至1949年間散落於報刊中的對於張愛玲的評介，根據主題分為「綜論」、「小說散文評說」和「話劇電影評說」三個部分，除了人們所熟悉的胡蘭成、迅雨、譚正璧，評論者還有著名的漢學家柳存仁、作家東方蝃蝀（李君維）、蘇青、李健吾、陳蝶衣、章品鎮、馬博良（馬朗）、詩人沈啟無、主編周瘦鵑、戲劇家洪深、翻譯家董樂山、歷史學家吳小如[7]……幾乎遍及各個文藝領域。陳子善於2021年出版的《不為人知

---

[5] 迅雨，〈論張愛玲的小說〉，《萬象》第3卷第11期（1944.5），頁48～61；胡蘭成，〈評張愛玲〉，《雜誌》第13卷第2期（1944.5），頁76～81，《雜誌》第13卷第3期（1944.6），頁79～82；譚正璧，〈論蘇青及張愛玲〉，《風雨談》第16期（1944.12～1945.1），頁63～67。書中現代中文報刊信息均來自上海圖書館，「全國報刊索引」數據庫（https://www.cnbksy.com/login），2024年12月10日查詢，後不再註。

[6] 還有梁慕靈編著的《想像與形塑——上海、香港和台灣報刊中的張愛玲》（台北：秀威資訊，2022）一書，除了編目、節選1943年至1949年中國報刊中有關張愛玲的報導，與陳子善、肖進的整理基本重合，還附錄了五則40年代上海報紙中的張愛玲廣告，在導讀中也提到1952年以後的香港、台灣報章中的張愛玲評論，可以作為補充。

[7] 陳子善編，《閱讀張愛玲書系4：張愛玲的風氣——1949年前張愛玲評說》（濟南：山東畫報出版社，2004）。

的張愛玲》又補充進翻譯家周班侯、滿濤、《雜誌》編輯、作家關露、邵洵美、王蘭兒、報人唐大郎、沈葦窗等的論述。[8]不難看出,與張愛玲在上海聲名鵲起相伴的是,文學批評界及時且充分的關注、回應、評論,即使到了抗日戰爭勝利(1945)後,張愛玲的影響力逐漸下降,遠在北平的吳小如還在繼續撰寫評論文章。在這些長短不一的評論中,既有褒獎讚譽,也有質疑否定,其中所討論的話題與角度,比如張愛玲小說的技巧、題材、人物、意象、象徵手法、心理描寫,與西方小說、《紅樓夢》等中國古典小說的關係,與魯迅、蘇青、張恨水、巴金等現代作家的對比⋯⋯已有1960年代之後「張學」的雛形,大多數觀點直至今日仍未過時,並且極具啟發性。值得注意的是,由於其中大多數評論者和張愛玲共同生活在上世紀40年代的社會文化氛圍中,而且基本都在淪陷區,所以他們評論生成的語境,也是張愛玲文本生成的語境。一部分評論者和張愛玲本人還有過交往,當面進行過文藝探討,親歷了她小說、散文的發表和出版,觀看了改編自張愛玲小說的話劇的排演,和她編寫的電影的上映,親眼目睹了張愛玲在各大報刊上的走紅。因此,他們的評說正是在「張愛玲的風氣」中形成,也集中代表了當時的「張愛玲風氣」,他們評說的現場性和即時性,以及關於作家本人論述的真實性,是後來的研究望塵莫及的。

　　肖進的《舊聞新知張愛玲》分為三輯,第一輯為「20世紀40年代小報中的張愛玲」,一共八十多篇,遍及十一種小報,撰稿者

---

[8]　陳子善,《不為人知的張愛玲》(北京:商務印書館,2021)。

多是當時的小報文人,既然物質載體是小報,商業性、零碎性和聳人聽聞的噱頭便在所難免,真實性和專業性也無法得到保障。其中的內容既包括富含史料價值的資訊鉤沉,也不乏借由名人八卦賺取稿費的無聊之作。這一輯又細分為五章,「平襟亞與張愛玲」完整呈現了張愛玲與《萬象》雜誌社的金錢糾紛,是研究〈連環套〉的中斷不可忽視的材料。「女作家的面孔」則將張愛玲與民國的諸多女作家:蘇青、顏潔、潘柳黛、冰心、白薇、謝冰瑩、關露、林徽因、綠漪、陳學昭、丁玲……作以比較,雖然評論多是印象化的句子,主觀色彩濃厚,但卻表明將張愛玲放在中國現代女作家的譜系中進行討論並非女性主義浪潮風靡全球之後的獨創,張愛玲初登文壇之時,就憑藉與其他女性作家不同的創作特點而引發讀者和批評者們自覺的對比。「關於《傾城之戀》」是對1944年張愛玲的小說改編成話劇時,台前幕後的各種細節的曝光。「論奇裝異服」與「見一見張愛玲」則是對張愛玲的服裝、婚戀和生活癖好的討論。[9] 如果說傅雷、柳存仁等人的文章是日後嚴肅地進行張愛玲學術研究的源頭,那麼上個世紀40年代的小報對於張愛玲私人生活的熱切議論和真實性存疑的編撰則是對於她繪畫作品、服飾設計、人際交往、家世、戀情等文化研究和史料挖掘的源頭,也是開展張愛玲通俗化研究的源頭。

除了報刊上的個人評論,還有一種更具現場性的史料表現出1940年代張愛玲研究的獨特之處,那就是作家座談會,一般由雜誌

---

[9] 肖進編著,《舊聞新知張愛玲》(上海:華東師範大學出版社,2009)。

社牽頭,讓作家們相互評價,介紹自己的靈感來源與創作經驗,談論對諸如婚姻、婦女等議題的看法,有時還會另外邀請幾位文藝評論家、編輯、明星。這方面留存的記錄有《雜誌》主辦的〈女作家聚談會〉、〈「傳奇」集評茶會記〉、〈蘇青張愛玲對談記〉、〈納涼會記〉[10],在這四次座談會中,張愛玲明確提出了對蘇青、丁玲等作者的看法,可以作為她批評文章的補充。

與第一板塊相比,1960年至1980年的美、港、台「張學」,已經有不少學者予以總結,並且脈絡清晰,對例如夏志清、水晶、唐文標等學者於「張學」的貢獻也基本取得共識。1961年,夏志清的《A History of Modern Chinese Ficition 1917～1957》初版,首次將張愛玲寫入文學史,並給予她極高的文學史地位,認為:「張愛玲該是今日中國最優秀最重要的作家。僅以短篇小說而論,她的成就堪與英美現代女文豪如曼殊菲兒(Katherine Mansfield)、泡特(Katherine Anne Porter)、韋爾蒂(Eudora Welty)、麥克勒斯(Carson McCullers)之流相比,有些地方,她恐怕還要高明一籌。」[11]事實上,在《中國現代小說史》英文版發表之前,有關張愛玲的章節已經被夏濟安翻譯為〈張愛玲的短篇小說〉和〈評《秧歌》〉,1957年刊登在當時台灣最重要的文學刊物《文學雜誌》

---

[10] 〈女作家聚談會〉,《雜誌》第13卷第1期(1944.4),頁49～57;〈「傳奇」集評茶會記〉,《雜誌》第13卷第6期(1944.9),頁150～155;〈蘇青張愛玲對談記〉,《雜誌》第14卷第6期(1945.3),頁78～84;〈納涼會記〉,《雜誌》第15卷第5期(1945.8),頁67～72。

[11] 夏志清著,劉紹銘等譯,《中國現代小說史》(香港:香港中文大學出版社,2001),頁335。

上，引起了台北文學界的震動。除了對張愛玲的評鑑與定位之外，夏志清在研究方法方面，也有「開山闢路」[12]之功，他利用西方「新批評」（New Criticism）和利維斯（F. R. Leavis）的理論，指出張愛玲能夠對中西的文化傳統雅俗共賞，並用「華麗」一詞概括張愛玲小說的豐富意象，用「蒼涼」一詞總結張愛玲小說的創作意圖。同時談到張愛玲心理描寫細膩，觀察態度老練客觀，認為張愛玲是徹底的悲觀主義者，擁有「一種非個人的深刻悲哀」。[13]他還肯定了弗洛伊德（Sigmund Freud）、西方小說和中國舊小說對於張愛玲的影響⋯⋯這些論點，在之後的「張學」中被反覆引用，作為張愛玲小說的分析指南。夏志清的張愛玲研究，儘管有時顯得論斷居多而缺乏論證，枝蔓龐雜而嚴謹不足，他對張愛玲的極高評價也並未得到普遍贊同，但他無疑激發了人們閱讀和談論張愛玲的極大興趣，港台和北美掀起「張愛玲熱」，夏志清應居首功。

繼承了夏志清對張愛玲文學史地位的肯定，1970年代的「張學」不得不提水晶。他從1967年開始評論張愛玲，在1973年去往美國登門拜訪，寫出〈蟬——夜訪張愛玲〉，是年秋出版《張愛玲的小說藝術》，名聲大振。水晶的張愛玲研究，不僅有綜合性論述，還有對短篇小說的深入解讀，尤見其功力的是他剖析〈傾城之戀〉的神話結構，〈桂花蒸 阿小悲秋〉的道德課題，〈金鎖記〉的電影特徵，〈茉莉香片〉的自傳性，〈沉香屑・第一爐香〉的人物

---

[12] 鄭樹森，〈夏公與張學〉，劉紹銘，梁秉鈞，許子東編，《閱讀張愛玲書系1：再讀張愛玲》（濟南：山東畫報出版社，2004），頁4。
[13] 夏志清著，劉紹銘等譯，《中國現代小說史》（香港：香港中文大學出版社，2001），頁338。

「潛意識」，〈鴻鸞禧〉的意象運用，〈紅玫瑰與白玫瑰〉的男性心理的部分。他對張愛玲短篇小說中「鏡子」意象的統計和詮釋，將她與亨利・詹姆斯（Henry James）等西方作家的對比也相當精彩。水晶還精確指明：「張愛玲的小說外貌，乍看起來，似是傳統章回小說的延續，其實她是貌合而神離；她在精神和技巧上，還是較近西洋的」，[14]提出了與夏志清不同的見解（夏認為影響張愛玲最深的是中國舊小說）。水晶的文字，較之夏志清，少了一些政治色彩，更多的是討論文學作品本身，為日後的「張學」打下了堅實的基礎。既是「張迷」，又是「張學」學者的，在70年代的台灣還有唐文標作為代表，他在資料蒐集和作品研讀方面都作了大量扎實的工作。他所編纂的《張愛玲資料大全集》和《張愛玲卷》等書，搜列了與張愛玲有關的文字、圖片材料，並進行編年，為張愛玲研究提供了珍貴和翔實的材料。但與史料收集蘊藏的痴迷態度相悖的是唐文標在《張愛玲研究》一書中對她的嚴厲批評，他認為張愛玲只是「趣味主義」地描寫她所熟悉的腐朽、衰敗、荒涼、黑暗的「死世界」，缺乏「道德的批判」，[15]以寫實主義的社會功能和功利性為標準，唐文標還指出張愛玲揭露的世界過於病態和陰暗，這些看法遭到了許多評論者的反對。水晶和唐文標一褒一貶的評價，一定程度上也可以反映出當時台灣批評家的歧見。

張愛玲從40年代在上海走紅開始，就是一位具有爭議性的作家，她在革命文學與日偽文學並存的淪陷區名聲大噪，游走於新與

---

[14] 水晶，《張愛玲的小說藝術》（台北：大地出版社，1985），頁170。
[15] 唐文標，《張愛玲研究》（台北：聯經出版事業公司，1983），頁41～65。

舊、通俗與嚴肅之間,雖然自認對政治持疏離態度,卻因為並不「清白」的社交關係和很少公開表明立場而被質疑「身份」。儘管夏志清對張愛玲的重新打撈掀起海外的「張愛玲熱」,並隨即湧現大批「張迷」,但在港台,尤其在台灣,張愛玲的地位和評價並不是一錘定音的,而是與她最初在上海突然風靡時的情形一樣,飽受非議。譬如發生在1970年代的「張愛玲現象」的締造者夏志清、張愛玲的擁躉水晶與台灣作家林柏燕之間的爭論,唐文標與朱西寧、宋淇之間的論爭,1978年,張愛玲在《皇冠》雜誌發表新作〈色,戒〉,又在台灣掀起了關於張愛玲的「漢奸之辯」。值得注意的是,在回顧1960年至1980年港台、美國「張學」的奠基之作以及種種觀點、方法的時候,不能忽視時代背景和政治因素的影響。事實上,夏志清的《中國現代小說史》本是為「供美國軍官參閱之用」而編寫的「中國手冊」:「那時是韓戰時期,美國政府原則上是很反中共的」,夏志清也說「我自己一向也是很反共的」,[16]因此他的張愛玲研究擁有明確的政治立場,他對《秧歌》的評價之高也不能說完全是因為其文學價值。至於在台灣興起的關於張愛玲的論爭,背後全都有著當時當地社會文化因素的驅動,例如陳芳明指出林柏燕與水晶爭辯的時代成因:「水晶的《張愛玲的小說藝術》出版於1973年,當時台灣社會正處於內外動盪的局面。台灣知識分子都孕育一股強烈的危機意識,也因此對台灣本土文化保持著前所未有的關切……當時台灣作家的美學無非是建基於台灣的現實環境之上,

---

[16] 夏志清,〈作者中譯本序〉,夏志清著,劉紹銘等譯,《中國現代小說史》(香港:香港中文大學出版社,2001),頁xxxiiv~xxxiv。

同時文學思潮也偏向於寫實主義的表現。因此，對來自海外學者的文學批評，也相對地具備了高度的敏感。」[17]以林柏燕為代表的台灣作家、文評家堅信，台灣如果要發展本土的、現實主義的文學，就必須對張愛玲這種外來的、對本土文學和文化方向產生影響的作者有所警惕，林柏燕提出一些台灣作家並不遜色於張愛玲就是這種態度的直接體現：「如果今天把姜貴、朱西寧、司馬中原、鍾肇政、黃春明的其中一些作品翻譯出去，個人深信，絕不致於比張愛玲差到那裏」。[18]總之，在政治與文學的纏繞中，去蕪存菁，保留美、港、台「張學」的文學本體部分，而非不加分辨地沿著前人的路徑走，是在「張學」已經發展了六十多年後的現在應該做到，並時刻警覺的事情。

最後一個板塊是1980年代以來的全球「張學」。相比於港台的「熱火朝天」，1950年代初到之後差不多三十年的時間裡，張愛玲在中國大陸銷聲匿跡，也不曾出現在任何文學史著述中。80年代初，她如同「出土文物」，浮出歷史地表，不過那時還未重新走紅，只是受到「專業閱讀」的默默關注。溫儒敏和戴錦華等學者都曾回憶過自己在70年代末80年代初的大學圖書館閱讀塵封已久的《傳奇》的情景，溫儒敏形容為：「驟然改變了我們的『文學史觀』。初接觸張愛玲非常個性化的描寫，所產生的那種藝術感

---

[17] 陳芳明，〈張愛玲與台灣文學史的撰寫〉，楊澤編，《閱讀張愛玲》（桂林：廣西師範大學出版社，2003），頁308～309。
[18] 林柏燕，〈從張愛玲的小說看作家地位的論定〉，《文學探索》（台北：書評書目出版社，1975），頁105。

受稱得上是一種『衝擊』」,[19]他繼續追溯道,大陸「改革開放」(1978)以來,最早公開論及張愛玲的文章是張葆莘於1981年11月的《文匯月刊》上發表的〈張愛玲傳奇〉。但陳子善在〈誰最早討論張愛玲?〉一文中提出了不同看法,經過史料爬梳,他發現最早在內地刊物上正式評論張愛玲的人是姚雪垠,1980年4月30日,《社會科學戰線》的第2期發表了〈中國現代文學史的另一種編寫方法——致茅公同志〉,在文末附的跋語中,姚雪垠認為中國現代文學史不應遺忘許多人:「抗戰末期和大陸解放前夕應該提一提徐訏,當時上海的女作家應該提到張愛玲」,[20]發出了提倡完善文學史的先聲。和1960年至1980年的「張學」一樣,80年代之後的大陸「張學」也得益於夏志清的《中國現代小說史》,在中文版傳入之後,大陸文學界普遍掀起閱讀張愛玲的興味,同時張愛玲也正式進入了文學史家和中文系學子的研究視野,比如顏純鈞的〈評張愛玲的短篇小說〉和趙園的〈開向滬、港「洋場社會」的窗口——讀張愛玲小說集《傳奇》〉詳細考察了張愛玲小說題材、手法與風格上的特色,注意分辨其與新文學主流不同的性質,並小心謹慎地說幾句肯定張愛玲的話。[21]1984年,黃修己第一次把張愛玲寫進大陸的文學

---

[19] 溫儒敏,〈近二十年來張愛玲在大陸的「接受史」〉,劉紹銘,梁秉鈞,許子東編,《閱讀張愛玲書系1:再讀張愛玲》(濟南:山東畫報出版社,2004),頁20。
[20] 轉引自陳子善,〈誰最早討論張愛玲?〉,《不為人知的張愛玲》(北京:商務印書館,2021),頁216。
[21] 顏純鈞,〈評張愛玲的短篇小說〉,《文學評論叢刊》第15輯(1982.11),頁331~348;趙園,〈開向滬、港「洋場社會」的窗口——讀張愛玲小說集《傳奇》〉,《中國現代文學研究叢刊》第3期(1983.10),頁206~220。

史,三年後,溫儒敏、錢理群、吳福輝合作編寫的《中國現代文學三十年》在論及上海「孤島」與淪陷區文學時,用了大約八百字來寫張愛玲(到1998年修訂本增至一千五百多字),指出張愛玲有古典小說的根底,又有市井小說的色彩,展現了洋化環境中仍存留的封建心靈和人們百孔千瘡的精神創傷。[22]

80年代中期之後,大陸迎來「方法熱」的時期,也是從這時開始,大陸「張學」與海外「張學」齊頭並進,同時展現出百花齊放、流派爭鳴的面貌。其中值得一提的是:陳子善和鄭樹森對張愛玲佚文的打撈,前者發現了諸如〈小艾〉、〈不幸的她〉等十多篇文章,後者則在蒐集張愛玲的劇作方面作了扎實的史料工作,是較早進行張愛玲劇作研究的學者;余斌、劉川鄂、司馬新等人的張愛玲生平研究與傳記著作;孟悅、戴錦華、林幸謙、高全之、陳芳明、美國學者周蕾(Rey Chow)的女性主義研究;陳思和與楊照立足於通俗、民間角度的研究;周芬伶的散文研究⋯⋯一方面,有關張愛玲的學理研究逐漸深入,對其經典性愈發肯定,另一方面,張愛玲越來越變為一種文化符號,並和商業市場相結合,形成引人注目的文化現象。前者的標誌是諸多學術論著的出版和中文系學位論文的張愛玲選題熱,後者的標誌是張愛玲通俗傳記、人生小品、情話情語、散文選本等的暢銷,作品被影視化以及張愛玲本人成為海內外影視中的原型人物,完整的張愛玲被拆解成利於商業運作的支

---

[22] 黃修己,《中國現代文學簡史》(北京:中國青年出版社,1984);錢理群等,《中國現代文學三十年》(上海:上海文藝出版社,1987),《中國現代文學三十年(修訂本)》(北京:北京大學出版社,1998)。

離碎片。

　　新世紀以來，隨著張愛玲遺作、佚文、通信集的出版，全球「張學」呈現出嶄新的樣態，既有對以往討論話題的深入、擴充、延展，也有貼合世界文學理論和社會思潮，產生的許多超越張愛玲文學本體的研究論著。北美學界有李歐梵、王德威開闢新的研究領域。李歐梵和夏志清不同，他並不急於直接敲定張愛玲的文學史地位，而是將其置於現代性視野之下，嘗試挖掘張愛玲對普通日常生活的書寫與「宏大敘事」（Grand Narrative）之間的差異，並對張愛玲小說的電影化特徵進行了考察，從媒介的角度解讀張愛玲的創作技巧。[23] 王德威關注張愛玲的創作姿態，從《怨女》等作品的重寫探究張愛玲的「自我重複」現象，還提出了「鬼魅」敘事，認為張愛玲開啟了女性作家的鬼話小說創作，並且將她的標誌性藝術風格概括為「張腔」，將繼承了她藝術特徵的作家稱為「張派」，以史的目光勾勒了張愛玲在文學史上的縱向創作譜系，從施叔青到朱天文、朱天心、蘇偉貞，再到王安憶、須蘭，甚至是男性作家白先勇、蘇童，推動了經典化張愛玲的進程。[24] 劉劍梅、顏海平、黃心村等女性學者則繼續著對張愛玲的女性主義關注，將其劃入中國現代女性作家的系譜中進行討論，以女性的身體和性別的社會性為中心，涉及政治、戰爭、家庭、商業、意識形態等社會議題，與美國

---

[23] 李歐梵，《蒼涼與世故：張愛玲的啟示》（香港：牛津大學出版社，2006）；李歐梵，《睇色，戒：文學・電影・歷史》（香港：牛津大學出版社，2008）等。

[24] 王德威，《閱讀張愛玲書系3：落地的麥子不死——張愛玲與「張派」傳人》（濟南：山東畫報出版社，2004）等。

的女性主義思潮和女性主義理論聯繫密切。[25]

共處於東亞的日韓學界也越來越重視張愛玲的研究,日本有濱田麻矢和池上貞子兩位女性學者同時開展張愛玲小說**翻譯**和研究,前者以與「少年中國」相對應的「少女中國」為軸心,關注張愛玲筆下的少女形象、女學生書寫,後者立足於中日關係分析張愛玲在中國抗戰時期(1931～1945)的創作及心態。[26]韓國的「張學」在**翻譯**之外,主要涉及對張愛玲小說中的人物和表現手法的分析、女性主義研究、與韓國本土作家、作品的比較等。比起北美學界,日韓學界的張愛玲研究大多帶有本土視角,在方法和理論方面的創新性成果不多,對中國「張學」的影響較小。

近年來的「張學」,一方面,論述順從前輩學者的視野,或是研究張愛玲的創作與生平,或是將張愛玲與英美作家、兩岸三地的所謂「張派」傳人進行比較;另一方面,隨著張愛玲遺作的出版,張愛玲的晚年寫作、晚期風格逐漸成為熱門的話題,與此同時較新的選題還有張愛玲的**翻譯**研究、跨媒介研究、文化研究等。總的來說,目前的張愛玲研究存在幾個突出問題。第一,同質性的微

---

[25] 劉劍梅著,郭冰茹譯,《革命與情愛——二十世紀中國小說史中的女性身體與主題重述》(上海:上海三聯書店,2009);顏海平著,季劍青譯,《中國現代女性作家與中國革命,1905—1948》(北京:北京大學出版社,2011);黃心村著,胡靜譯,《亂世書寫:張愛玲與淪陷時期上海文學及通俗文化》(上海:上海三聯書店,2010)等。

[26] 濱田麻矢,〈藍衣少女——張恨水、張愛玲筆下的女學生想像〉,池上貞子,〈張愛玲和日本——談談她的散文中的幾個事實〉,王光東等主編,《日本漢學中的上海文學研究》(上海:上海遠東出版社,2021),頁326～357;池上貞子著,趙怡凡譯,《張愛玲:愛・人生・文學》(西安:陝西師範大學出版社,2013);濱田麻矢,《少女中國:書かれた女學生と書く女学生の百年》(東京:岩波書店,2021)。

觀具體的選題居多,具有開拓性的宏觀綜合的選題匱乏。例如將張愛玲置於中國文學史視野之中,從她的創作與中國傳統文學的深層聯繫、與中國現代文學的整體關係等角度進行論述,夏志清等大家的爭論之後,張愛玲的地位似乎被普遍接受,但實際上仍然懸而未決。張愛玲從中國傳統、現代文學以及西方文學那裡汲取和融合了哪些資源?形成了怎樣的文藝觀念?張愛玲如何看待自己所處的現代文學序列?她如何看待同代人的文學作品?在現代中國、當代中國,張愛玲的價值幾何?又如何安放?想要回答這些問題,固然要從細節處著手,但宏觀的視野是思考的前提。

第二,大多「張學」專家研究張愛玲的立場並非批評者,而是欣賞者,甚至是「張迷」。他們由於喜愛張愛玲的文學作品而進入「張學」,在研究過程中,關注重心逐漸轉移到作家本人,或者無條件地採取認同態度,使偏愛與迷戀代替了理性分析和判斷,放棄了文學批評的自覺。這樣的研究在90年代以來的大陸和港台廣泛出現,有匯入當下大眾文化消費邏輯的潛在危險。

第三,缺少將張愛玲的文學成就作為理論資源加以抽象提升的工作。韋勒克(René Wellek)在《批評的諸種概念》(*Concepts of Criticism*)中曾強調文學研究的「終極目的,必然是有關文學的系統知識,是文學理論」,並且認為文學研究「必須重新回到建立一個文學理論、一個原則體系和一個價值理論的任務上來」。[27]無論學術界對張愛玲的文學史地位如何爭辯,她擁有扎實的中西文化根

---

[27] 韋勒克(René Wellek)著,丁泓等譯,《批評的諸種概念》(成都:四川文藝出版社,1988),頁11,28。

底,1940年代的小說創作成為中國敘事文學發展的重要組成部分是無法否認的事實。熱奈特(Gérard Genette)曾以普魯斯特(Marcel Proust)《追憶似水年華》(À La Recherche Du Temps Perdu)的敘事分析為基礎創作出《敘事話語》(Discours du récit)這部經典敘事學代表著作,巴赫金則從陀思妥耶夫斯基的小說分析中抽象出「複調」(polyphony)這一詩學特徵,以區別於那種獨白型(單旋律)的歐洲小說模式,對讀者反應批評(Reader-Response Criticism)、接受美學(Receptional Aesthetic)、解構理論等都有深刻影響。然而,「張學」的研究模式基本是借用西方理論分析張愛玲的作品,卻很少從張愛玲的作品或者文學評論裡提煉出敘事、抒情的理論資源。須知文學理論與文學作品本互為因果,一味應用其他文學作品中提煉出的文學理論,不僅有過度闡釋、削足適履之嫌,也阻礙了中國文學理論的自足生長。

二、張愛玲閱讀史研究現狀

在中國現代文學範疇,魯迅的閱讀史研究可謂成果豐富,論著的數量和質量都相當可觀,雖然學者們將「張愛玲神話」與「魯迅神話」並列(劉再復),將張愛玲稱為「女的魯迅」(王富仁),但幾乎沒有研究者將張愛玲的閱讀史作為專門的課題,至少沒有將閱讀史同時作為方法論與研究對象。儘管所有「張學」都默認張愛玲熟讀中西經典,但對於她具體讀過什麼作品,偏愛哪位作家,論者們並不能如數家珍。也就是說,「張學」中存在一個悖論,即幾

乎所有的張愛玲研究都會提及她與中國傳統文化、中國現代小說、西方文學的關係,卻大多在談論到具體為什麼關係時語焉不詳。因為這種聯繫既複雜又隱蔽,所以他們通常以概而言之的模糊總結一筆帶過,或者直接進行比較研究,而缺乏結合張愛玲自己的文字,對她「接受」某一類文學或個別作家、作品的情況給出確切的論證和專門細緻的探討。

如果將1940年代的傅雷、柳存仁和譚正璧的批評文章看作張愛玲學術研究的源頭,那麼它們也是張愛玲閱讀史研究的源頭,並且一分為二,一是討論張愛玲與她自己所提及的閱讀史書目之間的關係,另一是討論張愛玲與並非她自己所承認,而往往是評論者本人閱讀史書目之間的關係。借用比較文學的研究體系,姑且將前者稱為「影響研究」,將後者稱為「平行研究」。以名聲顯赫的〈論張愛玲的小說〉為例,「毫無疑問,『金鎖記』是張女士截至目前為止的最完滿之作,頗有『獵人日記』中某些故事的風味」屬於第二種情況的論述,「到了『連環套』,這小疵竟越來越多……『銜恨在心,不在話下』,『見了這等人物,如何不喜』,『……暗暗點頭,自去報信不提』……這樣的濫調,舊小說的渣滓,連現在的鴛鴦蝴蝶派和黑幕小說家也覺得惡俗而不用了,而居然在這裏出現」,[28]則可歸於第一種情況。如果說「影響研究」體現的是張愛玲閱讀的異質性,那「平行研究」則更多體現出研究者的閱讀偏好所在。如今大多數關於張愛玲的比較研究都是「平行研究」,

---

[28] 迅雨,〈論張愛玲的小說〉,《萬象》第3卷第11期(1944.5),頁48～61。

不管她是否讀過卡夫卡（Franz Kafka）、伍爾夫（Adeline Virginia Woolf）、杜拉斯（Marguerite Duras）以及勃朗特姐妹（Charlotte Brontë，Emily Brontë，Anne Brontë）的作品，他們作品中的現代性和女性意識等總是可以提供比較的支點，雖然大多數的比較確實得出了一些結論，但研究價值十分有限。假如能夠有所本，從張愛玲自己提及的閱讀史出發，討論她接受了其中的何種影響，放棄了其中的何種特徵，形成了獨屬於自己的何種風格，繼而確定她在傳承中國傳統文化，吸收西方文化，表現中國現代性的過程中扮演了什麼樣的角色，對於「張學」乃至中國文學研究全局來說，意義無疑更大。

如果將張愛玲的閱讀史研究根據對象分為中國傳統文學、中國現代文學和西方文學，那麼這三個領域普遍存在的缺陷有：一、「平行研究」數量多、佔比高，「影響研究」相對較少，大多數比較研究，在陳述將張愛玲與另一作家進行對比的原因時，證據往往不具備多少說服力，也在很大程度上限制了研究價值。二、對於張愛玲閱讀史史料的整理不夠充分，缺乏統計、總結張愛玲閱讀的所有中國傳統、現代、西方文學作品的篇目，及閱讀時間、感想評論、產生影響等的研究，哪怕是針對張愛玲與某一具體作家的關係，也很少窮盡材料。近些年達到了這一標準的研究範例有陳娟的博士論文《張愛玲與英國文學》，她在「綜論」裡全面列舉了張愛玲閱讀和接觸的英國作家、作品，對英國文學的選擇，然後在「作家論」裡詳細分析了張愛玲對蕭伯納（George Bernard Shaw）、赫胥黎（Aldous Leonard Huxley）、毛姆（William

Somerset Maugham)、威爾斯(Herbert George Wells)、勞倫斯(David Herbert Lawrence)的接受。[29]三、分論多、綜論少,將張愛玲與單一作家的比較研究多如牛毛,並基本著眼於單一文學藝術特點或創作傾向,很少有立足張愛玲的閱讀史,將她放於中國傳統文學潮流、中國現代文學潮流、世界文學潮流之中進行論述的嘗試,缺乏史的意識和深度。近年來具有開創性的專著有黃心村的《緣起香港:張愛玲的異鄉和世界》,這本著作對張愛玲在香港的閱讀史多有挖掘,結合香港大學檔案館資料和圖書館藏書,較為明確具體地揭示了張愛玲閱讀過的書目版本,並花費大量篇幅敘述張愛玲在香港接受並形成的世界主義人文視野,力圖將張愛玲匯流入世界文學的討論之中。[30]

具體到張愛玲的中國新文學閱讀史研究,雖然在1940年代的評論中,論者們就有意識地將張愛玲與魯迅、蘇青等作家進行對比,但因為當時張愛玲的許多散文和書信尚未寫作和發表,他們無從得知她的想法和閱讀體驗,所以論述也就流於直觀印象,更無從考慮影響、接受的問題。目前張愛玲的新文學閱讀史研究主要在討論張愛玲筆下的個別現代作家,比如張愛玲曾在作品中多次談論丁玲,引起了余斌《張愛玲傳》和陳子善〈愛玲說丁玲〉的注意,但由於傳記並非張愛玲閱讀史的專門研究,陳子善的文字也是整理為主,評論較少,所以張愛玲對丁玲的看法、評價、受到的影響還有待發

---

[29] 陳娟,〈張愛玲與英國文學〉(長沙:湖南師範大學博士論文,2011);陳娟,《張愛玲與英國文學》(北京:中國社會科學出版社,2016)。
[30] 黃心村,《緣起香港:張愛玲的異鄉和世界》(香港:香港中文大學出版社,2022)。

掘。除此之外,還有張謙芬的論文從互文性角度論證張愛玲的《秧歌》與《赤地之戀》對丁玲的《太陽照在桑乾河上》的改寫,但這篇論文中的論述起點是:「張愛玲創作《赤地之戀》、《秧歌》之時正好是丁玲獲得斯大林文藝獎二等獎之時,也是丁玲贏得極高國際聲譽、國內外影響達到輝煌頂點之時。可以肯定地說,《太陽照在桑乾河上》一定進入了張愛玲的閱讀視野,而且對張愛玲的土改創作產生了很大的影響」,[31]沒有任何張愛玲自述或者其他史料支撐,而僅憑丁玲作品在當時的流行就斷定張愛玲「一定」讀過,並且深受其影響,看似從閱讀史入手進行作品比較,卻缺乏根本立足點。事實上,張子靜曾在回憶中提及張愛玲與《太陽照在桑乾河上》的關係,可惜的是該作者沒有注意到這條史料,而使文章的說服力從一開始就不堅牢。還有一些論文聚焦於張愛玲所談論的魯迅,比如古耘的〈張愛玲眼中的魯迅先生〉、程小強的〈論張愛玲對魯迅及新文學傳統的「偏至」說——張愛玲與魯迅的「影響研究」〉、〈「影響研究」視域下的魯迅和張愛玲〉、鄭世琳的〈張愛玲筆下的魯迅形象〉[32]等。這幾篇文章的普遍研究思路是總結張愛玲對魯迅的評論,然後延伸為二人的作品比較,共同的不足在於,

---

[31] 張謙芬,〈從互文性評張愛玲與丁玲的土改書寫〉,《理論與創作》第1期(2006.1),頁100～105。
[32] 古耘,〈張愛玲眼中的魯迅先生〉,《文學界》第8期(2009.8),頁51～53;程小強,〈論張愛玲對魯迅及新文學傳統的「偏至」說——張愛玲與魯迅的「影響研究」〉,《南京師範大學文學院學報》第4期(2016.12),頁85～89;〈「影響研究」視域下的魯迅與張愛玲〉,《魯迅研究月刊》第2期(2014.2),頁68～73;鄭世琳,〈張愛玲筆下的魯迅形象〉,《名作欣賞》第21期(2020.7),頁50～53。

它們雖然有明顯的史料歸納，但並不全面，只是點到為止，既沒有探究張愛玲如何在不同場合談論魯迅，分析其中的變與不變，也沒有深挖張愛玲接受的魯迅與他人接受的魯迅相比，在方式和結論上的特點，「影響研究」的完成度不高。而且對於張愛玲小說中提及的魯迅的文章，這幾篇論文都沒有進行旁徵，而想當然地認為是〈祝福〉或者其他篇目，也使這幾位論述者之間存在爭議。缺乏史料，視角單一，觀點武斷，沒有發現張愛玲閱讀和接受的獨特性，是張愛玲新文學閱讀史研究的通病。實際上，儘管張愛玲談論自己閱讀新文學作品的次數沒有她談論《紅樓夢》、西方作家的次數多，但範圍絕對不狹窄，也形成了自己特有的選擇標準和接受方式。

第三節　研究方法與內容

本書最重要的兩個研究方法，一為「中國現代文學文獻學」，二為「閱讀史」。前者在現代文學研究領域的重要性已經無需多言，即使許多論文的撰寫者沒有意識到「中國現代文學文獻學」方法的命名，他們也早已自覺地運用起了這一方法。可以說，一篇研究中國現代文學的論文，如果沒有文獻的援引、分析或對比，沒有文獻學方法的幫助，那麼這篇論文的客觀性與學術價值是無法自證且十分可疑的。簡單來說，「中國現代文學文獻學」的概念脫胎於「中國現代文學史料學」，主要指對中國現代作家、作品和研究資料等的蒐集、整理、編輯、出版，研究對象包括創作文獻——報刊，單行本，作家個人選集、文集、全集，現代文學總集和新文學

叢書中的中國現代作家的文學創作,作家的生平史料——作者自己所寫的日記、書信、自傳、自述,手定年表、年譜,和有關作家的回憶錄、訪談錄,他人所作年表、年譜、傳記,其他相關史料——包括現代文學社團、流派史料,文學運動、論爭及理論建設史料,現代文學報刊史料和現代文學出版史料。[33]中國現代文學文獻學繼承了中國古典文獻學的目錄、版本、輯佚、辨偽、校勘、識讀、注釋等一般方法,結合了西方現代圖書情報、傳播、信息科學理論體系,同時面臨獨屬於自身的特殊問題,譬如搶救和保存中國現代文學文獻的物質載體,需要個體研究者、收藏者和圖書館等公共機構的共同努力。

「閱讀史」是近四十年在西方學術界誕生的一個新興交叉學科,作為書籍史(History of the Book)研究的一個分支,受到法國年鑑學派(Annales School)的推動,具備社會史、思想史、新文化史研究的多重屬性,並和傳統的文獻學(bibliography)相區別,關注書籍的生產與流傳,閱讀的社會、政治、經濟、文化背景,關心人們的想法和觀念是如何通過印刷品得到傳播,閱讀又是怎樣反過來影響人們的思想和行為。「閱讀史」雖然是多學科交叉的產物,汲取了多種理論體系,但其研究路徑並不複雜,借用「閱讀史」理論奠基人之一羅伯特・達恩頓(Robert Darnton)的說法,閱讀史研究包括「外部閱讀史」(external history of reading)研究和難度更高的「內部閱讀史」(inner dimension of reading)研究。前者關注的

---

[33] 徐鵬緒等,《中國現代文學文獻學研究》(北京:中國社會科學出版社,2014),頁12~18。

問題是「什麼人在讀書」、「讀的是什麼書」、「在哪裡讀書」、「什麼時候讀書」,理論假設是閱讀行為作為一種社會實踐活動,必然受到當時當地政治環境、經濟狀況、學術風貌、文化特徵、科技水平等因素的綜合影響和書籍的物質載體、生產、流通等的直接影響,因此研究「外部閱讀史」,通過把閱讀作為社會現象來研究,就可以反過來推測當時當地的社會背景以及書籍的生產、流傳、收藏狀況。後者關注的問題是,讀者「為什麼讀書」、「怎麼讀書」,建議的方式是個案研究,考察讀者的閱讀實踐本身,分析讀者在閱讀時的心理狀態和最終的閱讀效果。[34]在本書中,張愛玲的新文學閱讀史研究傾向於「內部閱讀史」路徑,主要指涉張愛玲個體的閱讀行為、閱讀過程、閱讀經驗、閱讀觀念、閱讀習慣和閱讀對她本人產生的影響,但在討論張愛玲閱讀的書目時,會運用「外部閱讀史」的思維模式,囊括對書籍的來源、時代傳播和時人閱讀活動的探究,不過不作為論述的重點。

西方閱讀史家目前使用最頻繁的史料包括,自傳性的文獻(autobiographical documents)、摘錄簿(commonplace book)、雜記簿(miscellanies of texts)和批校(marginalia)。自傳性的文獻指閱讀者的自傳、日記、回憶錄、信件,即自己書寫的所有有關閱讀的文字記錄。摘錄簿是閱讀摘抄的分類彙編,接近於中國古代的「書鈔」、「類書」這類文本。雜記簿類似於讀書札記,在摘抄原文之後,作出評論。批校是閱讀者在閱讀過程中於書本上手寫的讀

---

[34] 羅伯特・達恩頓(Robert Darnton)著,蕭知緯譯,《拉莫萊特之吻:有關文化史的思考》(上海:華東師範大學出版社,2011),頁129～161。

書筆記，包括邊批、注釋和親手繪制的圖形符號等。[35]與中國現代文學文獻學重視的史料相結合，與張愛玲現存的史料相對應，本書的研究範圍確定為，張愛玲的自傳性文獻，即其書信、自傳體小說和其他小說、劇本、散文中所有有關閱讀新文學的文字記錄，由於摘錄簿、雜記簿（張愛玲的某些散文姑且算是）、批校材料（張愛玲的某些小說手稿姑且算是）的缺失，因此補充進張愛玲在〈女作家聚談會〉、〈「傳奇」集評茶會記〉、〈蘇青張愛玲對談記〉、〈納涼會記〉、〈蟬——夜訪張愛玲〉、〈訪：張愛玲女士〉等會談中提及與評論的中國現代作家、作品，和張子靜、張茂淵、胡蘭成、李開第、夏志清、莊信正、宋淇、鄺文美、胡適、王禎和、麥卡錫、蘇偉貞、丘彥明、林式同、平鑫濤、姚宜瑛、桑品載、周瘦鵑、柯靈等人在文章中回憶的張愛玲閱讀和接觸的中國現代作家、作品。

另外，中國現代文學文獻學和閱讀史研究方法的結合，本身就默認了一系列理論視角的存在，包括詮釋學（Hermeneutics）、接受美學、讀者反應批評……詮釋學的代表人物保羅・利科（Paul Ricour）認為，「文本的意義」是在「詮釋者」與「文本」的文化歷史背景之間不停往返，於調整中產生的，所以兩者的關係不是直線式或環繞式，而是具有彈性的、不斷互動的「弧線式」。[36]喬納

---

[35] 韋胤宗，〈閱讀史：材料與方法〉，《史學理論研究》第3期（2018.7），頁109～117+160；戴聯斌，《從書籍史到閱讀史：閱讀史研究理論與方法》（北京：新星出版社，2017），頁93。

[36] 保羅・利科（Paul Ricoeur）著，莫偉民譯，《解釋的衝突：解釋學文集》（北京：商務印書館，2017）。

森‧羅斯（Jonathan Rose）說，「一切閱讀史都是詮釋史」。[37]利用閱讀史的視野觀照張愛玲對中國現代作家、作品的評論，其目的在於探討她如何詮釋、接受、吸收、改造其中的思想，並在文本互動中產生了哪些新的意義。張愛玲在人生的不同階段談論起某幾位相同的中國現代作家，例如魯迅、巴金、丁玲等，觀點發生的變化和堅持也是一種「弧線式」的不斷互動，並且反映出不同的社會文化背景的影響。還有海德格爾（Martin Heidegger）的「理解的前結構」（vorstruktur）、利科的「佔有」（appropriation）和「反思」（reflection）、伊瑟（Wolfgang Iser）的「隱含讀者」（impliziter leser）和「文本召喚結構」（die appellstruktur）、斯坦利‧費什（Stanley Fish）的「闡釋共同體」（interpretative community）、喬納森‧卡勒（Jonathan Culler）的「讀者文學能力」（literary competence）與「閱讀程式」（reading conventions）、韋恩‧布斯（Wayne Booth）的「隱含作者」（the implied writer）、哈羅德‧布魯姆（Harold Bloom）的「影響的焦慮」（the anxiety of influence）和「誤讀」理論（Misreading Theory）、朱莉婭‧克里斯蒂娃（Julia Christeva）和羅蘭‧巴特（Roland Barthes）的「互文性」（intertextuality）等諸多觀點和思考範式在本書中也被借用來剖析張愛玲對中國現代作家、作品的閱讀和接受。總體而言，本書將文本細讀和影響研究相結合，通過爬梳史料，歸納張愛玲的新文學閱讀史，以她所熟讀的作家、作品為代表，具體分析他們創作中的相通

---

[37] Rose, J.（2004）. Arriving at a History of Reading. *Historically Speaking*, 5(3), 36-39.

之處和張愛玲的借鑑、轉化印痕,思考其中或隱或顯的契合與變異關係。

「緒論」之後,本書的正文部分一共三章。

第一章「新文學閱讀者張愛玲」,梳理有關張愛玲的所有重要文獻,根據時間順序彙編張愛玲的中國近現代文學(1840～1949)閱讀史,並通過文章內容推算張愛玲的閱讀時間。以1943年5月〈沉香屑·第一爐香〉的發表,1955年11月她乘坐「克利夫蘭總統號」(President Cleveland)郵輪遠赴美國為兩個重要節點,將張愛玲的中國新文學閱讀史分為三個時期:「天才夢」(1920～1943.4)、「趁早出名」(1943.5～1954)和「移居美國」(1955～1995)時期,分期總結張愛玲的閱讀特點、偏好、轉向、原因及其與創作的關係。

第二章「嵌套與重述:張愛玲小說中的新文學閱讀者」,分別對張愛玲的自傳體小說《雷峰塔》(The Fall of the Pagoda)、《易經》(The Book of Change)、《小團圓》,和《半生緣》、〈年青的時候〉、〈創世紀〉、《秧歌》、《赤地之戀》等進行個案研究,解讀張愛玲小說中的張恨水、五四新文學、魯迅、丁玲閱讀者,考察這些現代文學作家、作品的嵌入與張愛玲塑造人物、編織情節和設計主題之間的關係,並結合她的書信、書評、會談等紀實性文獻,比較作者與書中人物、敘事者面對這些作家的態度,闡釋張愛玲對他們的接受和改寫。同時涉及對「張學」中幾個重要問題的探究,比如張愛玲自傳體小說的虛構與真實,她對現代女性的看法,她對新與舊、雅與俗的判斷以及「土地改革」書寫的材料

來源。

　　第三章「對話與定位：張愛玲的新文學評論」，根據統計得出的張愛玲談及最頻繁的四位中國現代作家，張恨水、魯迅、胡適和丁玲，和彙編的張愛玲新文學閱讀史中的其他作家、作品，以及她在中年、晚年拒絕被收入的幾本現代文學選集的類別，將張愛玲的新文學評論對象歸納為《新青年》、《小說月報》作家，與中國現代女性作家兩類典型，分別分析張愛玲對這兩類作家的整體看法，對其中個別作家，以及對於自我的評價，借張愛玲之眼凝視現代中國，洞觀新文學。

　　「結語」在充分總結張愛玲的小說創作、新文學評論和其他史料所揭示的，她的新文學閱讀史及其特徵的基礎上，對張愛玲與五四新文學之間的關係，對她的中國文學史定位提出最終意見，並重申研究張愛玲個體的新文學閱讀史對研究中國現代社會的新文化史、書籍史、閱讀史的整體性意義，期待後續學者進一步的整理與研究。

第一章　新文學閱讀者張愛玲

　　晚清以來，列強的入侵和中國知識分子精英階層內生的「睜眼看世界」的激情，共同催動傳統中國社會發生了顛覆性的變化。一系列政治革命、經濟革命、思想解放運動的紛起與社會群體閱讀史的變遷相互促進，譬如，學堂的建立使讀者群體更加廣泛，科舉制的廢除促使更多讀書人的閱讀動力轉化為「實用」、「啟蒙」、「救亡」，印刷資本主義的擴張推動大量廉價的白話書刊、報紙、圖畫、宣傳手冊成為暢銷的閱讀對象，大眾的閱讀習慣從讀經需要的精讀演變成讀報刊時的泛讀和略讀，從背誦需要的朗讀到博覽知識時的默讀，出版業的發展還助推了許多私人閱讀趣味的形成等等。同時，閱讀也以傳播思想觀念的方式對社會變革產生了重大影響，比如顧頡剛給葉聖陶的信件（1919年4月20～21日），揭示了嚴復《天演論》的巨大威力：「試看嚴又陵的《天演論》給中國社會以極大的影響，大概中國所以能改革的這樣快速，他這一本書大有功效。」[38]

　　在個體的意義上，一個人的閱讀史就是一個人的精神成長史。滿足日常消遣娛樂的需求之外，閱讀還是形塑人們思想觀念和知識

---

[38] 顧頡剛，《顧頡剛書信集：卷一》（北京：中華書局，2011），頁57～58。

結構的重要途徑。尤其是對於作家而言，他們閱讀和寫作之間的互動更頻繁，關係也更密切。周作人在《書房一角》的序言裡直白地說，「從前有人說過，自己的書齋不可給人家看見，因為這是危險的事，怕被看去了自己的心思。這話是頗有幾分道理的，一個人做文章，說好聽話，都並不難，只一看他所讀的書，至少便顛出一點斤兩來了。」[39]以二周為代表的晚清民初人，很多都是中西、新舊文化通才，在他們書房、手邊、案頭的書目是探究他們思想資源再好不過的線索，並且在他們的時代，翻譯與創作還不能完全分開，他們常常邊譯、邊抄、邊改，因此可以說，他們的閱讀史基本對應著他們的寫作史。魯迅曾苦惱說那些文字「大概總是從什麼地方偷來的」，使材源問題在閱讀史研究中顯得愈發重要，然而，自己看過什麼書，記住什麼內容，在什麼程度上進行改寫，即使對於作家本人來說也是一筆糊塗賬，魯迅在同一篇文章裡自白道，「後來無論怎麼記，也再也記不起它們的老家」。[40]如果曾經閱覽、收藏過的書在歷史衝刷後遺留下物質載體，再結合作家本人或者親友的文字回憶，那麼閱讀史的證據便是十分具有說服力的了，有學者稱之為「文本內證和實物搜討相結合的『二重證據法』」。[41]現在的周作人和魯迅閱讀史研究正因為北京魯迅博物館、中國國家圖書館、北京

---

[39] 周作人，〈原序〉，《書房一角》（北京：北京十月文藝出版社，2012），頁3。
[40] 魯迅，〈序言〉，《魯迅全集7·集外集 集外集拾遺》（北京：人民文學出版社，2005），頁3～4。
[41] 袁一丹，〈「書房一角」：周作人閱讀史初探〉，《現代中文學刊》第6期（2018.12），頁69～76。

大學圖書館、中央美術學院圖書館等公共機構對於二周藏書的保存而取得了目錄彙編和個案分析的巨大進展。

但是這種「二重證據法」在張愛玲身上卻很難實現，客觀原因是她本人居無定所，很多藏書都在搬家的過程中遺失或丟棄了，張愛玲曾在〈對照記〉（1994）中說「三搬當一燒」，[42]她1956年搬家的時候就丟失了《野草閒花》和蘇青的《歧途佳人》，致函要求宋淇代購。[43]主觀原因是張愛玲從年輕時起就堅持一種極簡主義的生活，並不看重收藏，胡蘭成回憶道：「我從來不見愛玲買書，她房裏亦不堆書。我拿了詩經、樂府詩、李義山詩來，她看過即刻歸還。我從池田處借來日本的版畫、浮世繪，及塞尚的畫冊，她看了喜歡，池田說那麼給她吧，她卻不要。」[44]到美國之後，張愛玲「斷捨離」的程度更深，每次搬家的行李都極少，偏愛一次性物品，所讀書一般都是從當地圖書館借閱，連自己的出版物都要寫信向夏志清、宋淇等人討買，或者不得不用盜版書，有好友宋淇和遺囑執行人林式同的文字為證：「好的書她寧可借來看，也不願意買，因為『一添置了這些東西，就彷彿生了根』」，[45]「張愛玲的房內除了她自己的作品和定期雜誌外沒有書，和我想像中的一般作家不同，

---

[42] 張愛玲，〈對照記──看老照相簿〉，《對照記：散文集三 一九九〇年代》（台北：皇冠文化出版有限公司，2020），頁6。
[43] 張愛玲1956年7月31日致鄺文美的信，張愛玲，宋淇，宋鄺文美著，宋以朗編，《紙短情長：張愛玲往來書信集I》（台北：皇冠，2020），頁51。
[44] 胡蘭成，《今生今世》（台北：遠景出版事業公司，1986），頁186～187。
[45] 宋淇，〈私語張愛玲〉，張愛玲、宋淇、宋鄺文美著，宋以朗主編，《張愛玲私語錄》（香港：皇冠，2010），頁30。

也沒有任何參考書,有的英文報,是從報攤上買的」。[46]不過倒是因此留下大批書信文字充當她閱讀史和創作材源的印證,譬如她在1958年為翻譯陳紀瀅的《荻村傳》給身在日本的胡蘭成寄明信片:「手邊如有『戰難和亦不易』『文明的傳統』等書,(『山河歲月』除外)能否暫借數月作參考?」[47]彼時張愛玲早已與胡蘭成決裂,而且在與宋淇、鄺文美的通信中稱其為「無賴人」,卻冒著被纏夾和誤會的危險寫信去借書,想來這些書是她當時所必需而且無從獲得的了,並且決定不借的書目和請求借取的書目同樣重要,體現著張愛玲一時的閱讀、寫作選擇與傾向。如果張愛玲尚有藏書存世的話,只能寄希望於她的文學遺產執行人宋以朗將目錄公之於眾,或者是她的家族藏書,作為十七歲之前的閱讀史實證。但後者的希望更加渺茫,因為家道中落,張愛玲的父親、繼母、弟弟從1940年代末開始就只能蝸居在斗室之中,藏書也被充公或散賣。雖然張愛玲去世才近三十年,但她在這個世界遺留的摸得著、看得見的實物實在有限,只有她的文字和與之接觸過的人的記憶可以作為張愛玲閱讀史的唯一證據。

---

[46] 林式同,〈有緣識得張愛玲〉,關鴻,編,《金鎖沉香張愛玲》(北京:人民文學出版社,2002),頁307。
[47] 胡蘭成,《今生今世》(台北:遠景,1986),頁499。

第一節　張愛玲的中國近現代文學
（1840～1949）閱讀史彙編

　　張愛玲與中國新文學的關係，可謂斑駁陸離，在學者筆下尚無定論，親友回憶時眾說紛紜，在她自己不同時期的文字中也呈現出不同的立場，並且對於整體的五四新文學，不同的新文學思潮、流派，個別的作家，同一作家的不同作品，張愛玲的態度又有所分別。但想要實現對張愛玲的評價和定位，她與新文學的關係又至關重要，在這個過程中，最常見的問題是憑藉某一段材料將張愛玲一生與新文學的關係以偏概全，從而出現自相矛盾的論據與論述。比如有的批評依據她二十多歲時在〈談音樂〉（1944）中談論的五四：「大規模的交響樂自然又不同，那是浩浩蕩蕩五四運動一般地衝了來，把每一個人的聲音都變了它的聲音，前後左右呼嘯喊嚓的都是自己的聲音，人一開口就震驚於自己的聲音的深宏遠大；又像在初睡醒的時候聽見人向你說話，不大知道是自己說的還是人家說的，感到模糊的恐怖」，[48] 而判定張愛玲始終以拒絕五四運動和新文學的姿態自居，哪裡知道她四十餘歲在美國寫英文自白的時候承認：「我因受中國舊小說的影響較深，直至作品在國外受到與語言隔閡同樣嚴重的跨國理解障礙，受迫去理論化與解釋自己，這才發

---

[48] 張愛玲，〈談音樂〉，《華麗緣：散文集一　一九四〇年代》（台北：皇冠，2010），頁200。

覺中國新文學深植於我的心理背景」?[49]但這並不代表她對新文學的全盤接受,大概十年之後,張愛玲給夏志清的信裡又說:「根本中國新文藝我喜歡的少得幾乎沒有」。[50]將張愛玲的話語單單抽取出來確實會造成困惑,懷疑她立場的瞬息萬變,唯有回歸歷史現場,梳理每次談論發生的整個來龍去脈、歷史背景和對應語境,才能夠對張愛玲與中國新文學的關係,作以盡可能客觀的總結和分析。因此,為了減少臆斷,推測全貌,本書嘗試按時間順序彙編張愛玲的中國新文學閱讀史,並根據這些文獻的自傳性和可信度作以區別。

具體說來,張愛玲的散文、書信、會談,由於隱含作者就是她自己,所以可信度較高,但是小說、劇本之類的虛構作品,張愛玲會根據寫作目的,如塑造人物形象的需求將新文學作家、作品及對其的評價作出一定程度的扭曲,敘事者或者人物的觀點並不完全代表她自己的見解和看法,所以需要提出並討論可信度和自傳性問題。至於張愛玲親友的記憶,世事變遷,時間流轉,不可控的因素更多,可信度更加存疑。例如張子靜的回憶裡寫張愛玲年少時用水彩顏料塗抹女傭的臉,被父親罵了一頓才住手,但張愛玲給莊信正的信中辯白道,她用的並非顏料而是胭脂,父親對她也相當客氣,並沒有罵她,她的弟弟「記錯了是a Freudian slip, wishful thinking,

---

[49] 張愛玲的英文自白原刊於1975年紐約威爾遜公司(The H. W. Wilson Company, NY)出版的《世界作家簡介・一九五〇～一九七〇,二十世紀作家簡介補冊》(*World Authors 1950～1970, A Companion Volume to Twentieth Century Authors*),但實際寫作時間是在60年代中旬,原文和翻譯見高全之,《張愛玲學》(台北:麥田出版,2008),頁405～414。

[50] 張愛玲1974年6月30日給夏志清的信,夏志清編注,《張愛玲給我的信件》(台北:聯合文學出版社,2013),頁216。

他近年來對我誤會很深,因為我沒能力幫助他」,「再寫一篇關於我,儘管竭力說好話,也會有同類的Freudian slips。自己弟弟說的,當然被視為事實」。[51]張愛玲在〈對照記〉中解釋說明「Freudian slip」是弗洛伊德式的錯誤:「心理分析宗師莆洛依德認為世上沒有筆誤或是偶而說錯一個字的事,都是本來心裏就是這樣想,無意中透露的」,[52]wishful thinking 則被莊信正注為「更露骨地責她弟弟一廂情願」,[53]可見張子靜的敘述存在濃厚的主觀色彩,並且常有不準確之處,他們姐弟間的關係也沒有《我的姊姊張愛玲》一書中描繪得那麼和諧,更何況張愛玲生前就曾對張子靜此書的寫作和出版表示十分為難,負責出版事務的姚宜瑛回想張愛玲的態度是:「子靜要為姊姊寫傳,我讀了兩章後,立刻作覆,惟一的希望是要得到愛玲女士的同意。她不同意,並委婉而堅決地反對」。[54]到她去世四個月,台灣才正式初版了《我的姊姊張愛玲》,這時張子靜的文字已經成為孤證,其中的疏漏之處自然也就無人指出了。張子靜之外,胡蘭成的回憶也是研究張愛玲的重要史料,但其中妄語只怕更多,張愛玲本人讀過之後反應激烈,她在給夏志清、宋淇和鄺文美的信中多次抱怨:「胡蘭成書中講我的部分纏夾得奇怪,他也不至於老到這樣。不知從哪裡來的quote我姑姑的話,幸而她看不到,不然要

---

[51] 張愛玲1994年10月5日給莊信正的信,莊信正,《張愛玲來信箋注》(台北縣中和市:INK印刻出版有限公司,2008),頁206。
[52] 張愛玲,〈對照記——看老照相簿〉,《對照記:散文集三 一九九〇年代》(台北:皇冠,2020),頁72。
[53] 莊信正,《張愛玲來信箋注》(台北縣中和市:INK印刻,2008),頁208。
[54] 姚宜瑛,〈她在藍色的月光中遠去——與張愛玲書信往來〉,陳子善編,《閱讀張愛玲書系5:記憶張愛玲》(濟南:山東畫報出版社,2004),頁63。

氣死了。後來來過許多信，我要是回信勢必『出惡聲』」，[55]「胡蘭成這本書實在寫得太蹩腳，憑良心說，簡直糟不可言⋯⋯其實所引的我的話統統misquoted [引用錯誤]」[56]等等。不同的個體站在不同的視角對集體共同經歷的往事的講述總不見得相同，甚至彼此攻訐，因為記憶模糊或無意識、有意識地自我美化。所幸閱讀史相對而言是比較客觀的話題，很少牽連對於社交關係中自我形象的理想化塑造或其他利益衝突，因此張愛玲親友的回憶仍然可以作為一種重要參照和支撐材料，只是不能迷信其為權威。

眾所周知，中國新文學以1917年的「文學革命」為開端，反對文言，提倡白話，與中國古典文學、舊文學相對立。同樣眾所周知，張愛玲的白話文閱讀興趣還囊括晚清章回小說和現代通俗文學，她毫不忌諱和崇拜自己的讀者坦陳這種曾被視作「低級趣味」的閱讀偏好：「像一些通俗的、感傷的社會言情小說，我也喜歡看的」，[57]並常常將它們和五四主流文學對讀，討論的時候更是混合在一起。因此，為了拓展研究深度，提供對照的語境和話題，剖析新文學在張愛玲思想體系中的地位，本書在進行張愛玲閱讀史彙編的時候，既將內容限定為1949年中華人民共和國成立之前，又將其延展到1840年鴉片戰爭爆發之後，即從1840年到1949年這一百多年

---

[55] 張愛玲1966年11月4日給夏志清的信，夏志清編注，《張愛玲給我的信件》（台北：聯合文學，2013），頁71。
[56] 張愛玲1956年4月11日給鄺文美的信，張愛玲，宋淇，宋鄺文美著，宋以朗編，《紙短情長：張愛玲往來書信集I》（台北：皇冠，2020），頁45。
[57] 殷允芃，〈訪：張愛玲女士〉，《中國人的光輝及其他——當代名人訪問錄》（台北：志文出版社，1971），頁6。

間的中國近現代文學作品,而不單單以「新文化運動」(1915)、「文學革命」或「五四運動」(1919)為節點。正如王德威流傳甚廣的觀點:「沒有晚清,何來五四」,晚清文化思潮和五四新文化運動的關係已經被許多學者充分論證過,在張愛玲這裡,晚清文學和新文學更是以一種既敵視卻又親密的關係相互依存著,無法無視其中的一面,而對另一面進行討論,即使可以,話語也難免蒼白。

綜合以上的認識判斷,彙編以三個表格的方式回顧與呈現張愛玲的中國近現代文學閱讀史,分別是——表一:張愛玲紀實性自述中的中國近現代文學閱讀史;表二:張愛玲虛構文學中的中國近現代文學閱讀史;表三:張愛玲親友回憶中的中國近現代文學閱讀史。

表一　張愛玲紀實性自述中的中國近現代文學閱讀史

作品	(發表)時間	閱讀史	備注
〈書籍介紹:在黑暗中:丁玲著〉	1936年	丁玲《母親》、《丁玲自選集》、《在黑暗中》	《在黑暗中》經考證為開明書店1928年版,收〈夢珂〉、〈莎菲女士的日記〉、〈暑假中〉、〈阿毛姑娘〉四篇小說,末有作者的〈最後一頁〉
〈讀書報告:煙水愁城錄:林紓譯〉	1936年	林紓《煙水愁城錄》及其他林譯小說	
〈書評:無軌列車:林疑今著〉	1936年	林疑今《無軌列車》、穆時英	

作品	（發表）時間	閱讀史	備註
〈若馨評〉	1937年	張懷素《若馨》	張懷素是張愛玲的中學同學
〈Still Alive〉	1943年	秦瘦鷗《秋海棠》	《秋海棠》小說、話劇、電影都在張愛玲的閱讀史中，且張愛玲對《秋海棠》十分欣賞
〈Chinese Life and Fashions〉	1943年		受到許地山〈近三百年來底中國女裝〉一文的影響[58]
〈到底是上海人〉	1943年	小報	文中所引小報上的打油詩據李君維推斷是唐大郎所作[59]
〈童言無忌〉	1944年	張恨水、蘇青、穆時英《南北極》、巴金《滅亡》	《南北極》、《滅亡》閱讀時間為1934年到1937年之間。提及張恨水的文字經考指向其作品《八十一夢》（1943）
〈燼餘錄〉	1944年	《官場現形記》	
〈道路以目〉	1944年	朱瘦菊《歇浦潮》（插畫版）	
〈談女人〉	1944年	《玲瓏》雜誌	閱讀時間為1930年間
〈走！走到樓上去！〉	1944年	《娜拉》譯劇本、曹禺	

---

[58] 以邵迎建為代表的學者認為，張愛玲1943年發表的〈Chinese Life and Fashions〉與〈更衣記〉受到許地山〈近三百年來底中國女裝〉一文的影響，〈茉莉香片〉中言子夜教授的原型也是許地山。參看邵迎建，〈女裝‧時裝‧更衣記‧愛——張愛玲與恩師許地山〉，《新文學史料》第1期（2011.2），頁48～57。

[59] 李君維，〈張愛玲箋注三則〉，《人書俱老》（長沙：岳麓書社，2005），頁71～72。

作品	（發表）時間	閱讀史	備注
〈寫什麼〉	1944年	普洛文學、新感覺派、「家庭倫理」、歷史小說、社會武俠、言情艷情等現代通俗文學	摘自《雜誌》〈我們該寫什麼〉一文，共有十一位作家執筆[60]
〈打人〉	1944年	李涵秋的小說	李涵秋為鴛鴦蝴蝶派的代表人物
〈詩與胡說〉	1944年	《新聞報》、周作人譯的日文詩、路易士〈散步的魚〉、〈傍晚的家〉、〈二月之雪〉、〈窗下吟〉、〈二月之窗〉、倪弘毅〈重逢〉、顧明道《明日天涯》，胡適、劉半農、徐志摩與朱湘的詩，《秋海棠》	周作人所譯詩在〈島崎藤村先生〉一文中出現，但原文與張愛玲文中所引有出入[61]
〈私語〉	1944年	《小說月報》、老舍《二馬》、《離婚》、《火車》、林語堂、《九尾龜》	《二馬》讀於1928年至1930年間，讀林語堂於1934年之前。文中對《九尾龜》中的情節記憶得並不準確
〈必也正名乎〉	1944年	張恨水《秦淮世家》、《夜深沉》，當時報紙中的分類廣告、球賽、貸學金、小本貸金名單，《兒女英雄傳》	《兒女英雄傳》成書時間有爭議，但學者們基本認定是在道光之後（1851～）[62]
〈存稿〉	1944年	張資平、張恨水	讀於1937年之前
〈雨傘下〉	1944年	訥廠（嚴諤聲）的茶話	

---

[60] 譚惟翰等，〈我們該寫什麼〉，《雜誌》第13卷第5期（1944.8），頁4～13。
[61] 參看周作人，〈島崎藤村先生〉，《藝文雜誌》第1卷第4期（1943.10），頁2～3。
[62] 張愛玲在1969年1月20日給宋淇的信中說：「現在知道《兒女英雄傳》1854完工」。張愛玲、宋淇、宋鄺文美著，宋以朗編，《紙短情長：張愛玲往來書信集I》（台北：皇冠，2020），頁184。

作品	（發表）時間	閱讀史	備註
〈論寫作〉	1944年	張恨水	
〈中國人的宗教〉	1944年	《秋海棠》	
〈羅蘭觀感〉	1944年	蘇青	
〈女作家聚談會〉	1944年	蘇青、冰心、丁玲、《老殘遊記》、《海上花列傳》、《歇浦潮》、《二馬》、《離婚》、《日出》、鴛蝴派、正統新文藝派、小報、張恨水	
〈納涼會記〉	1945年	小報，譬如《古今》	
〈蘇青張愛玲對談記〉	1945年	當時的報紙	
〈我看蘇青〉	1945年	冰心、白薇、蘇青《結婚十年》、《浣錦集》，《雜誌》、《天地》期刊上關於蘇青的文章，《古今》	
〈姑姑語錄〉	1945年	周作人、周瘦鵑	
〈炎櫻衣譜〉	1945年	魯迅、穆時英	提到的魯迅話語經考指向其〈娜拉走後怎樣〉（1924）
〈憶胡適之〉	1968年	《海上花列傳》以及胡適的考證、《胡適文存》、《歇浦潮》、《人心大變》、《海外繽紛錄》、《孽海花》	《胡適文存》、《歇浦潮》、《人心大變》、《海外繽紛錄》是張愛玲父親的藏書，張愛玲的父親和姑姑都頗為欣賞《胡適文存》

作品	（發表）時間	閱讀史	備注
給朱西寧《張愛玲短篇小說集》扉頁題詞	1968年	沈從文	題詞全文是「給西寧——在我心目中永遠是沈從文最好的故事裏的小兵」[63]
〈Chinese Translation: A Vehicle of Cultural Influence（中文翻譯的文化影響力）〉[64]	1960年代末	嚴復、林紓的翻譯，《新青年》、《小說月報》上的翻譯文學，其他翻譯文學：《最後一課》、《賣火柴的小女孩》、《項鍊》、白里歐《梅毒》，《紅與黑》、荷馬史詩、古希臘戲劇、但丁、莎士比亞、彌爾頓、波德萊爾、蕭伯納、漢姆生《飢餓》、辛克萊·路易斯《大街》、哈代、德萊塞、斯坦貝克、奧尼爾、馬克思、弗洛伊德、易卜生《玩偶之家》、王爾德《少奶奶的扇子》，《茶花女》、《呼嘯山莊》、果戈里《欽差大臣》、高爾基《底層》、安德烈耶夫《一個挨耳光的人》，《戰爭與和平》、1932年後的俄國文學翻譯、葉賽寧的詩、雪萊的詩、《金銀島》、《織	除了嚴復、林紓的翻譯，張愛玲在演講中列舉的作品大多未明確指出譯者和版本，但介紹了大概的翻譯時間和發表期刊。張愛玲的演講對晚清以來的外國文藝翻譯史、外國文藝對新文學作家的影響、中國現代戲劇史以及整體新文學的發展都有概括化的論述和精細的分析評價

---

[63] 轉引自陳子善，《沉香譚屑：張愛玲生平與創作考釋》（上海：上海書店出版社，2012），頁173。來源於朱天文2009年4月29日致陳子善函所附張愛玲題詞影印。

[64] 該文為張愛玲1960年代末在美國多所大學演講留下的一份英文講詞底稿，標題由李明晧所補，內容由鄭遠濤翻譯。張愛玲，宋淇，宋鄺文美著，宋以朗編，《紙短情長：張愛玲往來書信集I》（台北：皇冠，2020），頁190～199。

作品	（發表）時間	閱讀史	備註
		工馬南傳》、《飄》、《永遠的琥珀》、曹禺、文明戲、林語堂、辜鴻銘、胡適、李金髮、《宋春舫劇論》	
〈談看書〉	1974年	社會小說、清末民初諷刺小說、新文藝、《官場現形記》、《歇浦潮》、《人心大變》、《人海潮》、《廣陵潮》、社會言情小說、《春明外史》、《留東外史》、《海外繽紛錄》、畢倚虹《人間地獄》、包天笑、郁達夫	《官場現形記》、《歇浦潮》、《人心大變》、《人海潮》是張愛玲父親的藏書，她讀於十二三歲（1933）之前
〈關於《笑聲淚痕》〉	1976年	〈阿Q正傳〉	
《紅樓夢魘》	1977年	《儒林外史》、《海上花列傳》、《兒女英雄傳》、《老殘遊記》、巴金《家》	
〈對現代中文的一點小意見〉	1978年	周瘦鵑、李涵秋	
〈表姨細姨及其他〉	1979年	張資平的30年代暢銷小說	
〈談吃與畫餅充飢〉	1980年	周作人散文、《兒女英雄傳》、《笑林廣記》、魯迅譯《死魂靈》、〈包子〉	〈包子〉經考指向魯迅翻譯的蘇聯作家淑雪兼珂（左琴科）的〈貴家婦女〉。文中所引《笑林廣記》中的句子在原著中並不存在。文中所

作品	（發表）時間	閱讀史	備註
			引《兒女英雄傳》中的情節記錯了主人公
〈重訪邊城〉	1963年用英文創作，1980年中文重寫	《海上花列傳》	
〈惘然記〉	1983年	郁達夫《閒書》	
《海上花落》	1983年	《海上花》、《儒林外史》、《胡適文存》、魯迅《中國小說史略》、《九尾龜》	
〈海上花的幾個問題——英譯本序〉	1984年	《海上花》、胡適對《海上花》的考證	
〈「嗄？」？〉	1990年	《海上花列傳》	
〈愛憎表〉	1990年[65]	《葡萄仙子》、新文藝腔、《七俠五義》、傅雷、《孽海花》、林紓《塊肉餘生述》，《紅玫瑰》、《半月》等鴛蝴派流行小說雜誌	《葡萄仙子》是黎錦暉1922年所作的獨幕歌劇，1927年上海首演。看不下去林紓的《塊肉餘生述》
〈對照記〉	1994年	《孽海花》、茅盾《虹》	

---

[65] 《愛憎表》是張愛玲未完成的遺作，是對中學畢業時所填問卷《愛憎表》的擴寫，她1990年10月21日致宋淇夫婦的信中說，「現在先寫〈填過一張愛憎表〉，很長」，12月23日又說，「擱了些時沒寫的長文（暫名〈愛憎表〉）把《小團圓》內有些早年材料用進去……」，由此可推測《愛憎表》寫於1990年尾。張愛玲，〈愛憎表〉，《對照記：散文集三 一九九〇年代》（台北：皇冠，2020），頁109～190；張愛玲，宋淇，宋鄺文美著，宋以朗編，《書不盡言：張愛玲往來書信集II》（台北：皇冠，2020），頁444，450。

作品	（發表）時間	閱讀史	備註
〈四十而不惑〉	1994年	魯迅〈祝福〉	
張愛玲、宋淇、宋鄺文美著，宋以朗編，《紙短情長：張愛玲往來書信集I》、《書不盡言：張愛玲往來書信集II》	通信時間：1955年10月25日～1995年7月26日	胡適及《胡適文存》、徐訏的小說、李定夷《美人福》、郁達夫、老舍、林語堂、傅雷、《中國新文學大系》（1935～1936）、《海上花列傳》、《白毛女》、《兒女英雄傳》、《孽海花》、《笑林廣記》、《九尾龜》、柳存仁《丁玲選集》、梁實秋、張恨水《歡喜冤家》、錢鐘書《圍城》、卞之琳、傅雷、曹禺《雷雨》、《艷陽天》、《蛻變》、《正在想》、楊絳、師陀、魯迅及其雜文、《儒林外史》、《玉梨魂》、《曾文正公家書》、張佩綸《澗於集》	沒讀過吳祖光的《風雪夜歸人》劇本，但是想讀；沒有讀過巴金的《寒夜》；可以identify with曹禺。因想申請香港中文大學研究丁玲小說的資助（後未實現），而拜託宋淇、夏志清、莊信正在香港與美國找丁玲的相關作品，已經閱讀的《丁玲選集》系開明書店1952版，篇目有：〈自序〉、〈夢珂〉、〈莎菲女士的日記〉、〈慶雲里中的一間小房裡〉、〈一九三〇年春上海〉、〈田家衝〉、〈水〉、〈某夜〉、〈消息〉、〈詩人亞洛夫〉、〈給孩子們〉、〈奔〉、〈一顆未出膛的槍彈〉、〈入伍〉、〈我在霞村的時候〉、〈夜〉。提到「魯迅也讀海上花」，經考，魯迅在〈漢字與拉丁化〉、《中國小說史略》和給胡適的信中涉及《海上花列傳》。

作品	（發表）時間	閱讀史	備註
			十多歲時（1931～1936）讀魯迅和左派文人的論爭，與胡蘭成的《今生今世》相比對之後，可以確定其為《三閒集》
夏志清《張愛玲給我的信件》	通信時間：1963年5月～1994年5月	《海上花》、《文明小史》、《老殘遊記》、丁玲《一年》、《一顆未出膛的子彈》、《丁玲選集》（1952）以及50年代的作品、錢鐘書《談藝錄》、曹禺、卞之琳、陳衡哲、胡適、《秋海棠》	因夏志清研究晚清小說之故，張愛玲與之談論自己兒時以來的閱讀體會。小時候（1925～1937）看過多次《老殘遊記》。並托夏找丁玲20、30年間的小說集和《韋護》、《母親》。沒有讀過路翎
莊信正《張愛玲來信箋注》	通信時間：1966年6月26日～1994年12月16日	胡適、鄭澹若《夢影緣》彈詞，線裝本《歇浦潮》，《海上花》、張恨水、《丁玲選集》、《韋護》、《母親》和丁玲在延安時（1936～1945）的創作	張愛玲有很大概率通過莊信正的文章以及編著更加瞭解魯迅（莊講朱安的雜文〈周門朱氏〉），在電話中與他談論許地山、凌叔華、巴金、茅盾、張天翼、魯迅、沈從文、蕭紅、老舍的作品（莊《中國近代小說選（至1949）》）。張愛玲給莊的祝福中出現「福慧雙修」一詞，莊注其出自佛經，同時張恨水《春明外史》也用過此語

作品	（發表）時間	閱讀史	備注
司馬新〈人去・鴻斷・音渺——與張愛玲先生的書信來往〉	1978年3月20日張愛玲信	《海上花列傳》胡適序、《花月痕》	張愛玲說自己瞭解的《海上花列傳》作者的傳記資料全部來自於胡適

表二　張愛玲虛構文學中的中國近現代文學閱讀史

作品	（發表）時間	閱讀史	備注
〈連環套〉	1944年	老舍	
〈年青的時候〉	1944年	新文學	收入文集時常常更名為〈年輕的時候〉
〈創世紀〉	1945年	《雷雨》話劇、春柳社的文明戲、張恨水《美人恩》、《落霞孤鶩》、《春明外史》	小說中描繪戚紫微：「張恨水的小說每一本她都看了」[66]
〈異鄉記〉[67]	基本認定初稿作於1946年，未完成的遺作於2010年出版	王小逸的「社會奇情香艷長篇」、丁玲	王小逸是鴛鴦蝴蝶派作家，1947年5月張愛玲在《小日報》連載〈鬱金香〉時，王小逸也在該報連載《畫堂春》。提及丁玲描寫童年的作品經考指向其《母親》（1933）
〈鬱金香〉	1947年	《兒女英雄傳》、《雷雨》	

[66] 張愛玲，〈創世紀〉，《紅玫瑰與白玫瑰：一九四四年～四五年短篇小說》（香港：皇冠，2010），頁312。
[67] 關於〈異鄉記〉的文體和成文時間問題，參看吳曉東等，〈異鄉如夢：張愛玲《異鄉記》中的多重「風景」〉，《現代中文學刊》第5期（2019.10），頁35～51。

作品	（發表）時間	閱讀史	備注
《太太萬歲》	1947年	〈祝福〉	
《十八春》／《半生緣》	1951年／1969年	《中國新文學大系》、冰心的小說	
《秧歌》	1954年		開篇寫新郎、新娘去區公所登記處登記結婚的內容和趙樹理在《登記》中對結婚登記手續的描繪極其相似[68]
《赤地之戀》	1954年	〈阿Q正傳〉、丁玲、劉半農〈叫我如何不想他〉	
《雷峰塔》	寫於1957～1964年間	以魯迅為代表的新文學、《火燒紅蓮寺》連環畫、《九尾龜》	原名 The Fall of the Pagoda，張愛玲書信中譯為《雷峰塔倒了》，很可能互文魯迅的〈論雷峰塔的倒掉〉（1924）、〈再論雷峰塔的倒掉〉（1925）
《易經》	寫於1957～1964年間	《孽海花》、胡適、魯迅、1920年代的新文學	提及的胡適論文經考指向其〈說儒〉（1934）；提及的魯迅文章經考指向其〈我之節烈觀〉（1918）或（和）〈再論雷峰塔的倒掉〉
《小團圓》	1976年完成	張恨水及《金粉世家》、巴金描寫共產黨人的小說、魯迅、《兒女英雄傳》、	小說中提到的《清夜錄》原型為《孽海花》

---

[68] 參看張愛玲，《赤地之戀》（台北：皇冠，2010），頁11～12；趙樹理，《登記》初版本（北京：工人出版社，1950），頁33。

作品	（發表）時間	閱讀史	備注
		《小說月報》、《新聞報》副刊「快活林」	

表三　張愛玲親友回憶中的中國近現代文學閱讀史

作者作品	（發表）時間	閱讀史	備注
周瘦鵑〈寫在紫羅蘭前頭〉	1943年	《半月》、《紫羅蘭》、《紫蘭花片》、周瘦鵑哀情小說	張愛玲的母親、姑姑是《半月》、《紫羅蘭》、《紫蘭花片》、周瘦鵑哀情小說的讀者
張子靜〈我的姊姊——張愛玲〉	1944年	《廣陵潮》、《淚珠緣》、《二馬》、《離婚》、《牛天賜傳》、《南北極》、《日出》、《雷雨》	張子靜認為這些書都是張愛玲喜歡看，並對她有影響的
張愛玲、宋鄺文美、宋淇〈張愛玲語錄〉	談話時間在1954～1955年，宋淇初次發表於1976年，宋以朗增訂版發表於2010年	蘇廣成（王大蘇）《野草閒花》、蘇青及其《歧途佳人》、徐訏、凌叔華的中文作品、林語堂的中英文作品（包括〈四十自敘〉詩）、傑克（黃天石）、張恨水、《歇浦潮》、王小逸、《海上花列傳》、《文苑》、《日出》、獨逸窩退士輯《笑笑錄》、倪虹《桐陰清話》、潘柳黛	蘇廣成（王大蘇）是鴛鴦蝴蝶派作家。傑克（黃天石）為香港早期新文學推動者之一、著名小說家、古典詩文家、資深報人。《文苑》1939年創刊於北京，屬於文藝刊物。
胡蘭成《山河歲月》	1954年	魯迅的小說和《三閒集》	張愛玲認為魯迅的小說與《三閒集》好

作者作品	（發表）時間	閱讀史	備注
胡蘭成《今生今世》	1959年	小報、（五四）文藝腔	張愛玲愛看小報。張愛玲經常脫口而出一句文藝腔，揶揄可笑地注曰，這是時人的[69]
殷允芃〈訪：張愛玲女士〉	1968年	老舍及其《二馬》，張恨水，通俗感傷社會言情小說	張愛玲自白喜歡讀一些通俗、感傷的社會言情小說，並說《半生緣》是看了許多張恨水小說後的產物。張愛玲在談話時說的「樂不抵苦」一詞，在現代文本中並不常見，但老舍的《駱駝祥子》中曾出現原詞
水晶〈蟬——夜訪張愛玲〉	1973年	周作人散文、張恨水、《歇浦潮》、沈從文、吳祖光、老舍的短篇小說和《駱駝祥子》、錢鍾書《圍城》、魯迅	閱讀朱瘦菊《歇浦潮》的時間為「童年」（1925～1933），承認《怨女》的「圓光」一段受到《歇浦潮》的影響。沒有讀過吳組緗、沈從文《長河》、錢鍾書的短篇小說
宋淇〈《海上花》的英譯本〉	1983年	《海上花列傳》	文中有「張愛玲初讀《海上花》是在她十三四歲時，在讀完《紅樓夢》後不久，她已經看出它的好處，而且心目中隱然以兩書相衡」[70]的句子

---

[69] 胡蘭成，《今生今世》（台北：遠景，1986），頁192。
[70] 季季，關鴻編，《永遠的張愛玲——弟弟、丈夫、親友筆下的傳奇》（上海：學林出版社，1996），頁221。

作者作品	（發表）時間	閱讀史	備註
王禎和，丘彥明〈張愛玲在台灣〉	1987年	丁玲、胡適	
張子靜〈懷念我的姊姊張愛玲〉	1995年	《啼笑因緣》、《廣陵潮》、《淚珠緣》、《家》、《子夜》、《二馬》、《離婚》、《牛天賜傳》、《日出》、《雷雨》、丁玲在延安時的創作	這些書目都是張愛玲愛看且很欣賞的
張子靜《我的姊姊張愛玲》	1996年1月初版	《若馨》、《海上花列傳》、《老殘遊記》、《官場現形記》、《歇浦潮》、《禮拜六》雜誌、張恨水的長篇小說、《孽海花》、魯迅〈阿Q正傳〉、茅盾《子夜》、老舍《二馬》、《牛天賜傳》、《駱駝祥子》、巴金《家》、丁玲《太陽照在桑乾河上》、冰心的短篇小說和童話、林語堂、周瘦鵑、趙樹理《李有才板話》、《小二黑結婚》	《若馨》的作者張懷素被張子靜誤記為張如謹。張子靜認為張愛玲痴迷《海上花列傳》。《禮拜六》、《歇浦潮》、《孽海花》和張恨水的作品都是張愛玲父親的藏書，父女的共同愛好。魯迅、茅盾、老舍、巴金、丁玲、冰心的作品是張愛玲常常談起，熟讀的程度。張愛玲的母親、姑姑是《禮拜六》和周瘦鵑的小說迷。張愛玲在1948、1949年對趙樹理很欣賞，並向張子靜推薦《小二黑結婚》、《白毛女》、《新兒女英雄傳》的電影。張愛玲觀賞過《雷雨》、《日出》、《大馬戲團》、《秋海棠》的話

作者作品	（發表）時間	閱讀史	備註
			劇，在1944年與1945年常看「苦幹劇團」的舞台劇

第二節　視野與選擇：張愛玲的新文學閱讀史分期

一、「天才夢」時期（1920～1943.4）的閱讀

　　1920年9月，張愛玲（張煐）在上海租界出生，她的祖輩是滿清權臣，家世顯赫。儘管張愛玲出生時，清王朝已經被推翻（1912），張氏家族也是日薄西山、逐漸沒落，但仍舊是書香門第，對張愛玲的教育從她很小的時候就開始了，她三歲就會背唐詩，七歲就會寫小說的「神童」事跡，得益於她的家庭教育和閱讀氛圍。在1931年入學上海聖瑪利亞女校之前，一方面，張愛玲大量閱讀鴛鴦蝴蝶派和晚清民初的一些暢銷通俗小說，還有小報和流行雜誌報刊，比如《紅玫瑰》、《半月》、《點石齋畫報》，這和她長輩的閱讀偏好有很大關係，正如魏紹昌所指出的：「張愛玲喜歡吳友如所繪的石印時裝仕女圖，又愛讀韓子雲的章回小說《海上花列傳》……她對這兩種晚清作品的嗜好，不能不說與她的出身和幼年的教養有關。」[71]還有學者認為這些書目激發張愛玲閱讀興趣的

---

[71] 魏紹昌，〈兩記張愛玲〉，《逝者如斯》（濟南：山東畫報出版社，1998），頁118。

原因是它們擁有舊小說的味道,「與她模模糊糊地感到舊小說中的世界與她的家庭生活,與她知道的人與事可以相互印證有關」。[72] 雖然張愛玲在這時的閱讀選擇不多,最主要的閱讀來源是她父親的藏書,但她也不是完全被動的,她還曾「破例要了四塊錢去買」[73]《醒世姻緣傳》,主動擴充自己狹窄的閱讀書庫。父親之外,她的母親和姑姑是《禮拜六》、《紫羅蘭》等刊物和周瘦鵑的擁躉,折射出當時鴛鴦蝴蝶派在市民、貴族階層的流行。另一方面,張愛玲開始閱讀胡適、老舍的書,接觸並感受著新文學作家們在時代引起的壯闊波瀾,同樣受她家中長輩的閱讀偏好影響,例如父親和姑姑愛讀《胡適文存》,母親一直追著《二馬》的連載。儘管張愛玲提及自己童年和家人時的口吻總是不甚熱切,懷念和回憶也蒙著一層陰鬱的色彩,但兒時的家庭閱讀環境和閱讀傾向對她的影響是長達一生的。這種影響既體現為直接的承繼,比如張愛玲對小報、鴛鴦蝴蝶派通俗言情小說、老舍的持久的熱讀,也體現為間接的啟發,比如童年時閱讀的《歇浦潮》「似是順着下意識,滑進『怨女』書中去」,[74] 幼年時閱讀的胡適考證誘發了她對於《海上花列傳》的痴迷,繼而進行翻譯等等。

1931年秋季,張愛玲十一歲,她開始讀中學並住校,直到1937年中學畢業,離開了家庭和親人的張愛玲在這一時期的新文學閱讀

---

[72] 余斌,《張愛玲傳》(北京:人民文學出版社,2013),頁38。
[73] 張愛玲,〈憶胡適之〉,《惘然記:一九五〇~八〇年代散文》(香港:皇冠,2010),頁13。
[74] 水晶,〈蟬——夜訪張愛玲〉,《張愛玲的小說藝術》(台北:大地出版社,1985),頁21。

書目大多為自己所購,範圍更加廣泛,風格更加多元,更能體現出自己的審美傾向,而且比起上一階段的家庭閱讀氛圍,更受到學校閱讀風氣的影響,也更加直接暴露在時代和社會的閱讀風潮之下。表現之一是,雖然張愛玲一直不諱言自己愛讀張恨水、小報和通俗感傷社會言情小說,但她畢竟在學校受到文學「經典」觀念的規訓,之後每每提及都說那是一種「低級趣味」或「垃圾」,而且隱約以閱讀新文學為驕傲,她在〈童言無忌〉裡回想住校之後難得回家,看到弟弟「租了許多連環圖畫來看。我自己那時候正在讀穆時英的《南北極》與巴金的《滅亡》,認為他的口味大有糾正的必要」,[75]「糾正」一詞可見當時的張愛玲認為讀穆時英的《南北極》和巴金的《滅亡》是更優越的閱讀行為。表現之二是,張愛玲「私語」說這個時期擁有「我要比林語堂還出風頭」的「海闊天空的計畫」。[76]除了林語堂在當時中外文壇的聲名大噪,張愛玲就讀的聖瑪利亞女校和林語堂畢業的聖約翰青年學校同為美國聖公會設立的大學預科性質的學校,林語堂作為兄弟院校的傑出校友,張愛玲很可能在上課時聽說他的傳奇事跡,閱讀他的中英文著作也是情理之中。表現之三是,張愛玲在這個時期的習作也浸潤在社會流行的新文學氛圍之中。比如發表在聖瑪利亞女校年刊《鳳藻》上的散文〈遲暮〉、〈秋雨〉,發表在校內雜誌《國光》上的短篇小說〈牛〉和〈霸王別姬〉,還有未發表的小說〈理想中的理想村〉,

---

[75] 張愛玲,〈童言無忌〉,《華麗緣:散文集一 一九四〇年代》(台北:皇冠,2010),頁132。
[76] 張愛玲,〈私語〉,《華麗緣:散文集一 一九四〇年代》(台北:皇冠,2010),頁151。

張愛玲後來評價為「新文藝腔很重」、「新文藝腔濫調」，尤其是〈理想村〉一文，受到張資平影響頗深：「雖然我不喜歡張資平，風氣所趨，也不免用了兩個情感洋溢的『喲』字」。[77]「風氣所趨」既代表了影響張愛玲中學時期寫作的重要因素，同時也體現了影響她閱讀的重要因素。她發表的四篇讀書報告，分別評論了丁玲的多部小說、林紓翻譯的《煙水愁城錄》、林疑今的《無軌列車》以及同學張懷素創作的小說《若馨》，丁玲和林譯小說的流行自不必提，林疑今則是聖約翰大學畢業的翻譯家，和張愛玲就讀的中學存在一定聯繫，她評論的時候還自覺將其與穆時英的筆法相比較，綜合她在〈童言無忌〉中的話語，不難看出30年代在上海風靡一時的「新感覺派」也是張愛玲愛不釋手的閱讀對象。此時的張愛玲關心文壇風氣的另一例證是，她晚年回憶自己對於魯迅與左派文人論爭的閱讀：「我十幾歲的時候看魯迅雜文，雖然不清楚是怎麼回事，就憎惡左派文人像dog pack一樣圍攻。當然，這些人一般稱為『打手』，有作品作為redeeming factor的是例外。」[78]不僅是魯迅本人的雜文，攻訐他的和他所回應的文章全都看過才會得出這樣的概括，這也影響了她之後乃至一生對中國左翼文學的態度。

張愛玲在1931年至1937年間受到家庭因素的影響變小，還有一個原因是她的家庭本身發生變化，父母離婚，母親出國，姑姑離

---

[77] 張愛玲，〈存稿〉，《華麗緣：散文集一 一九四〇年代》（台北：皇冠，2010），頁93。
[78] 張愛玲1988年8月30日給鄺文美、宋淇的信，張愛玲，宋淇，宋鄺文美著，宋以朗編，《書不盡言：張愛玲往來書信集II》（台北：皇冠，2020），頁340。

家，張愛玲從1934年開始在繼母手下討生活。無論是父親主動扭轉閱讀偏好，社會閱讀風向改變，還是繼母的緣故，總歸在這一時期，張愛玲不再在家中看到鴛蝴派讀物和張恨水等人的「社會言情小說」：「他續娶前後洗手不看了，我住校回來，已經一本都沒有，所以十二三歲以後就再沒看見過，當然只有片段的印象」。[79]加上張愛玲的家庭歸屬、認同感下降，也影響了她對家庭閱讀傾向的接受態度。雖然在她十歲之前，父母已經爭吵不斷，但還勉強算得上「幸福的家庭」，家庭成員一起讀相同的書並討論內容，交流意見和感想是稀鬆平常的事情，但在她讀中學的時候，這種情形已經非常罕見了。

1937年，張愛玲中學畢業，春節過後從父親的家逃到母親的家，學習英語準備考取倫敦大學（University of London），因戰1939年轉入香港大學，同樣因戰1942年未畢業而歸滬，入聖約翰大學，不久便退學，成為一名職業作家。史料中對於張愛玲這幾年新文學閱讀史的提及幾乎沒有，主要原因是她的日常閱讀和寫作用語從中文變成了英文，因此新文學的閱讀本來就十分有限，正如她在〈存稿〉（1944）中所說：「後來我到香港去讀書，歇了三年光景沒有用中文寫東西。為了練習英文，連信也用英文寫，我想這是很有益的約束」。[80]不過她在港戰期間（第二次世界大戰太平洋戰爭初期日軍進攻英屬香港所發動的戰役，1941.12.8～1941.12.25）做防空員

---

[79] 張愛玲，〈談看書〉，《惘然記：一九五〇～八〇年代散文》（香港：皇冠，2010），頁59。
[80] 張愛玲，〈存稿〉，《華麗緣：散文集一 一九四〇年代》（台北：皇冠，2010），頁98。

駐紮在馮平山圖書館——香港大學的中文圖書館，重讀了童年的愛書《醒世姻緣傳》和《官場現形記》，成為她一生中反覆回憶的特殊閱讀經歷。在回到上海，發表〈沉香屑・第一爐香〉之前，張愛玲仍然使用英文寫作，她發表在英文月刊《二十世紀》（*The XXth Century*）上的〈Chinese Life and Fashions〉走的是林語堂的路線，用輕鬆而饒有趣味的文字向外國人介紹中國人的生活和文化，某種程度上也是踐行了她在自己閱讀史作用下制定的計畫。

總的來說，作家張愛玲的閱讀格局和創作基礎在她尚且做「天才夢」的時候就已經奠定了，她的新文學閱讀史離不開家庭教育、學校教育以及時代社會風氣的影響，這三個因素的影響力在不同的時間段（1920～1930，1931～1937，1938～1943）又有所差異。同時張愛玲獨立的審美傾向也逐漸顯露，閱讀品味在受到其他因素影響的時候保持自己的選擇和側重，並且可以內化成自己文學批評的參照物，她對新文學的評論不乏獨具慧眼和一針見血的話語，辨別出寫作者的風格與變化，模仿的標桿以及暢銷的原因。比如她對林紓翻譯的《煙水愁城錄》：「雖乏文學上的價值，卻是很好的娛樂品。譯筆華麗精練，自是林譯的特色」，和林疑今的《無軌列車》：「然而不久便不幸地陷入時下都市文學的濫調裏去」，「作者筆風模仿穆時英」的評價都很精準，對丁玲的評論：「第一篇『夢珂』是自傳式的平鋪直敘的小說，文筆散漫枯澀，中心思想很模糊，是沒有成熟的作品。『莎菲的日記』就進步多了——細膩的心理描寫，強烈的個性，頹廢美麗的生活，都寫得極好。女主角莎菲那矛盾的浪漫的個性，可以代表五四運動時代一般感到新舊思想

衝突的苦悶的女性們。作者的特殊的簡煉有力的風格，在這本書裏可以看出牠的養成」[81]尤其精彩。既體現出她的文學鑑賞能力，也兆示著她之後的小說創作能夠獨闢蹊徑和自成一家的天賦。

二、「趁早出名」時期（1943.5～1954）的閱讀

　　1943年5月，〈沉香屑・第一爐香〉發表在復刊的《紫羅蘭》第2期上，並在6、7月連載。8月，〈沉香屑・第二爐香〉刊登在《紫羅蘭》第5期，並在之後連載數月，同時張愛玲還在《萬象》、《雜誌》、《天地》、《古今》上連載〈心經〉、〈傾城之戀〉、〈金鎖記〉等小說，發表了〈到底是上海人〉、〈更衣記〉、〈公寓生活記趣〉等散文，在上海一炮而紅。在1952年去往香港之前的將近十年時間裡，張愛玲全身心地投入到寫作事業中，而不像之前因為學生的身份，以學校的要求和偏好限制自己的寫作風格與閱讀書目。在經濟上實現獨立的張愛玲，基本上擺脫了家庭和學校因素的影響，閱讀範圍擴大到新文學的各個領域與各個流派，閱讀行為也呈現出新的特點。

　　首先是社會時代風氣成為影響她新文學閱讀的最主要因素，流行的文學潮流與張愛玲自我藝術審美取向展露角力抗衡之勢並更凸顯後者。在這裡不得不提張愛玲與左翼文學的關係，40年代的

---

[81] 張愛玲，〈書籍介紹：在黑暗中：丁玲著〉，《國光》第1期（1936.10），頁15；張愛玲，〈讀書報告：煙水愁城錄：林紓譯〉，《國光》第1期（1936.10），頁4；張愛玲，〈書評：無軌列車：林疑今著〉，《國光》第1期（1936.10），頁13。

張愛玲在散文中談天說地、無所不包,卻很少涉及當時逐漸興盛的左派、左翼文學或無產階級寫作,少數的幾次也不持肯定的態度:「要迎合讀者的心理,辦法不外這兩條:(一)說人家所要說的,(二)說人家所要聽的」,「說人家所要說的,是代群眾訴冤出氣,弄得好,不難一唱百和。可是一般輿論對於左翼文學有一點常表不滿,那就是『診脈不開方』。逼急了,開個方子,不外乎階段鬥爭的大屠殺。現在的知識份子之談意識形態,正如某一時期的士大夫談禪一般,不一定懂,可是人人會說,說得多而且精彩」,[82]以及「有個朋友問我:『無產階級的故事你會寫麼?』我想了一想,說:『不會。要末只有阿媽她們的事,我稍微知道一點。』後來從別處打聽到,原來阿媽不能算無產階級。幸而我並沒有改變作風的計畫,否則要大為失望了」,[83]其中的譏刺嘲諷溢於言表。更直白的吐露出現在《憶胡適之》(1968)裡,張愛玲回憶50年代中期拜訪胡適時的對談:「自從一九三幾年起看書,就感到左派的壓力,雖然本能的起反感,而且像一切潮流一樣,我永遠是在外面的,但是我知道它的影響不止於像西方的左派只限一九三〇年代」。[84]然而,反感與排斥並不代表著張愛玲對於左翼文學的拒絕閱讀,恰恰相反,張愛玲讀的並不少,對其的瞭解也絕不狹窄和淺薄。客觀來

---

[82] 張愛玲,〈論寫作〉,《華麗緣:散文集一 一九四〇年代》(台北:皇冠,2010),頁101~102。
[83] 張愛玲,〈寫什麼〉,《華麗緣:散文集一 一九四〇年代》(台北:皇冠,2010),頁161。
[84] 張愛玲,〈憶胡適之〉,《惘然記:一九五〇~八〇年代散文》(香港:皇冠,2010),頁15。

說，張愛玲也算是左翼文學在中國發展壯大，產生深刻影響的歷史見證者。她熟讀並接受的擁有較高文學價值的意識形態作品，包括常常和張子靜推薦並談起的丁玲的《太陽照在桑乾河上》，趙樹理的《李有才板話》、《小二黑結婚》，還有《小二黑結婚》、《白毛女》、《新兒女英雄傳》的電影，都是著名的解放區文學，而且被看作適應了毛澤東「延安文藝座談會」（1942）提出的新方向，張愛玲來到香港後創作的土改小說極有可能受到它們的影響。張子靜還回憶說當時的張愛玲對「苦幹劇團」的話劇很欣賞，其中包括師陀根據俄國作家安德烈耶夫的《吃耳光底人》改編創作的《大馬戲團》，是一部帶有左翼戲劇風格的現實主義、愛國主義作品。如果要概括張愛玲與當時文學潮流之間的關係，可以說，她既不加入其中，在文學批評中緘默旁觀，但也絕不忽略，不輕視他們的理論和思想，她對人云亦云、趕潮流、博眼球的一部分左翼文學感到反感，但又被後來被奉為文學經典的意識形態作品所滋養，某種程度上也反映出張愛玲去蕪存菁的眼光獨到之處。

　　第二個值得注意的特點是張愛玲閱讀動機功利性的加深。每一位作家都無條件地熱愛閱讀，毫無疑問。戰爭爆發，朝不保夕，面臨隨時降落的炸彈，張愛玲最擔憂的是不知道死亡之前能否讀完手中的《官場現形記》，她的嗜書如命已經無需論證了。但在單純的熱愛和喜歡之外，張愛玲的閱讀還帶有明顯的目的性和功利特徵。蘇青曾在女作家聚談會中談論自己的閱讀動機：「那時我因為養了一個女孩子，家裏的人都不喜歡，時時予我以難堪，我便不大和她們談話，閒下來躲在房裏抱抱孩子，孩子睡着了，便看些書。我看

書因為是消遣性質,所以祇看小說戲劇之類」。[85]其實消遣、逃避難堪的現實也是大多數女性閱讀虛構文學的動機,珍妮斯(Janice A. Radway)曾在上個世紀80年代初在美國的一個發達社區開展過問卷調查,試圖總結那裡成年女性購買和閱讀浪漫小說的原因,她的結論是:「閱讀浪漫小說的意義就在於這種體驗本身不同於日常生活。它不僅能讓人從日常問題及責任所製造的緊張中脫身而出,而且還創造了一個女性可完全獨自享有並專注於其個人需求、渴望和愉悅的時間或空間。這同時也是一種通往或逃到異域,或者說不同時空的方式」,「閱讀浪漫小說的主要功能就是一種療癒性的釋放以及代入愉悅感(vicarious pleasure)的提供」。[86]但不同於療癒、逃離日常這種相對而言消極、被動和普遍的閱讀動機,張愛玲的閱讀動機更加積極主動,那就是在尋求趣味與愉悅之外,有意識地積累寫作的材料,在閱讀中自覺地學習。其實張愛玲閱讀行為的功利性在「天才夢」時期就已經顯露,她很小的時候就意識到家人以及傭人對弟弟的偏愛和重視,因此「很早地想到男女平等的問題,我要銳意圖強,務必要勝過我弟弟」,[87]她兒時勤奮閱讀和寫作舊詩文、小說,不能說和想要更討大人喜歡,與超過弟弟的意圖,以及她父親鼓勵、誇獎、向友人炫耀的回饋機制無關。還有兩個更明顯的證據,一是張子靜的回憶:「我姑姑有一回跟我說:『你姐姐

---

[85] 〈女作家聚談會〉,《雜誌》第13卷第1期(1944.4),頁49~57。
[86] 珍妮斯・A・拉德威(Janice A. Radway)著,胡淑陳譯,《閱讀浪漫小說:女性、父權制和通俗文學》(南京:譯林出版社,2020),頁81~83。
[87] 張愛玲,〈私語〉,《華麗緣:散文集一 一九四〇年代》(台北:皇冠,2010),頁145。

真本事，隨便什麼英文書，她能拿起來就看，即使是一本物理或化學。』她是看裏面的英文寫法，至於內容，她不去注意，這也是她英文進步的一個大原因」，[88]由此推測張愛玲的新文學閱讀很可能也包括以學習其中的寫法、結構為出發點，而不一定是出於對內容和主旨思想的興趣或欣賞。二是張愛玲在〈必也正名乎〉（1944）裡面透露過自己的創作怎樣受閱讀現實中的人名啟發：「我看報喜歡看分類廣告與球賽，貸學金，小本貸金的名單，常常在那裏找到許多現成的好名字。譬如『柴鳳英』、『茅以儉』，是否此中有人，呼之欲出？茅以儉的酸寒，自不必說，柴鳳英不但是一個標準的小家碧玉，彷彿還有一個通俗的故事在她的名字裏蠢動著。在不久的將來我希望我能夠寫篇小說，用柴鳳英作主角。」[89]這和她在座談會中被提問取材方法時的回答相對應──「張冠李戴」與「間接經驗」，在社交關係簡單的張愛玲這裡，觀察生活，從親友口中聽聞之外，閱讀描寫或記錄現實的新文學也是她積累材源的重要途徑。

　　第三個明顯的特徵是，由於這個時期張愛玲的創作呈井噴之勢，她閱讀與寫作之間轉化的內在思維機制也逐漸明朗，功利性的閱讀，有意識地進行素材積累與改編是其一，正如學者蘇友貞所指出的：「張愛玲沒有所謂『影響的焦慮』，她誰也不怕地借用與改寫她認為可用的素材，不管是西方的、中國的、經典的、通俗的、古典的、現代的，甚至是她同時代並相識的作者」。[90]這也為接下

---

[88] 張子靜，〈我的姊姊──張愛玲〉，《颷》第1期（1944.9），頁59～61。
[89] 張愛玲，〈必也正名乎〉，《華麗緣：散文集一　一九四〇年代》（台北：皇冠，2010），頁48。
[90] 蘇友貞，〈張愛玲怕誰？〉，陳子善編，《記憶張愛玲》（濟南：山東畫報

來研究她的創作如何接受、繼承、借用、重述、改寫、反叛她所閱讀的新文學作品大開方便之門。廣博的閱讀，無意識地在創作中加工自己的閱讀經驗是其二。張愛玲在小說、散文作品中常常引用自己看過的文字，或是一段話，或是一個情節，但是因為她沒有藏書的愛好和習慣，在缺乏原書核對和參考的情況下，很多引用都無法與原文嚴絲合縫。劉錚有一篇文章叫〈張愛玲記錯了〉，專門整理了二十餘條張愛玲作品中引述出錯的內容，包括字句錯誤、出處錯誤、情節錯誤、張冠李戴四種情形。[91]其中引錯的古詩、古文、舊小說佔據大多數，為張愛玲幼時所觀覽、所背誦，對於新文學的引錯倒不多，一來是因為創作時間與閱讀時間接近，二來是因為新文學較之文言更易識記。除了印證張愛玲確實沒有藏書，和比對原文的研究型習慣之外，「張愛玲記錯了」這一現象更深刻的意義在於，它直接體現出張愛玲無意識自我加工閱讀經驗的結果，還間接顯露出張愛玲閱讀、寫作的特殊關注點所在。其中貫穿始終的思維過程已經幾乎接近於創作，如果借用張愛玲自己認可的理論話語——Freudian slip，即弗洛伊德式筆誤來解釋的話，她記憶錯誤的地方其實和她的精神心理狀態以及思維習慣有關。比如她在〈詩與胡說〉（1944）中引周作人翻譯的一首日文詩：「夏日之夜，有如苦竹，竹細節密，頃刻之間，隨即天明」，[92]周作人的這首譯詩

出版社，2006），頁209。
[91] 劉錚，〈張愛玲記錯了〉，揚之水等著，《無軌列車》（上海：上海書店出版社，2008），頁119～129。
[92] 張愛玲，〈詩與胡說〉，《華麗緣：散文集一　一九四〇年代》（台北：皇冠，2010），頁163。

出自〈島崎藤村先生〉（1943）一文，他的原譯是：「夏天的夜，有如苦竹，竹細節密，不久之間，隨即天明」。[93]兩個版本存在一些細微差別，相較而言張愛玲記得更古雅文言，而周作人譯得更直白簡潔，背後的原因可能是張愛玲以記憶舊詩的思維定勢來記憶周作人的這段譯詩，而周作人本人則根據白話詩的思維定勢來翻譯。還有〈談吃與畫餅充飢〉（1980），這篇作於張愛玲晚年的文章可以說是她引用疏漏最多的一篇，她把王安石的「青苗法」記成「青禾」，將魯迅翻譯的〈貴家婦女〉的標題記成〈包子〉，《兒女英雄傳》中的情節記錯了主人公，文中所引的《笑林廣記》中的句子在原著中根本不存在。這些都是她年輕時候的讀物，她在美國寫作時也很難得到參考書，但相隔幾十年的引用與引用錯誤恰恰反映出張愛玲會對什麼樣的細節感興趣，從而在記憶庫中存儲了半個世紀，事實上，文中圍繞引用內容的敘述基本都和她自己的親身經歷有關，在某種程度上也證實了張愛玲的潛意識擁有將閱讀經驗和生活實踐熔於一爐的習慣。

1952年張愛玲離開大陸隻身前往香港，從此再也沒有回歸她魂牽夢縈的上海故土，而只能在創作中精神返鄉。在香港的這三年時間裡，她在美國新聞處找到一份翻譯工作，將一些美國名著翻譯成中文，結識了後半生最好的朋友宋淇、鄺文美夫婦，並通宵達旦地創作《秧歌》與《赤地之戀》。不同於她之前三十年間的閱讀史尚有自己的文章和張子靜、胡蘭成以及上海文壇的記錄，1952年到

---

[93] 周作人，〈島崎藤村先生〉，《藝文雜誌》第1卷第4期（1943.10），頁2～3。

1955年赴美，這段時間張愛玲看過什麼新文學，只有宋淇和鄺文美的文字成為單文孤證。從中可以知曉的是，時代的文學潮流仍舊是影響她閱讀的重要因素，在鄺文美記錄的她與張愛玲的談話中，張愛玲十分關注當時的國際文壇動向，她已經為自己之後的英文創作尋找目標和對手，通過閱讀凌叔華、林語堂的中英文著作，以及走紅的華裔作家、作品來研究英語世界讀者的喜好。她還讀了一些香港當地的新文學，比如黃天石的通俗言情小說，他刊載在《雙聲》上的〈碎蕊〉（1921）被楊國雄、劉以鬯稱為「香港新文學的開始」。[94]雖然張愛玲對黃天石的評價不高，但對他的注意以及與徐訏（1950年之後，他也隻身離開上海去了香港）的比較是張愛玲選擇閱讀對象眼光獨到的又一例證。同時張愛玲仍舊在閱讀鴛鴦蝴蝶派的作品，一方面是自己年少時閱讀興趣的延續，另一方面又是出於功利的動機，彼時她想要改寫其中的一部分，吸納進自己的創作，比如將蘇廣成（王大蘇）的《野草閒花》改寫成小說《煙花》，只是後來沒有實現。

總的來說，張愛玲在滬港文壇的「趁早出名」時期既是她創作新文學的高峰期，也是她閱讀新文學的高峰期，沒有學校和家庭因素的束縛，獨立賺取並支配屬於自己的稿費，新文學書籍、雜誌、報紙易得且豐富。同時她時時關注著上海、中國乃至世界文壇的動向，閱讀其中弄潮兒的作品，並將其有意識地積累為自己創作的素

---

[94] 參看楊國雄，《香港戰前報業》（香港：三聯書店，2013），頁132；劉以鬯編，《香港短篇小說百年精華（上）》（香港：三聯書店，2006），頁1～16。

材，學習寫法和結構，加深了閱讀動機的功利性，不過也不乏出於純粹喜愛和悅己性的閱讀，無意識地將其加工變形到作品中，造就以閱讀史為切口研究她思維世界的兩條途徑。社交關係和政治因素也影響著她對新文學閱讀對象的選取和評論，但最重要的還是社會時代的文學風氣和她已經成熟的自我審美傾向。

三、「移居美國」時期（1955～1995）的閱讀

1955年11月，張愛玲乘坐「克利夫蘭總統號」（President Cleveland）郵輪遠赴美國，之後輾轉新罕布什爾州彼得伯勒鎮（Peterborough, New Hampshire）、紐約（New York）、華盛頓（Washington, D.C.）、俄亥俄州牛津市（Oxford, Ohio）、麻州康橋（Cambridge, Massachusetts）、加州伯克利（Berkeley, California）、舊金山（San Francisco，張愛玲稱為「三藩市」）等地尋找寫作資助與教職，1972年移居洛杉磯（Los Angeles），開啟獨居避世生活直到1995年去世。除了1961年短暫地到往台灣與香港收集創作資料，張愛玲的後四十年一直生活在美國，她的閱讀史也集中在英語文學、電影和舞台劇，既因為英語文藝資源容易獲取、花費低廉、種類豐富，還因為好萊塢（Hollywood）電影與舞台劇是她從小以來的興趣，也是她和丈夫賴雅（Ferdinand Reyher，1891～1967）的共同愛好，順便一提，賴雅是一位美國左翼劇作家，為好萊塢寫過許多電影劇本。另一個重要的原因則是張愛玲需要根據歐美電影、小說來創作劇本賣給香港電懋公司，比如《南北喜相逢》

脫胎於英國話劇《真假姑母》（*Charley's Aunt*），《魂歸離恨天》與以小說《呼嘯山莊》為底本的威廉・惠勒（William Wyler）執導的電影《魂歸離恨天》（*Wuthering Heights*）有著直接聯繫，《一曲難忘》的英文片名《請記住我》（*Please Remember Me*）及主旨內容與《魂斷藍橋》（*Waterloo Bridge*）的主題曲和片中費雯麗（Vivien Leigh）的台詞相對應……[95]

然而，同樣是通過閱讀積累創作素材，張愛玲改寫英語文學的方式和她內化中國新文學的方式卻有著明顯不同。儘管創作目的之一都是為了賺取稿費，但前者的主要目的甚至全部目的就是賺錢糊口，不僅閱讀被功利所驅動，創作也是盡力迎合電懋公司和觀眾的口味，因此完成的劇本往往有著通俗的情節，皆大歡喜的結局，和符合市民階層的價值觀念。宋以朗補充當時具體的工作機制是：「張愛玲的電影劇本有很多是根據歐美話劇改編的。通常她會先寫一個大綱交給電影公司，若電影公司有興趣才會動筆寫成劇本。有些大綱會被公司拒絕，如她跟香港美國新聞處處長麥卡錫合作寫的《香港妻子》就無人問津」。[96]背後的客觀原因是電懋給的劇本費是除了賣小說的版權費之外，張愛玲最重要的一筆收入，彼時賴雅已經年老多病，既沒有經濟來源還要依靠張愛玲貼補家用，因此她無

---

[95] 參看宋以朗，《宋淇傳奇：從宋春舫到張愛玲》（香港：牛津大學出版社，2014），頁232～239；李歐梵，《文學改編電影》（香港：三聯書店，2010），頁93；張愛玲、宋淇、宋鄺文美著，宋以朗主編，《張愛玲私語錄》（香港：皇冠，2010），頁183～184；鄭樹森，《縱目傳聲》（香港：天地圖書有限公司，2004），頁207～208。

[96] 宋以朗，《宋淇傳奇：從宋春舫到張愛玲》（香港：牛津大學出版社，2014），頁233。

力承擔錯過這筆錢的後果。主觀原因是張愛玲並不十分在乎自己改寫的劇本，也不打算依靠它們來實現自己的文學成就，力證就是她對自己的劇本和依託的底本都印象模糊，比如她在〈《惘然記》二三事〉裡說：「附錄另一只電影劇本〈情場如戰場〉，根據美國麥克斯・舒爾曼（Max Shulman）著舞台劇『The Tender Trap（溫柔的陷阱）』改編的」。[97]但實際上經過學者考證，《情場如戰場》改編自《法語無淚》（French Without Tears），而並非《溫柔的陷阱》，[98]支撐史料是張愛玲在創作期間與宋淇的通信，可信度極高。

　　相比之下，張愛玲對待自己以閱讀新文學為積累素材的方法之一的小說創作，態度就嚴肅認真許多，最重要的目的是為了「出名」，達成自己的文學理想，創造傑出、為世人所矚目的藝術成就。而且不同於數十年後因為在美國出版作品舉步維艱而被嚴重打擊到自尊，1943年至1955年間的張愛玲明顯對名利雙收充滿自信，因此她對迎合讀者心理的做法不屑一顧，不去嫉妒或模仿暢銷書作家，比如她和鄺文美談話的時候說，「有些人從來不使我妒忌，如蘇青、徐訏的書比我的書銷路都好，我不把他們看做對手」，[99]也擁有並堅持著自己的、區別於主流的文學評判體系和審美主張。哪怕

---

[97] 初載1983年4月《皇冠》第59卷第2期時原題〈《惘然記》二三事〉，在收錄文集時改名。張愛玲，〈惘然記〉，《惘然記：一九五〇～八〇年代散文》（香港：皇冠，2010），頁202。
[98] 馮晞乾，〈張愛玲的電懋劇本〉，藍天雲編，《張愛玲：電懋劇本集・01卷》（香港：香港電影資料館，2010），頁21～28。
[99] 〈張愛玲語錄〉，張愛玲、宋淇、宋鄺文美著，宋以朗主編，《張愛玲私語錄》（香港：皇冠，2010），頁64。

是被美新處commissioned（授權）的情形下寫成的《秧歌》和《赤地之戀》，張愛玲也是主動請纓，[100]念茲在茲，希冀它們成為自己邁入世界文壇的敲門磚，而非像對待改寫自英語文學的劇本一樣，盈利之後就將其打入冷宮，收入文集出版之外就不再過問。

雖然離開了新文學生產和發展的沃土，雖然閱讀興趣和功利性閱讀都沉浸在英語文學世界之中，張愛玲的新文學閱讀並沒有因此停滯，在她和宋淇、鄺文美、夏志清、莊信正等友人，和蘇偉貞、姚宜瑛、丘彥明、平鑫濤、桑品載等編輯的通信中，以及與水晶、殷允芃、王禎和等訪客的交流中，張愛玲後半生的新文學閱讀至少表現出以下兩個特點。首先，孩提時期（即1930年上學之前）之後，社交關係再次成為影響張愛玲新文學閱讀的最重要因素。由於遠居海外，張愛玲對於新文學閱讀資源的獲取較為困難，她一般選擇去往當地的圖書館借閱、唐人街書店購買或者寫信拜託友人從大學圖書館借出或代購郵寄給她，而且對於大部分書目的具體版本，張愛玲其實並不清楚，她只知道作者、標題、主要情節、主角的職業等基本信息，所以在書信中討論這些內容的篇幅不在少數，也因此遺留下揭示她過往閱讀史和當時閱讀實況的寶貴線索。另外，除了幫助張愛玲搬家的朋友兼遺囑執行人林式同是建築師，與張愛

---

[100] 關於張愛玲創作《秧歌》、《赤地之戀》的自發性問題，參看高全之，〈張愛玲與香港美新處——訪問麥卡錫先生〉。其中，高全之問曾任美新處處長的麥卡錫：「曾有人說，《秧歌》與《赤地之戀》皆由美新處授意而寫。《赤地之戀》的故事大綱甚至是別人代擬的。」麥卡錫回答：「那不是實情。我們請愛玲翻譯美國文學，她自己提議寫小說。她有基本的故事概念。……我確知她親擬故事概要。」高全之，《張愛玲學》（台北：麥田出版，2008），頁253。

玲通信、對談的人基本上都從事與文學相關的工作，或在電影、出版界供職，或在大學擔任研究工作，或是作家、評論者，他們的新文學閱讀史與張愛玲的有大面積重疊，也為張愛玲和他們自由放鬆、漫無邊際地談論自己關於一些新文學作品的看法提供了交流基礎。嚴格說來，社交關係影響張愛玲這一時期新文學閱讀的情形分有兩種，一種是張愛玲的友人為她提供她所需要的閱讀資源，另一種是由於寫信人的推薦或提及而使張愛玲萌生閱讀興趣，或者她的朋友直接寄送來她事先沒有要求的書籍。前者的例子有張愛玲對於丁玲的重讀，她因為想要申請香港中文大學研究丁玲小說的資助，而發動朋友圈在香港和美國對丁玲從20年代末到延安時期（1936～1945）的創作進行了蒐集，一定程度上，她的閱讀範圍也被限制在社交網絡所能取得的閱讀資源之內。後者的例子包括張愛玲1977年6月17日給宋淇、鄺文美的信：「報上提起吳祖光的劇本《風雪夜歸人》，Stephen上次彷彿說是秦瘦鷗的，所以我當是小說。還是想看」，[101]並顯露出她新文學閱讀史的盲點所在。以及1981年給丘彥明的回信：「新近的楊絳『六記』真好，那麼沖淡幽默，而有昏濛怪異的別有天地非人間之感」，楊絳的《幹校六記》是編輯丘彥明寄給張愛玲的，丘彥明說，「寄報紙、雜誌、書籍，她都會翻閱」，[102]這應當是事實，張愛玲的書信中記錄了不少關於文學同好寄給她的書籍的讀後感，然而這種情形發生時的閱讀對象大部分是

---

[101] 張愛玲，宋淇，宋鄺文美著，宋以朗編，《紙短情長：張愛玲往來書信集I》（台北：皇冠，2020），頁356。
[102] 丘彥明，〈張愛玲給我的信〉，《人情之美》（台北：允晨文化，2015），頁224。

大陸以及港台的當代文學，基本是當時新近出版的書，所以不在本書的研究範圍之內，在此僅僅作為例證。還有一種比較少見的情況，因為社交關係的緣故間接揭示出張愛玲的新文學閱讀史或藏書，那就是因為社交需要，張愛玲向他人推介或者提供閱讀資源，比如她在1967年4月11日寫信給莊信正說：「我寄了部《夢影緣》彈詞到你辦公室，請轉交陳世驤先生。」莊信正註解道：「《夢影緣》：木板函裝，無疑是她家傳的善本書」，「她不止一次寄書贈給陳先生由我轉交（包括名著《歇浦潮》，都同樣是她家傳的善本書）」。[103]陳世驤當時是加州大學伯克利分校中國研究中心（Center for Chinese Studies, University of California, Berkeley）的主任，幾年之後成為張愛玲的頂頭上司，即便是不願與他人打交道的張愛玲也懂得這其中的人情世故，因此「理東西的時候發現一部彈詞，明知陳世驤先生不見得對彈詞感興趣，還是寄了來托你轉去」。[104]

第二個明顯的特徵是，張愛玲在這一時期的新文學閱讀實況基本表現為功利性的重讀，至少通過書信內容顯露的張愛玲的重讀行為均是出於現實需求。比如上文提到的丁玲；為了寫《小團圓》中女主角盛九莉的職業，最初想定為女伶，因此需要去書店購買張恨水的《歡喜冤家》以作參考；還有1981年10月15日給宋淇、鄺文美的書信中說：「平鑫濤另開了上半年版稅的支票寄來，建議介紹胡適重新發現《海上花》的經過。我這才想起來，要托Stephen影印兩份《胡適文存》裏關於《海上花》這篇文章，寄一份給平鑫濤，一

---

[103] 莊信正，《張愛玲來信箋注》（台北縣中和市：INK印刻，2008），頁23，25。
[104] 莊信正，《張愛玲來信箋注》（台北縣中和市：INK印刻，2008），頁24。

份給我,好擇要寫一段簡短的介紹」,[105]這才驅使張愛玲重讀《胡適文存》。丁玲、張恨水、《胡適文存》都是張愛玲在「天才夢」時期讀過的,當時受到時代風氣或者家庭因素的影響,也有一部分是她興趣使然,不過將近四十年後的重讀則是目的明確,為了完成特定的事務,張愛玲的閱讀心境和看法也發生了變化。相比起對於張恨水、胡適的終身推崇或喜愛備至,張愛玲對丁玲的觀感和十多歲、二十多歲時大有不同,她在十六歲時對〈莎菲女士的日記〉評價很高,並且說:「丁玲是最惹人愛好的女作家」,[106]二十四歲時說:「丁玲的初期作品是好的,後來略有點力不從心」,[107]雖然延續了中學時的欣賞,但觀點已經開始發生轉變,到了五十四歲時則變成:「我也覺得丁玲的一生比她的作品有興趣。根本中國新文藝我喜歡的少得幾乎沒有。研究她的作品完全是宋淇的idea。我做這一類的事總比我找事congenial。如果我想寫論文,怎麼會捨得丟下寫了一半的紅樓夢考證,倒又去另找材料」,[108]可見當時張愛玲已經對閱讀丁玲的作品失去內驅的積極性了。此外,長達四十年的時間跨度也為張愛玲的新文學閱讀提供了淡忘與銘記的兩種趨勢,在缺乏藏書,又沒有現實需求驅使張愛玲進行重讀的情況下,張愛玲對一些新文學作家的印象停留在了青年時的記憶,和自己的親身經歷有

---

[105] 張愛玲、宋淇、宋鄺文美著,宋以朗編,《書不盡言:張愛玲往來書信集II》(台北:皇冠,2020),頁68。
[106] 張愛玲,〈書籍介紹:在黑暗中:丁玲著〉,《國光》第1期(1936.10),頁15。
[107] 〈女作家聚談會〉,《雜誌》第13卷第1期(1944.4),頁49〜57。
[108] 張愛玲1974年6月30日給夏志清的信,夏志清編注,《張愛玲給我的信件》(台北:聯合文學,2013),頁216。

關、對自己的創作產生過影響、作為小說人物原型或其他素材、因為喜愛而甘心一遍遍熟讀甚至背誦的新文學作品，在話語中不斷地被重提、重述、重構著，其餘的則被時間沖刷走或者扭曲變形地塵封在了記憶深處。

總的來說，張愛玲「移居美國」時期的新文學閱讀範圍大大縮小，選擇也並不充足，社交關係再次一躍成為影響她新文學閱讀的最重要因素，閱讀的功利性也達到頂峰。同時，由於張愛玲對英語文學的閱讀和改寫，對童年、青年時閱讀經驗的重提，為辨認張愛玲的新文學閱讀史特點提供了語言和時間這兩個不同的參照系。而且，由於遠居海外，張愛玲的新文學閱讀取向和評論視角更多受到海外思潮，尤其是美國社會和學術界的影響，這既是一種隔膜和錯位，她的新文學批評因此顯得生澀而疏離，卻也揭示了當時世界層面的中國文學、文化研究趨勢，為評價中國現代作家提供了有別於大陸主流意識形態的看法。

綜上所述，張愛玲的新文學閱讀史不僅指向著她的創作史，而且和她的旅居生活史如影隨形，可以被大致分為「天才夢」（1920～1943.4）、「趁早出名」（1943.5～1954），「移居美國」（1955～1995）三個時期。影響因素有家庭、社交關係、學校、時代風氣等作用於張愛玲的閱讀視野和閱讀選擇，閱讀動機有悅己的、非功利性的內在動機，更重要的是為了創作或者完成特定的事務以獲得名利錢財的外在動機，這兩種動機又可以基本對應張愛玲的兩種閱讀寫作轉化機制，前者是無意識地加工閱讀經驗，後者是有意識地積累素材、進行改寫……當張愛玲的中國近代現代文學閱

讀史彙編，和分期研究落下帷幕，緊接著浮現的問題是：新文學閱讀對張愛玲的創作有哪些具體影響，體現在何處，張愛玲對其的態度又是如何經歷了如飢似渴、背棄、回歸、淡薄的一系列轉變？

第二章　嵌套與重述：
張愛玲小說中的新文學閱讀者

　　在第一章裡，我們已經回答了張愛玲在什麼時候、什麼地方、受到什麼因素影響而選擇看什麼新文學書籍這類問題，也對她將新文學閱讀轉化為寫作的思維機制有了初步的認識，但我們仍然不清楚，在尋求愉悅、積累素材以及完成任務的籠統目的之下，張愛玲到底如何看待新文學閱讀這一行為，她閱讀的效果又是什麼，有意識地借用和無意識地改寫究竟是怎樣的內在消化文字的過程？如果將她的閱讀和寫作看作兩個端點，那麼連接這兩端的那條狹長而深邃的甬道對於我們來說仍舊是黑暗未明的。研究張愛玲個體閱讀行為的時候能否借鑑讀者群體閱讀行為的共性呢？事實上，歷史上曾經有許多現代心理學家和神經科專家試圖通過觀察讀者眼睛的運動和腦電圖情況來剖析他們的閱讀過程，但並沒有取得突破性的進展。因為閱讀不是簡單的有關技巧的問題，而是把文字變成意義的過程，這個過程因個體、因文化而異，找到一個能夠放之四海而皆准的公式幾乎是痴心妄想，羅伯特・達恩頓在〈閱讀史初探〉（*First Steps Toward a History of Reading*）中如此總結道。緊接著，他提出了一種人文學者可以嘗試的研究方法，即「過去的人們對閱讀有什麼樣的理念及假定，這些理念及假定又是怎樣影響了他們的

閱讀行為，我覺得我們應該對此做更多的瞭解。我們可以看看當時的小說是怎麼描寫閱讀行為的，看看當時的人物自傳、寫下的論辯文章信件和創作的繪畫及木刻作品等等，從中發現他們是怎麼看待閱讀的。」[109]巧合的是，張愛玲不僅在信件和散文中談論自己看過的書籍，這在前文已經為我們揭示了她的閱讀史以及閱讀實況，她還在幾乎每篇小說中塑造了作為讀者的人物，在虛構世界裡展示著他們的閱讀經驗，甚至正在閱讀的過程。為我們進一步研究張愛玲本人對於新文學和新文學閱讀的看法，她的閱讀效果，閱讀對她的文藝思想和創作行為造成的影響，以及探討她如何利用新文學閱讀來編織情節、塑造人物、表達思想提供了可能性。

　　張愛玲小說中的人物大多是閱讀者，是巧合也是必然，因為她習慣描寫的人物形象便是遺老家族中的小姐、少爺，洋派的留學生，和大學生、中學生、公司職員等市民階層，只有少數的幾篇作品以女傭、丫鬟、農民為主視角，這也是她所生活的社會圈層所決定的。這些角色的共同特點是具備一定的文化教育基礎，或是文藝愛好者，所以能夠輕而易舉地說出幾句自己看過的書中的句子，將書中的世界和現實世界做對比，讀書的場景也是他們日常生活的組成部分，為張愛玲在故事中插入她自己的閱讀經驗作為輔助表達的一種裝置提供了邏輯前提。譬如為人所熟知的〈傾城之戀〉裡，范柳原深夜打電話給白流蘇表白的句子便是出自《詩經》，只不過引用地走了樣：「『死生契闊——與子相悅，執子之手，與子偕

---

[109] 羅伯特・達恩頓著，蕭知緯譯，《拉莫萊特之吻：有關文化史的思考》（上海：華東師範大學出版社，2011），頁146。

老』……我看那是最悲哀的一首詩,生與死與離別,都是大事,不由我們支配的。比起外界的力量,我們人是多麼小,多麼小!」[110]已經為之後的情節發展作出提示,也是全文的文眼所在。再譬如〈茉莉香片〉中聶傳慶將一本現代雜誌看作是他母親的愛情見證,和她試圖掙脫封建牢籠的歷史遺留物;〈第一爐香〉中的葛薇龍去到姑媽家時覺得自己像《聊齋志異》裡的書生,走入一個鬼氣森森的世界;〈第二爐香〉中「我」的出場即在圖書館裡讀一本英國使臣謁見乾隆皇帝的記載,在與外國同學討論性教育問題時說:「多數的中國女孩子們很早就曉得了,也就無所謂神秘。我們的小說書比你們的直爽,我們看到這類書的機會也比你們多些」[111]……諸如此類的閱讀提及,數不勝數,有的指出了古詩、古文、舊小說、現代文學、西方文學、話劇、電影的具體名稱,其他的則用「小說」、「戲」、「話劇」等詞語進行模糊概括,在虛構的小說世界中再建一重虛構世界。這些閱讀提及既展現出張愛玲本人閱讀史的豐富,和閱讀在她的精神世界裡的重要性,也幫助塑造了一個個身處時代浪潮中的、新舊交雜的,或充滿幻想、或帶有悲劇氣質的豐滿人物。

張愛玲從孩提時起就在父親的藏書、母親的愛好影響下開始接觸新文學,到上學和步入文壇的時候更是閱讀和學習新文學的高峰期,閱讀和談論新文學也是當時流行於青年人之中的一股風氣,因此在她的小說裡自然少不了新文學的閱讀者。本章根據上一章總結

---

[110] 張愛玲,〈傾城之戀〉,《傾城之戀:一九四三年短篇小說》(香港:皇冠,2010),頁205。
[111] 張愛玲,〈第二爐香〉,《傾城之戀:一九四三年短篇小說》(香港:皇冠,2010),頁62。

歸納的張愛玲閱讀史分期，選取了四個貫穿她一生的新文學（包括現代通俗文學）閱讀對象：張恨水、《中國新文學大系》（1935～1936）、丁玲、魯迅。以張愛玲在40年代創作的〈創世紀〉、〈年青的時候〉、〈異鄉記〉，於50年代創作的《十八春》、《秧歌》和《赤地之戀》以及在50年代後期至70年代創作的《雷峰塔》、《易經》、《小團圓》等為側重點，分別討論她對張恨水、《新文學大系》、丁玲、魯迅的閱讀在小說中如何被重述，以及發揮出怎樣的效用。以張愛玲小說中的新文學閱讀者為例，研究她如何利用「小說中的人物閱讀小說」這重嵌套裝置去展示她所關注的「人生的素樸的底子」的問題。

第一節 「張恨水小說裏的人」

一、「藍布罩衫」與「紅綢旗袍」：張恨水小說裡的人物模版

論起張愛玲喜歡了一輩子的文學讀物，排在前面的一定有《紅樓夢》、《海上花列傳》，與張恨水的小說，張愛玲為《紅樓夢》寫了一本《紅樓夢魘》，將《海上花》從吳語翻譯到國語和英語，那麼為了張恨水呢？保守計算，她在小說、散文、書信中談到張恨水的頻率高達十五次，如果包括他人記載的語錄、聚會和採訪，數目則超過二十次，與魯迅並列張愛玲文本中提及最頻繁的現代作家榜首，緊隨其後的是胡適和丁玲。張愛玲還有至少五次直接說

過「我喜歡張恨水」,面對鄺文美、夏志清和40年代的上海讀者,因此完全稱得上是「張恨水迷」,用水晶的話來概括即「嗜之若命」。

當然張愛玲在紀實性自述中提到張恨水也不僅僅是為了表達喜愛,更多的時候是在分析和解讀,與之的知己程度遠超一般讀者。比如〈必也正名乎〉:「即使在理想化的未來世界裏,公民全都像囚犯一般編上號碼,除了號碼之外沒有其他的名字,每一個數目字還是脫不了它獨特的韻味。三和七是俊俏的,二就顯得老實。張恨水的《秦淮世家》裏,調皮的姑娘叫小春,二春是她的樸訥的姐姐。《夜深沉》裏又有忠厚的丁二和,謹愿的田二姑娘」,[112]對張恨水小說裡的人物信手拈來,而且熟知他命名和設計人物性格、命運的方式,如果借用韋勒克和沃倫（Austin Warren）在《文學理論》（*Theory of Literature*）中「塑造人物最簡單的方式是給人物命名。每一個『稱呼』都可以使人物變得生動活潑、栩栩如生和個性化」[113]的理論,那麼張愛玲無疑掌握了張恨水塑造人物的基本思維。小說中的細節之外,張愛玲還對張恨水小說的類型和藝術價值有著高屋建瓴的判斷,譬如她在〈談看書〉中將張恨水列入「社會言情小說」項下,還將《春明外史》細分為社會小說,認為其真實性較多。同時,「社會言情小說格調較低,因為故事集中,又是長篇,光靠一點事實不夠用,不得不用創作來補足。一創作就容易

---

[112] 張愛玲,〈必也正名乎〉,《華麗緣:散文集一 一九四〇年代》（台北:皇冠,2010）,頁48。
[113] 勒內・韋勒克、奧斯汀・沃倫（Austin Warren）著,劉象愚等譯,《文學理論》（南京:江蘇教育出版社,2005）,頁256。

『三底門答爾』，傳奇化，幻想力跳不出這圈子去。但是社會小說的遺風尚在」[114]等評價和以范伯群《中國近現代通俗文學史》為代表的對張恨水的學術性蓋棺定論相差無幾：「張恨水是能把社會、言情這兩類敘述糅合於一綜合體的作家，社會、言情兩類題材，敘述風格如鹽在水，很難分別」，《春明外史》「小說具有強烈的『紀實』色彩」，「張恨水的言情故事中常常加入了較多的傳奇成分，情節的起承轉合有時常有突然的神來之筆」。[115]甚至張愛玲指出的張恨水社會言情小說創作的缺陷，比文學史中的相關論述更加精確和深刻。無論是數字與名字這一簡單細微的話題，還是社會言情小說這一宏觀的文學類型，張愛玲對張恨水的列舉和闡釋都說明了她對其作品譜系的熟讀，以及因為瞭然和相熟而使得張恨水的小說成為令她感到安心妥帖的思維安全區，可以承接住和從中找出案例證明她在散文和小說裡的各種奇思妙想。

張恨水的創作對張愛玲更重要的影響在於，他刻畫人物，尤其是女性角色的方法被張愛玲所看破和繼承，被她內化為一種模版和標準，塑造著她對於塑造人物的看法。這一看法簡單來說就是「照張恨水的規矩，女主角是要描寫的」。[116]關鍵是出場，只見《啼笑因緣》裡的沈鳳喜，「一個十六七歲的姑娘，面孔略尖，卻

---

[114] 張愛玲，〈談看書〉，《惘然記：一九五〇～八〇年代散文》（香港：皇冠，2010），頁60。
[115] 范伯群，《中國近現代通俗文學史》（南京：江蘇教育出版社，1999），頁229～245。
[116] 張愛玲1969年6月24日給鄺文美的信，張愛玲，宋淇，宋鄺文美著，宋以朗編，《紙短情長：張愛玲往來書信集I》（台北：皇冠，2020），頁202～203。

是白裏泛出紅來，顯得清秀，梳着覆髮，長齊眉邊，由稀稀的髮網裏，露出白皮膚來。身上穿的舊藍竹布長衫，倒也乾淨齊整」，[117]《金粉世家》裡的冷清秋：「穿了一件藍布長罩袍」。[118]在張恨水小說語言的隱喻（metaphor）世界裡，藍布代表「樸素」，而綢衣則象徵「浮華」，這顯然和二者的製作成本有關，因此也賦予了藍布衣衫階級、階層的意味，單穿藍布衣衫的青年女性，一般是女學生和社會底層，卻富有一種天真純潔的自然美，往往吸引貴族家庭裡的公子哥，比如沈鳳喜之於樊家樹，冷清秋之於金燕西。而張恨水更高明的描寫，或是對現實更準確的觀察與描摹是藍布罩衫與綢衣的結合，譬如《八十一夢》裡的吳太太：「新燙的捲雲頭，每個雲勾式的頭髮，都是烏光的。在藍布罩衫外沿露出裏面紅綢長袍」。以及從事「追」的工作，即為人情婦的年輕女子：「雖然各有各的打扮，但是都不外在綢衣或布衣上，外面罩了一件藍布大褂，最是裏面穿着紅紫綢衣的，故意將藍布罩衣作得短窄些，露出綢衣的四週來」，作為其中翹楚的白露小姐「身上一件藍布罩袍，罩了裏面一件短紅綢的短旗袍。一二寸高後跟的紫皮鞋，赤腳穿着，跳着地面篤篤有聲，她臉上的化裝，是和普通女子有些分別，除了厚敷着胭脂粉而外，雙眼畫成美國電影明星嘉寶式，眉角彎成一把鉤子，眼圈上抹着淺淺的黑影，正和那嘴唇上豬血一般紅的唇膏相對照」。[119]強烈反差和極致對比造成的衝擊力挑逗著觀者的感

---

[117] 張恨水，《啼笑因緣・第一冊》（上海：三友書社，1932），頁21。
[118] 張恨水，《金粉世家續集（全六冊）》（上海：世界書局，1933），頁1527。
[119] 張恨水，《八十一夢》（南京：新民報出版社，1946），頁84，197，198。

官，成為一種與敘述者、觀看者「我」的性別身份相匹配的男性凝視。張恨水的出彩描寫自然也引起了讀者張愛玲的注意，畢竟從她的繪畫、〈更衣記〉、日常穿著以及和炎櫻一起開服裝設計店的經歷等就可以看出她對於服飾是多麼敏感。她在〈童言無忌〉裡寫道：「張恨水的理想可以代表一般人的理想。他喜歡一個女人清清爽爽穿件藍布罩衫，於罩衫下微微露出紅綢旗袍，天真老實之中帶點誘惑性，我沒有資格進他的小說，也沒有這志願」，[120]「清清爽爽」、「天真老實」、「誘惑性」是對於藍布罩衫還有紅綢旗袍所蘊涵意味的直接揭示，如果進一步以女性主義的視角解讀，那麼「我沒有資格進他的小說，也沒有這志願」就是對於男性凝視的拒絕和反抗了。《八十一夢》於1942年初版，《童言無忌》發表於1944年，再結合兩篇作品中措辭接近的內容，張愛玲〈童言無忌〉的互文文本指向張恨水的《八十一夢》這一結論應當不會產生太多異議。

更多的互文和模仿出現在張愛玲的小說中，比如《半生緣》裡石翠芝的出場，也是她和許叔惠的初見：「穿著件翠藍竹布袍子，袍叉裏微微露出裏面的杏黃銀花旗袍」。「她穿著這樣一件藍布罩袍來赴宴，大家看在眼裏都覺得有些詫異」，[121]因為請她來是與沈世鈞相看的，她卻沒有穿著盛裝艷服精心打扮而來，對於翠芝來說，這是為了掩飾她的羞澀，對於世鈞來說，這體現了她的

---

[120] 張愛玲，〈童言無忌〉，《華麗緣：散文集一　一九四〇年代》（台北：皇冠，2010），頁126。
[121] 張愛玲，《半生緣》（香港：皇冠，2009），頁59。

「驃勁」和大小姐脾氣,而對於叔惠來說,請注意翠芝的外貌描寫正是通過叔惠的「多看了兩眼」而展現的,則是清純中帶有誘惑的吸引,因此叔惠對她接下來的處境產生了憐惜的情緒,在分別時感到惆悵,「男人對於女人的憐憫,也許是近於愛」,[122]已經為他們日後的相愛鋪墊好了基礎。再比如〈五四遺事〉中羅在鄉下的原配妻子,知道久別的丈夫回家,「在綢夾襖上罩上一件藍布短衫,隱隱露出裏面的大紅緞子滾邊」[123]無疑是順從男性凝視,甚至是渴望得到凝視之後的疼愛的一種討好。藍布罩衫加綢衣的搭配之外,單穿藍布罩衫的破落戶家的女主角在張愛玲筆下俯拾皆是,例如〈花凋〉裡的鄭川娥和〈創世紀〉裡的匡瀠珠,和真正的社會底層人物小艾(〈小艾〉)和金香(〈鬱金香〉)。

話說回來,藍布罩衫既然是現代女性的普遍穿著,又如何得知張愛玲在作品中的描述不是出於對現實的觀察或是受到其他作家、作品的影響,而是繼承了張恨水呢?第一,張愛玲的閱讀史和她的〈童言無忌〉已經證明了她熟讀張恨水,並且注意到他筆下身穿藍布罩衫和紅綢旗袍的女性形象,其二的證據來自她的自傳性小說《易經》和《小團圓》。故事開頭內容重合的部分都講述了沈琵琶(盛九莉)在香港大學讀書時的一位同學去父親的男性朋友家借住的事情,儘管她們在小說中擁有不同的名姓,但明顯是同一個人物,她的日常衣服是「藍布旗袍」,《易經》裡說這樣的穿著「太

---

[122] 張愛玲,〈心經〉,《傾城之戀:一九四三年短篇小說》(香港:皇冠,2010),頁142。
[123] 張愛玲,〈五四遺事〉,《色,戒:一九四七年以後短篇小說》(香港:皇冠,2010),頁175~176。

像民初的人」,「還綁辮子,穿藍布旗袍,像我媽那時候的女學生」。[124]如果我們相信沈琵琶是一個可靠的敘述者和張愛玲內心聲音的代言人,那麼就能推測,在張愛玲的認知中,藍布旗袍流行於她出生之前。《小團圓》裡評價那個同學:「她完全像張恨水小說裏的人,打辮子,藍布旗袍」[125]則直接建立了藍布旗袍和張恨水小說中人物的聯繫。《小團圓》也不止一次地提到張恨水,九莉「坐在梯級上,看表姐們借來的《金粉世家》,非常愉快」,還有九莉的二哥哥「高個子,有紅似白的長臉,玳瑁邊眼鏡,夠得上做張恨水小說的男主角」,[126]再次驗證了張恨水小說中的典型人物為張愛玲小說裡的男性和女性角色提供了參考模版這一結論。如果我們不相信盛九莉是作者的化身,那麼至少可以說張恨水小說中的人物是張愛玲筆下女主角的閱讀經驗之一,給她留下了深刻印象,使她能夠將其與自己所遇到的現實相對應。其三的證明是張愛玲1969年6月24日給鄺文美信中的那句「照張恨水的規矩,女主角是要描寫的」,語境正是有關《半生緣》——「你有次信上說《半生緣》像寫你們,我說我沒覺得像,那是因為書中人力求平凡。照張恨水的規矩,女主角是要描寫的,我也減成一兩句,男主角完全不提,使被人不論高矮胖瘦都可以identify with [視作]自己。翠芝反正沒人跟她identify [身分掛鉤],所以大加描寫。」[127]加上她1979年12月16

---

[124] 張愛玲著,趙丕慧譯,《易經》(香港:皇冠,2010),頁219。
[125] 張愛玲,《小團圓》(台北:皇冠,2009),頁26。
[126] 張愛玲,《小團圓》(台北:皇冠,2009),頁128,156。
[127] 張愛玲,宋淇,宋鄺文美著,宋以朗編,《紙短情長:張愛玲往來書信集I》(台北:皇冠,2020),頁202~203。

日給莊信正的信：「你喜歡《半生緣》大概是因為喜歡張恨水」，和莊的註解：「此書……令人想起張恨水，可以說是她對從小就喜歡的這位前輩的一種間接的禮讚」。[128]以及更直白的和殷允芃對話時所說的，最近的長篇小說《半生緣》，就是她「在看了許多張恨水的小說後的產物」：「像是還債似的」，「覺得寫出來一吐為快」。[129]因此，我們完全有理由說，張愛玲《半生緣》中石翠芝的出場，乃至整部小說、多部小說中的人物塑造，尤其是服飾和外貌描寫，都籠罩在張恨水小說所投射的巨大陰影之下。

二、「虛偽之中有真實」：〈創世紀〉中的張恨水閱讀者

張恨水之於張愛玲，除了作為散文、書信、日常閒聊中的談資，和為她自己小說裡的人物打樣，「閱讀張恨水」還直接成為小說〈創世紀〉中的一個情節，與欣賞「春柳社文明戲」，《雷雨》話劇，《陽關三疊》、《藍色多瑙河》的唱片以及無具體指涉的「小說」、「戲」、「電影」、「話劇」一起，承擔著關鍵的結構功能和表意作用。

〈創世紀〉發表於1945年，描繪了匡家以匡老太太戚紫微，兒媳全少奶奶，孫女匡瀠珠為代表的三代女性的生活狀態，小說的前半段是瀠珠的戀愛故事，後半段是紫微做壽以及對過往家族史的回

---

[128] 莊信正，《張愛玲來信箋注》（台北縣中和市：INK印刻，2008），頁100～101。
[129] 殷允芃，〈訪：張愛玲女士〉，《中國人的光輝及其他──當代名人訪問錄》（台北：志文出版社，1971），頁7。

憶，全少奶奶則是沉默的「歷史中間物」，在場卻不沾染筆墨。孫女瀠珠是一個典型的新時代女性，接受了新式教育，儘管不多，但好歹支撐她在社會上找到工作，在手邊餘下一點錢，而不像家族裡的大多數人，依靠祖母的嫁妝過活。她的閱讀視聽史也和同代社會新人的類似——中西交雜，既看石揮飾演魯貴的話劇《雷雨》和其他很多的話劇，也看小說、電影，聽無線電、留聲機，跳華爾滋。祖母紫微是「有名的戚文靖公的女兒」，其原型不消說是張愛玲的奶奶，李鴻章的次女李菊藕，書中的那句戚文靖公「在馬關議和，刺客一鎗打過來，傷了面頰」，[130]與李文忠公李鴻章的對應顯而易見。紫微遵從父親的意願低嫁到匡家，出錢維持家族多年的開支，日復一日、年復一年地看著家族裡的女性出生、長大、出嫁。故事中的紫微已經行至暮年，但她並不是一個守舊的老太太，儘管與小輩有隔閡，卻還是撿了她們的書來讀，也愛看時新的戲、話劇、小說，尤其是張恨水的《美人恩》、《落霞孤鶩》、《春明外史》，她看過許多遍。

〈創世紀〉中有趣的現象是，同樣是閱讀浪漫小說，包括戲劇、音樂、電影等一系列新文藝，紫微與瀠珠、瀠芬一代人的觀感是迥然相異的，前者將戲裡的、書裡的和日常的人生截然分開，後者卻把它們攪成一團，恍惚之間分不清二者的界限所在，以至於錯把虛構世界當作現實。譬如瀠芬在電燈熄滅時正好讀完一部小說：「書裏兩個人，一個女的死了，男的也離開北京，火車出了西直

---

[130] 張愛玲，〈創世紀〉，《紅玫瑰與白玫瑰：一九四四年～四五年短篇小說》（香港：皇冠，2010），頁308。

門，又在那兒下著雨。……書一完，電燈又黑了，就好像這世界也完了……真難過！」[131]如果說這只是簡單的讀書入了迷才將生活與小說的相似之處一一對應，那麼瀠珠則是把自己徹底當作了留聲機和電影所營造的世界裡的人。她首先是將《陽關三疊》作為與毛耀球交往的背景聲，既昭示著分別：「不知為甚麼，和他來往，時時刻刻都像是離別。總覺得不長久，就要分手了」，[132]也形成人心痛楚的通感，知道對方始亂終棄的劣跡後仍然不忍分別。等到她在毛耀球的家裡聽《藍色多瑙河》：「『說我恨不得坐到無線電裏頭去！』坐得近，就彷彿身入其中。華爾滋的調子，搖擺著出來了，震震的大聲，驚心動魄，幾乎不能忍受的，感情上的蹂躪。尤其是現在，黃昏的房間，漸漸暗了下來，唱片的華美裏有一點淒涼，像是酒闌人散了。瀠珠在電影裏看見過的，宴會之後，滿地絆的彩紙條與砸碎的玻璃杯，然而到後來，也想不起這些了。嘹亮無比的音樂只是迴旋，迴旋如意，有一種黑暗的熱鬧，簡直不像人間」，[133]則已經完全進入了戲中，她誤把藝術中的淒涼美感賦予自己的愛情，自我感動、自我陶醉，所以對待毛耀球的求歡，還帶有音樂餘韻的悲壯，直到清醒過來才意識到自己是「發了昏」。

　　瀠珠的戀愛經歷告訴我們，將虛構世界與現實世界混為一談是

---

[131] 張愛玲，〈創世紀〉，《紅玫瑰與白玫瑰：一九四四年～四五年短篇小說》（香港：皇冠，2010），頁294。
[132] 張愛玲，〈創世紀〉，《紅玫瑰與白玫瑰：一九四四年～四五年短篇小說》（香港：皇冠，2010），頁279。
[133] 張愛玲，〈創世紀〉，《紅玫瑰與白玫瑰：一九四四年～四五年短篇小說》（香港：皇冠，2010），頁297。

非常危險的,伊格爾頓(Terry Eagleton)也說:「不把小說與現實相混淆是很重要的」。[134]尤其對於女性而言,畢竟她們有著相信通俗浪漫故事都是事實這一通病,《閱讀浪漫小說》的作者珍妮斯在抽樣社區中閱讀浪漫小說的女性之後,總結說,這些讀者「覺得浪漫小說的世界和讀者的世界一樣真實,而書中角色的生活也像她們的生活一樣持續地向前演進。由於假定了這兩個世界的類同性,於是讀者從虛構世界中所獲得的任何東西都會被自動編碼為『事實』或『信息』,並且在心理上被存檔為一種可應用於日常生活的知識,以備未來有一天加以使用。」[135]這其實也是小說裡瀅珠那一代五四後女性群體的特徵,自從新文學、戲劇、電影等虛構文藝在社會上普及開來,就成為了她們觀照自我、感受自我、想像自我、塑造自我的一種重要途徑,延展她們狹小的社會接觸面,使她們相信外界正如虛構文藝中所表現出的樣態的同時,也積累著她們自以為有用、可以效仿的經驗與素材,以迎接新舊交雜的社會中對女性充滿挑戰性的生活。

而紫微一代與瀅珠、瀅芬的隔膜正在於,她意識到「小說裏有戀愛,哭泣,真的人生裏是沒有的」,「像書裏的戀愛,悲傷,是只有書裏有的呀!」,她意識到她所閱讀的浪漫小說是對於她平淡人生的一種補償,是虛構且虛偽的。所以儘管她「喜歡看戲,戲裏淨是些悲歡離合,大哭了,自殺了,為父報仇,又是愛上了,一定

---

[134] 特里・伊格爾頓(Terry Eagleton)著,范浩譯,《文學閱讀指南》,(鄭州:河南大學出版社,2015),頁6。
[135] 珍妮斯・A・拉德威著,胡淑陳譯,《閱讀浪漫小說:女性,父權制和通俗文學》(南京:譯林出版社,2020),頁143~144。

要娶，一定要嫁……」，「張恨水的小說每一本她都看了」，[136]她卻覺得很稀奇，將其當作生活中非常態的奇聞逸事，她也只能欣賞小說和戲劇裡的少女懷春，對於現實中孫女的相思病和多愁善感，她是感到不滿，無法理解，並且深以為禍害的。

張愛玲在〈自己的文章〉（1944）裡說：「我喜歡素樸，可是我只能從描寫現代人的機智與裝飾中去襯出人生的素樸的底子……我不把虛偽與真實寫成強烈的對照，卻是用參差的對照的手法寫出現代人的虛偽之中有真實，浮華之中有素樸」，[137]讀者身處的小說外的真實世界，主要由瀅珠、紫微的情感故事所構成的〈創世紀〉內的虛構世界，以及瀅珠、紫微等女性閱讀的文本構成的又一重虛幻世界，之間形成了虛偽真實相雜的三重參差對照，可以說是對這一文學理念的實踐，用兩層虛構人生的飛揚來襯托現實人生的安穩，達到的效果也是加倍的。而張愛玲在設計小說裡這層「閱讀」的結構裝置，表達自己的文學觀、人生觀時，最容易想到的素材理所當然是她所熟讀，也是當時風靡於各個代際的女性之中的，以張恨水為代表的現代通俗文藝。[138]

---

[136] 張愛玲，〈創世紀〉，《紅玫瑰與白玫瑰：一九四四年～四五年短篇小說》（香港：皇冠，2010），頁312。
[137] 張愛玲，〈自己的文章〉，《華麗緣：散文集一　一九四〇年代》（台北：皇冠，2010），頁117。
[138] 當時除了張愛玲這樣的年輕女性是「張恨水小說迷」，包括魯迅母親魯瑞（1857～1943）在內的年老婦人也愛讀張恨水的書，例如魯迅在1934年5月16日、8月21日、8月31日、9月16日、10月20日給母親的信中多次寫道自己已經託人去買張恨水的小說寄回家，參看《魯迅全集13‧書信》（北京：人民文學出版社，2005），頁102、103、201、202、208、233。

第二節　符號化的新文學

一、「潔淨可愛」的新文學

張愛玲小說裡的人，既讀張恨水等現代通俗文學，也讀新文學。在小說〈年青的時候〉（1944）裡，新文學的符號意義體系與通俗文學的符號意義體系呈現兩相頡頏的敵對狀態，同時這種敵對狀態中還摻雜著社會進化論的邏輯。通俗小說與紹興戲、麻將，甚至是抽煙、喝酒一道被男主角潘汝良歸入他所厭棄和決定遠離的過去，而站在對立面的，是他所展望和期待的未來，是優美健康、輕快明朗的另一個世界：「和潔淨可愛的一切歸在一起，像獎學金、像足球賽、像德國牌子的腳踏車、像新文學」，[139]具象化的人物是俄國女人沁西亞，具象化的語言是德語，具象化的職業是醫生。在這裡，「新文學」代表的不是那一篇篇解放思想、呼喚民主與科學的文章，或者白話文學創作，而是西方，既是中國人所引進和介紹的西方，也是中國人所幻想和虛構的西方，與傳統中國，被視為愚昧、落後的中國相區別。簡單來說，潘汝良的觀念裡蘊含著一個流行於民初的普遍邏輯，即強者的西方國家裡的一切，包括科學、文明、文化與人種都要優越於弱者舊中國，因為它們處於比中國高級的階段，而與中國發展到那個高級階段，實現一模一樣的科學與文

---

[139] 張愛玲，〈年輕的時候〉，《紅玫瑰與白玫瑰：一九四四年～四五年短篇小說》（香港：皇冠，2010），頁81。

明互為因果的是,中國拋棄掉自己現階段的語言文字、生活習慣、文化傳統等等所有特徵。具體到潘汝良個人身上,就是大學畢業成為醫生,一旦他「穿上了那件潔無纖塵的白外套,油炸花生下酒的父親,聽紹興戲的母親,庸脂俗粉的姐姐,全都無法近身了」。[140]

比新文學產生於中國卻象徵著西方更具有諷刺意味的是,潘汝良將自己對西方的幻想濃縮到一個女性身上,並不可避免地走向幻滅。從剛開始的「這個人整個是他手裏創造出來的」,到發現她只是一個有幾分姿色的普通少女,有他最討厭的邋遢脾氣。從一聽到沁西亞的結婚對象是俄國人,就脫口而出「他一定很漂亮」,到發現「他是個浮躁的黃頭髮的小伙子,雖然有個古典型的直鼻子,看上去沒有多大出息」。從一開始的「他對於中國人沒有多少好感。他所認識的外國人是電影明星與香煙廣告肥皂廣告俊俏大方的模特兒」,[141]到發現西方人也是一樣的平凡卑劣:被女人寵壞了的、打瞌睡的酒徒神甫,長汗直流的光頭唱詩班領袖,不尊重新娘、在婚禮現場八卦的老太太⋯⋯因此,到故事的最後,潘汝良不再在書本上描摹西方女性,他已經度過了自己的「年青的時候」。如果用寓言式的讀法來讀這篇小說,我們盡可以說它是篇現代中國的寓言,是中國「年青的時候」和廣大知識分子「年青的時候」的縮影——對西方社會懷揣著赤誠的熱愛,不加辨別地加以接受——背負和自卑於中華血統的潘汝良是當時大多數中國學生的寫照。

---

[140] 張愛玲,〈年輕的時候〉,《紅玫瑰與白玫瑰:一九四四年~四五年短篇小說》(香港:皇冠,2010),頁81。
[141] 張愛玲,〈年輕的時候〉,《紅玫瑰與白玫瑰:一九四四年~四五年短篇小說》(香港:皇冠,2010),頁77,88,89,75。

「新文學」在〈年青的時候〉裡，除了具有潔淨可愛的象徵意義之外，它在潘汝良的閱讀史中還以教科書這一具體的形象出現。潘汝良是一個「被教科書圈住了」的人，他說話做事、乃至于思考都以教科書上的句子為依據和守則，因而顯得機械頑固、單調枯燥。他對於中國人，尤其是自己家人的刻板印象也來自於此，他的母親是一個「沒有受過教育，在舊禮教壓迫下犧牲了一生幸福的可憐人」，姊姊是「在大學裏讀書，塗脂抹粉，長得不怎麼美而不肯安分」的女人，弟弟妹妹則是「髒、憊懶、不懂事」，[142]潘汝良對家人的形容與當時報刊媒介中的國民性描述以及對於中國舊女性、新女性的塑造基本一致，他口中的親人形象其實為高度凝煉和抽象化的中國人形象，缺乏根據日常生活，潘汝良與他們相處的經歷而總結出的具體可感的特徵或事蹟。正如張愛玲學習張恨水小說裡的人物服飾，將「閱讀張恨水」用來結構和表意，新文學的符號也深植於她筆下人物的心理背景中，形塑著他們的性格與思想觀念，以閱讀新文學體系中的書籍，並將其奉為至高無上的世界準則的方式。

二、書裡書外的《新文學大系》（1935～1936）讀者

　　1935年，上海良友圖書公司印刷初版了《中國新文學大系》，這是中國最早的大型現代文學選集，收錄的篇目大多為對新文學的

---

[142] 張愛玲，〈年輕的時候〉，《紅玫瑰與白玫瑰：一九四四年～四五年短篇小說》（香港：皇冠，2010），頁76。

創建與發展起到積極作用的名作，總序和各篇導言則對新文學的發生、發展、社團、流派、理論主張、重大事件以及各種體裁的創作都作了歷史回顧與理論闡述。為了配合1935年3月的發售預約、徵求訂戶，主編趙家璧編了《大系樣本》，並刊出了茅盾、郁達夫、阿英、葉聖陶、冰心、林語堂、張天翼、沈起予、傅東華九位作家對《大系》的推薦詞手跡，其中張天翼明確指出了《大系》的銷售定位，即「這是每個『文學青年』必讀的書」。[143]

然而，並不是每一個「文學青年」都有財力購得《大系》。相較於經濟學家調查統計的1930年代上海人均GDP，有學者發現初版本《大系》標價的「全書十大部售大洋二十元」（圖1）要花費當時上海一個成年勞動力全年收入的三分之一，足夠支付一個上海普通家庭半年的房租，完全算得上是奢侈品。再對比上海各階層的人數、收入，研究顯示，「在整個上海市民當中，具有經濟實力購買《大系》的總人數只有24.2萬人左右，佔整個上海市民人數的12.82%。廣大的普通市民，即使識字，具有閱讀能力，想要購買《大系》恐怕也是奢望」。[144]負擔得起《大系》費用的，只有當時的社會第一、二階層，也就是特權官僚、工商業者、政府職員和中高級專業人員，即使後來良友為了在學生群體中推銷，將再版的白報紙紙面普及版的售價減半為每本一元大洋（圖2），家境一般的學生還是無力購買的。而《大系》出版、銷售、到達讀者手中的這

---

[143] 轉引自陳子善，〈冰心的《對於〈新文學大系〉的感想》〉，《文匯報・筆會》（2018.9.2），頁8。

[144] 左安秋，〈《中國新文學大系》的影響及其限度〉，《江漢論壇》第7期（2020.7），頁62～67。

條傳播鏈條及其社會背景，正是張愛玲購買並閱讀《大系》，設計《十八春》和《半生緣》中的沈世鈞購買並閱讀《大系》的背景。

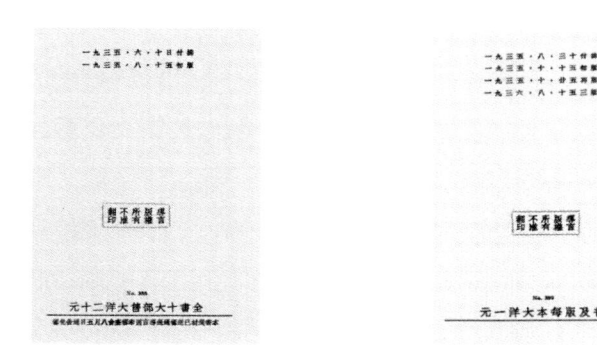

圖1 《小說三集》初版本售價[145]　　圖2 《戲劇集》普及版售價[146]

儘管《大系》定價昂貴，但青年張愛玲屬於有財力購得的階層。這套書初版時張家還住在洋房別墅，在上海、南京各地有多處房產，加上不少的田產和古董，生活條件完全稱得上是社會上層，1943年之後張愛玲成為職業作家，經濟獨立，稿費優渥，也足夠承擔她購買閱讀資源的費用。雖然沒有收藏書籍的習慣，但她至少擁有《大系》十部中的兩部。根據她在1956年3月14日給鄺文美的信中，「我是真的看見壞文章就文思泉湧，看見好的就寫不出。以

---

[145] 趙家璧主編，鄭伯奇編選，《中國新文學大系第五集：小說三集》（上海：良友，1935），轉引自「尚儀近代華文書籍暨圖像資料庫」（https://www.mgebooks.com/），2024年12月10日下載，後不再註。
[146] 趙家璧主編，洪深編選，《中國新文學大系第九集：戲劇集》（上海：良友，1936）。

前我有《五四新文學大系》中的兩本，寫不出就拿來看看，奏效如神」[147]的文字推測，這兩本為小說三集中的兩部的概率較大。據趙家璧回憶，他主編《大系》的原則是「擇優拔萃」，每一卷的編選人都是各個領域的權威人士，小說三集的主編分別是茅盾、魯迅和鄭伯奇，其中收錄的許多篇章經過幾十年的時間檢驗儼然成為中國現代文學的經典。但不可否認的是，由於創作於新文學發展初期，其中的一些作品還很幼稚，內容比較狹窄，題材、情節、形象等存在類似和重複，而且感傷情調與模範痕跡過重，用張愛玲自己的話來形容就是「新文藝濫調」或者「新文藝腔」，這兩個詞語的感情色彩在語境中往往偏向貶義。張愛玲在書信中稱其為「壞文章」，不完全是苛刻的「文人相輕」，也提供了來自《大系》編者和推薦人之外的，青年讀者和專業作家的評價。

作為一個在《新文學大系》初版了二十年後，還對其印象深刻並給予評價的功利型閱讀者，張愛玲設計《大系》進入小說人物的閱讀史不足為奇。不過，比起〈年青的時候〉裡籠統的「新文學」名詞、「優美」、「潔淨可愛」、「輕快」、「明朗」、「健康」幾個形容詞或者教科書形象，《十八春》和《半生緣》中的《新文學大系》更能夠代表整體的五四新文學在張愛玲小說架構中的符號意義。

1969年張愛玲初版《半生緣》，改寫自1951年初版的《十八春》，故事的時間背景、結局、政治色彩都被調整，但有一個情節

---

[147] 張愛玲，宋淇，宋鄺文美著，宋以朗編，《紙短情長：張愛玲往來書信集I》（台北：皇冠，2020），頁41。

沒有發生任何變化,那就是在故事即將結束時,抗戰勝利後,許叔惠從美國回來暫住沈家,為了收拾房間給他住,沈世鈞十多年前的許多書被搬到亭子間亂堆著,他隨手拿起一本進行整理的時候,從中掉出顧曼楨當年給他寫的一封信,那本夾著信的書恰好是一本《新文學大系》。

　　沈世鈞出身於遺少家庭,家境優越,接受新式教育,是《新文學大系》的目標受眾,不過顧曼楨卻極有可能買不起這套書。小說裡描寫曼楨的書架,「有雜誌,有小說,有翻譯的小說,也有她學校裏讀的教科書,書脊脫落了的英文讀本」,在世鈞的視角裡並沒有指出這些書的名字,原因之一,是「有許多都是他沒有看過的」,[148]不是他們共同的閱讀史。原因之二,借用羅蘭‧巴特(Roland Barthes)的理論:「敘述僅僅是由功能構成的,敘述中的一切都在不同程度上具有意義,這不是一個技巧的問題(對敘述者而言),而是結構的問題」,「甚至一個顯得無足輕重的、和任何功能無關的細節,到頭來仍然會恰好具有荒謬或無用的意義。一切都具有意義,或者正相反」。[149]敘述的最小單位——詞、甚至是詞中的某些文字因素都一定與片段的「功能性本質」(functional character of the segment)密不可分。也就是說,在點明曼楨書架上的書的名字並不會對小說的情節、人物、主題提供任何作用,只是徒增贅語的情況下,作者選擇讓書名這個敘述單位隱身。

---

[148] 張愛玲,《半生緣》(香港:皇冠,2009),頁91。
[149] 羅蘭‧巴爾特(Roland Barthes)著,謝立新譯,〈敘述結構分析導言〉,趙毅衡編選,《符號學文學論文集》(天津:百花文藝出版社,2004),頁411~412。

那為什麼夾著曼楨信的書在接近結局的章節被指出了書名呢，這個敘述單位為什麼在這裡又現身了呢？主要原因是，在《十八春》和《半生緣》的藍本《普漢先生》（*H. M. Pulham, Esquire*）[150]中，男主人公將自己收到的相同的一封飽含「我要讓你知道，在這個世界上總有一個人在等你，無論你在什麼地方，無論是什麼時候，反正總有那麼一個人」情意的信夾到了《希臘羅馬名人傳》（Plutarch's *Lives*）第三冊裡，[151]而這一封信在男主角收拾藏書的時候從其中掉出，被他的妻子看到，並引發了爭吵。既然馬寬德（J. P. Marquand，1893～1960）揭示了書名，那麼寫到同一情節時，張愛玲便水到渠成地借鑑他的寫法表明了書名，只是為了貼近中國語境將書換成了《新文學大系》。

於是問題的關鍵從張愛玲指出書名的原因，轉換為書名這個敘述單位的功能和效果，以及這本書被設置為《大系》的原因。「張學」專家高全之有一個解釋：「第五章寫曼楨的書卷氣，書架上除了教科書、英文讀本以外，還有翻譯小說與一般小說。第十六章寫世鈞的書卷氣，曼楨舊情書從世鈞書裡掉了出來。這封信很重要。包藏此信的書，如果必須表明書名的話，一定得是作者重視的書，因為它具有保衛性，呵護著生命最純淨的回憶與愛情。那是本《新

---

[150] 宋淇，〈私語張愛玲〉：「《十八春》就是《半生緣》的前身。她告訴我們，故事的結構採自J. P. Marquand [馬昆德]的H. M. Pulham, Esq. [《普漢先生》]」。張愛玲、宋淇、宋鄺文美著，宋以朗主編，《張愛玲私語錄》（香港：皇冠，2010），頁24。

[151] 馬寬德（J. P. Marquand）著，鄺明艷譯，《普漢先生》（北京：中國工人出版社，2012），頁209～210。Marquand, J. P.（1941）. *H. M. Pulham, Esquire*（pp. 188）. London Robert Hale Limited.

文學大系》。」[152]但恐怕不僅僅是為了顯示兩位主人公的書卷氣，不僅僅是由於《大系》是作者重視的書，因而賦予其保衛性那麼簡單，而是與這個片段的功能性本質有關。請注意這個片段在小說裡已經逼近尾聲，在結局的世鈞（普漢先生）與曼楨（瑪文Marvin Myles）重逢之前，作者（張愛玲與馬寬德）一直在描述他於什麼機緣巧合下看到了書及其中夾帶的信，和妻子翠芝（凱Kay Motford）進行搶奪然後負氣離開，這麼多的篇幅中，「發現書裡夾著的信」這個片段是這一系列情節的核心。更值得玩味的是，張愛玲處理這一片段的方式在馬寬德的基礎上進行了改變，在《普漢先生》裡，原本為男主人公和妻子同時目睹信從書中飄落，而在《十八春》和《半生緣》裡變成了世鈞先發現信，幾天後翠芝無意間拿到書才看到，張愛玲的處理無疑提供了世鈞更多的時間去「獨自」、沉浸式地緬懷過去，回味愛情以及緩衝情緒，更加巧妙地完成了「發現信」這一片段的功能——為世鈞與曼楨的重逢做足鋪墊，並且比《普漢先生》多營造出一種感傷氛圍將男主角和讀者的思緒拉回到十八年或十四年之前。

舊書舊信舊人舊時光，布滿灰塵的書、紙張泛黃的信與悵惘的心緒、回不去的愛情、流失的十多年光陰相得益彰。張愛玲在推進到結局的時候，小說情節的書寫與氛圍的建構其實是借用了現實世界中《新文學大系》的符號意義的，或者說，《大系》的符號意義與整部小說的主題相互成全。已逝的、曾經被珍視的、見證過

---

[152] 高全之，〈那人正在燈火闌珊處——張愛玲如何三思「五四」〉，《張愛玲學》（台北：麥田出版，2008），頁431～432。

諸多感情投入的，如今被堆放在角落裡、被遺忘、無法重拾的，一旦回顧就會激起無限感懷的書（人／事／情），對於1950年代初中國大陸新政權剛建立時的知識分子而言，無論是經歷過五四新文化運動，還是在其餘威與滋養中誕生的一代人，沒有比「新文學」更恰當的象徵物能夠引發他們「恍如隔世」的共鳴，從而將這種共鳴轉移到體悟男女主的愛情之上。如果非要賦予這個象徵物以一本書的物質載體，在張愛玲的筆下或者創作潛意識中，它只能是濃縮著五四新文學精華的、定價昂貴、數量有限、裝幀精緻的，此後很難再版，依靠同業公會的力量幾乎杜絕了非法翻印和盜版的，唯一的《中國新文學大系》。

〈年青的時候〉裡，新文學是一個具有「潔淨可愛」意義的符號，與西方科學、文明一起承載著潘汝良信奉的一切，對舊中國的厭惡、對進化的幻想，塑造著他看待問題的視角和為人處事的方式。《十八春》和《半生緣》中，「新文學」同樣是一個與小說主題相關的符號，它和沈顧間的愛情一樣，都具有「舊事淒涼不可聞」[153]的意義。

---

[153] 這是《紅樓夢》第二回裡的一句脂批：「所謂『舊事淒涼不可聞也』」，指出了《紅樓夢》整部作品的意蘊。關於《紅樓夢》與《十八春》和《半生緣》的聯繫，高全之在〈本是同根生——為《十八春》、《半生緣》追本溯源〉一文中認為，《普漢先生》之外，「《紅樓夢》正是《十八春》與《半生緣》共擁的另個源頭活水」，高全之，《張愛玲學》（台北：麥田出版，2008），頁288。

第三節　農村書寫中的丁玲閱讀者

一、「愛玲說丁玲」：〈異鄉記〉中的丁玲印象

　　論起張愛玲最欣賞的中國現代女性作家，至少在她二十多歲的時候，是蘇青。[154]然而，要論起張愛玲提及最頻繁，閱讀持續時間最長的中國現代女性作家，非丁玲莫屬。除了本書第一章中牽涉的女作家聚談會、中學時寫的書評、1952年去香港之前和張子靜談起《太陽照在桑乾河上》、1970年代因為想要申請香港中文大學研究丁玲小說的資助，拜託宋淇、夏志清、莊信正在香港、美國尋找出版的丁玲作品，並順便和夏志清討論對於丁玲的看法之外，依據現存的史料，張愛玲至少還在〈異鄉記〉和《赤地之戀》中，以及1961年與王禎和同游台灣花蓮時提到丁玲。陳子善在2015年發表過一篇文章叫做〈愛玲說丁玲〉，注意到張愛玲筆下的丁玲形象，不過他只列出張愛玲中學時的書評、女作家聚談會和三封致夏志清的信這五條史料，高全之在〈那人正在燈火闌珊處——張愛玲如何三思「五四」〉中的整理多出了《赤地之戀》和王禎和的回憶兩條史料，但這兩位學者的整理都不夠全面，實際上，張愛玲對丁玲及其

---

[154] 也有學者認為張愛玲文字中所表現出的對蘇青的欣賞是一種刻意討好，太過客套。提出〈我看蘇青〉遠沒有胡蘭成在1944年8月發表的〈談談蘇青〉來得透徹，對蘇青其人其文的瞭解也不夠深刻。參看蔡登山，〈張愛玲「上海十年」（1943～1952）與其他作家交往初探〉，林幸謙主編，《張愛玲：傳奇・性別・系譜》，（台北：聯經出版，2012），頁586。

作品的直接談及超過十次。

其中比較有趣的一次是在〈異鄉記〉裡,「我」(沈太太)去鄉下尋夫的中途於杭州投宿,住在同行人閔先生的朋友蔡醫生家中,「下午,我倚在窗台上,望見鄰家的天井,也是和這邊一樣的,高牆四面圍定的一小塊地方。有兩個圓頭圓腦的小女孩坐在大門口青石門檻上頑耍。冬天,都穿得袍兒套兒的,兩扇黑漆板門開著,珊瑚紅的舊春聯上映著一角斜陽。那情形使人想起丁玲的描寫的她自己的童年。寫過這一類的回憶的大概也不止丁玲一個,這樣的情景彷彿生成就是回憶的資料。我呆呆的看著,覺得這真是『即是當時已惘然』了」。[155]丁玲曾以自己的童年經驗為素材創作了短篇小說〈過年〉(1929)和長篇小說《母親》(1933),與張愛玲描繪場景接近的是《母親》中對於小菡,丁玲以小時候的自己為原型塑造的一個天真快樂的三歲女孩,圓臉,常穿一件藍綢的薄棉衣,上學之前於鄉野間頑耍的摹寫:「新的,金黃色的稻草,在太陽底下晒着,真有說不出的一種使人高興的香味。這裏有幾塊大石礎,於是便又圍着撿子兒……」[156]還可以確定的是,《母親》是張愛玲閱讀史中的重要作品之一,她在1936年寫丁玲《在黑暗中》的書評時就說,《母親》能給人頂深的印象。三十年後為做研究蒐集資料時,列出的書目裡仍有《母親》,表明張愛玲較為熟讀、欣賞這部作品,並認為它是丁玲的代表作。因此,〈異鄉記〉中對丁玲

---

[155] 張愛玲,〈異鄉記〉,《對照記:散文集三 一九九〇年代》(台北:皇冠,2020),頁207~208。
[156] 丁玲,《母親》(上海:良友,1933),頁40。

所描寫的童年的印象極有可能指向於《母親》這本小說。

儘管陳子善在〈愛玲說丁玲〉裡忽略了〈異鄉記〉，但他在〈張愛玲文學視野芻議——兼談《異鄉記》〉一文中注意到了〈異鄉記〉對丁玲的提及，不過沒有作仔細分析，只覺得是「很自然、很貼切地引用或借喻」。[157]吳福輝將這一細節作為「《異鄉記》裡面充滿了文學的視角」的證據，稱之為「雅」的部分，與之相對的「俗」的部分是〈異鄉記〉中提到王小逸小說的場景。[158]考慮到〈異鄉記〉是張愛玲生前未想發表，並極有可能未完成的作品或草稿——她寫完並希望公諸於世的部分已經縮略為〈華麗緣〉在1947年發表，即從〈異鄉記〉的漫長旅途中摘取了看地方戲這個情節；或者擴充為《秧歌》在1954年出版中文單行本——關於張愛玲的〈異鄉記〉裡面談論丁玲的這一細節，分析它增添了作品的何等華彩或者具有怎樣的表達效果並不重要，因為它並非台前的張愛玲有意呈現給讀者的，她苦心經營的成果，更有價值的地方在於，它向我們揭示出幕後的張愛玲觀察世界和調度材源的方式。這種方式是充滿文學性的，現實與虛構相交纏，通過抽取她的閱讀經驗作為記錄現場，轉化實時感受，並用於日後觸發記憶、回想情景和情感的一種途徑。〈異鄉記〉中大量出現的互文證明《安娜‧卡列尼娜》、《仲夏夜之夢》（*A Midsummer Night's Dream*）、《水滸傳》、《紅樓夢》、〈桃花源記〉、王小逸的小說和丁玲的《母

---

[157] 陳子善，《沉香譚屑：張愛玲生平與創作考釋》（上海：上海書店出版社，2012），頁176。
[158] 吳福輝，〈《異鄉記》的四個視角〉，《文藝報》（2011.1.21），頁6。

親》等作品都是張愛玲熟悉、記憶深刻並對其擁有畫面印象的文本,是可以隨時加以利用,實現文學再生產的素材。

二、《赤地之戀》對《太陽照在桑乾河上》的改寫

除了《母親》,張愛玲的丁玲閱讀史中的重要作品還有《太陽照在桑乾河上》(1948,以下簡稱「《太陽》」)。張愛玲的《秧歌》和《赤地之戀》與丁玲《太陽》的互文已經被零星的幾位學者研究過,出發點是《太陽》的高知名度、張愛玲對丁玲的興趣使然或者二者的土改書寫中相似甚至雷同的部分。然而,張愛玲對閱讀對象的選擇並不完全受時代流行因素的影響,她的閱讀興趣出現過多次轉變,世界上也有無數的作家、作品發生過偶合,因此上述邏輯起點都不足以證明張愛玲受到《太陽》的影響。直接宣告這一閱讀史的是張愛玲的弟弟張子靜,他在《我的姊姊張愛玲》中回憶道:「姊姊常介紹書給我看,也常和我談論文學。記得她常常談起的一些中國現代作家的作品:魯迅的《阿Q正傳》、茅盾的《子夜》、老舍的《二馬》;《牛天賜傳》;《駱駝祥子》、巴金的《家》、丁玲的《太陽照在桑乾河上》,以及冰心的短篇小說和童話」。[159]由於張氏姐弟成年以後的相處時間並不長而且具有階段性,所以通過張子靜的回憶還可以確定張愛玲閱讀並談論《太陽》的具體時間,以及在同一閱讀場域中的其他文本:「解放前夕,我

---

[159] 張子靜,《我的姊姊張愛玲》(台北:時報文化出版,1996),頁115。

回到上海……我借住在黃河路一個同學家。那裡離姊姊住的地方很近，我們才又有機會不時見面。當時政治局勢很亂，人心惶惶，我們常常談些街頭見聞，很少談政治。姊姊最愛談的還是文學和電影。我記得她那時對趙樹理的小說《李有才板話》、《小二黑結婚》很欣賞，叫我有機會要找來看看。《小二黑結婚》還曾拍成電影，她也向我推薦。當時她推薦的電影還有《白毛女》、《新兒女英雄傳》」。[160]解放之後，張愛玲創作《十八春》時，沒有與張子靜見面，直到1951年連載結束，張子靜才去看她，並且因為時局影響，張愛玲在談話時「默然良久」，想來這個氛圍並不適合輕鬆愉悅地討論與評點文學，再之後1952年張愛玲離滬，張子靜先她一步離開上海市區前往鄉下教書，二人也永遠失去了再相見的機會。因而推斷張愛玲閱讀《太陽》的時間最有可能是在1948年9月該書初版之後到1949年5月27日上海解放之前。

雖然張愛玲不滿於張子靜的文字因為感性作祟而出現許多弗洛伊德式的錯誤，但在講述不涉及張氏姐弟及其家人的人格形象在公眾面前的塑造，和他們之間發生過的衝突的情況下，張子靜對張愛玲閱讀史的指認仍然是可信而且可靠的，並成為揭示張愛玲土改文學閱讀史的關鍵證據。只是張子靜不曾回想起張愛玲對《太陽》的具體評價，王禎和的回憶在某種程度上形成補充。1961年張愛玲到台北，因為讀過王禎和發表在《現代文學》上的〈鬼·北風·人〉，對小說裡描繪的花蓮的風土人情很感興趣，於是麥卡錫聯絡

---

[160] 張子靜，《我的姊姊張愛玲》（台北：時報文化出版，1996），頁232。

王禎和帶張愛玲遊歷花蓮，從這一個細節我們也可看出張愛玲日常生活中的選擇和她對事物的印象的確很容易受到她閱讀史的影響。十六年後採訪者丘彥明問王禎和當時與張愛玲談了哪些有關小說的事情，他回答道：「由丁玲談起，後來說到大陸的小說。她說在大陸，都是按一種『Formula』來寫作，不會有好東西的。」[161]由丁玲談起的「公式化寫作」，張愛玲使用這個詞語評價的對象很有可能包括丁玲的代表作《太陽》，這與80年代之後，中國大陸的文學史中將《太陽》視作典型「政治式寫作」的批評不謀而合。[162]

在張愛玲創作的兩部有關「土地改革」運動（1946～1952）的長篇小說裡，比起《秧歌》，《赤地之戀》受到丁玲《太陽》的影響更加顯著。《赤地之戀》主要以一個北京男大學生劉荃的視角講述了他人生的三段經歷，前四章描繪了他加入的一個由北京大學生組成的土改工作組，下派到北方農村「韓家坨」指導農民進行土改、鬥爭地主的情形，第五章到第十章中他被調到抗美援朝總會華東分會作一名宣傳員，在上海親歷了「三反」運動（1951～1952，反貪污、反浪費、反官僚主義），第十一章中他自願去往朝鮮前線，重傷後被收容到韓國戰俘營，結局選擇回到中國大陸。《赤地之戀》對《太陽》的借鑑與改寫主要體現在劉荃的第一段「土改」經歷中。

---

[161] 丘彥明，王禎和，〈張愛玲在台灣〉，丘彥明，《人情之美》（台北：允晨文化，2015），頁205。
[162] 劉再復，林崗，〈中國現代小說的政治式寫作——從《春蠶》到《太陽照在桑乾河上》〉，唐小兵主編，《再解讀：大眾文藝與意識形態》（北京：北京大學出版社，2007），頁34～47。

首先，《赤地之戀》直接借用了許多《太陽》中的細節描寫和具體措辭。經過逐字逐句的比對，兩部作品中幾乎一樣的細節有十餘處，比如張愛玲寫韓家坨當地農會組織的幹部對村裡鬥爭形勢的認識：「『鬧不起來的！』他在那裡說，『我們這兒連個大地主都沒有。不像七里堡，他們有大地主，三百頃地，乾起來多有勁！你聽見說沒有，地還沒分呢，大紅綢面子的被窩都堆在幹部炕上了！』」[163]對應丁玲寫的華北農村暖水屯農會幹部對村裡情況的認識：「祇是，孟家溝有惡霸，咱們這裏就祇有地主了，連個大地主也沒有，要是像白槐莊有大地主，幾百頃地，乾起來多起勁，聽說地還沒分，多少好綢緞被子都已經放在幹部們的炕上了」。[164]再比如張愛玲寫農民乾完農活回家洗手：「唐佔魁從田上回來了，放下鋤頭，就去揭開水缸蓋，舀了一瓢水喝了，然後又舀了一瓢，含在嘴裏噴在手上，兩隻手互相搓著……只管慢慢的搓洗著兩隻手。洗完了就在他身上那件白布背心上揩擦著，背心上擦上一條條的黃泥痕子」。[165]對應丁玲寫的農民洗手：「他自己走進屋，在瓢裏含了一口水，噴在手上，兩手連連的搓著，洗掉了一半泥，剩下的便擦在他舊藍布背心上了。」[166]還有張愛玲寫農民做獻地決定時的猶豫：「他女人說：你心疼難道我不心疼，地是一畝一畝置的，倒要整大塊的拿出去」。[167]對應丁玲寫農民對獻地的反應：「本來麼，

---

[163] 張愛玲，《赤地之戀》（台北：皇冠，2010），頁15。
[164] 丁玲，《太陽照在桑乾河上》初版本（哈爾濱：光華書店，1948），頁54。
[165] 張愛玲，《赤地之戀》（台北：皇冠，2010），頁48。
[166] 丁玲，《太陽照在桑乾河上》（哈爾濱：光華書店，1948），頁107。
[167] 張愛玲，《赤地之戀》（台北：皇冠，2010），頁49。

地是一畝一畝置的,如今要他大片往外拿,怎麼捨得」,[168]其他肖似的細節還有當地幹部接待下派工作組的第一件事是做飯、小學校是村子裡以前的廟、農民用木匣子放地契、婦女參加識字班、討論農民階級成分劃分時所舉的三畝水地的例子、幹部對農民人性弱點的認識、發動農民土改時開的長會、被批鬥家庭中女性的求饒、開批鬥大會時讓批鬥對象下跪、給他戴高帽子以及「樹葉子落下來都怕打死人」、「做窮人的大三輩」等話語。在這諸多細節描寫中,《赤地之戀》與《太陽》的關鍵措辭基本相同,只有細微之處由於語境和張愛玲自己的表達習慣而形成差異。

其次,《赤地之戀》還對《太陽》中的主要情節進行了改寫,或者說是擴寫、續寫。實際上,儘管兩部作品描繪的發動農民進行土改的過程與場景基本一致,但兩位作者的側重點大有不同,丁玲著眼於土改運動中的群像刻畫,各個擁有不同性格和經歷的幹部、不同階級的農民,以及相同處境中的女性的成長抑或自食惡果,不存在一個真正意義上的主人公;張愛玲則注重摹寫主人公劉荃所觀察到的人、現象以及精神所受到的衝擊和震動。因此,《赤地之戀》圍繞劉荃的愛情體驗與目睹的血腥場景更費筆墨,後者也導致張愛玲的暴力書寫比丁玲的更為徹底。具體說來,第一,《赤地之戀》改寫了《太陽》中的情感關係。二妞與劉荃的關係有些接近黑妮與程仁,二人都曾同住一個屋簷下,女方屬於被批鬥家庭,男方在土改運動中處於權力的更高一級,但也無力接受女方的訴求,甚

---

[168] 丁玲,《太陽照在桑乾河上》(哈爾濱:光華書店,1948),頁99。

至因為身份的差異不敢接近女方。然而劉荃擁有更加「門當戶對」的女友黃絹，黑妮更重要的任務是脫離叔父錢文貴的壓迫，所以兩本小說在處理他們的感情故事時呈現不同的走向。第二，《赤地之戀》改寫了《太陽》中的批鬥對象。《太陽》中批鬥的對象是老百姓公認的村子上「八大尖」裡面的第一個尖——錢文貴，他是村裡真正的掌權人，連大地主江世榮和李子俊都受他的擺布；他壓榨家裡的短工、長工，利用姪女黑妮施行籠絡權勢的「美人計」；他詆騙同村的農民，謀其財害其命，身負多個家庭的血債；在國民黨政權統治時期，他甚至控制著村中充軍人員的名單。但是《赤地之戀》中被鬥倒的卻是中農唐佔魁，他待人厚道，不剝削窮人；勤勞踏實，擁有的土地是一畝一畝零碎置辦的，土性並不好，並且為了買地還有負債；他家人可以吃飽飯的原因是：「他們一家子齊心，這幾十年來都是不分男女，大人孩子都下地乾活，甚至他爹在世的時候，七十多歲還下地去。」[169]《赤地之戀》將鬥爭對象從罪大惡極的錢文貴替換成勤儉發家的唐佔魁，最直接的倫理結果是，取消了以報仇為目的的暴力所擁有的道義合理性和佔據的道德制高點。第三，《赤地之戀》對於《太陽》中批鬥大會之後的懲罰程序進行了續寫。《太陽》中的錢文貴在被批鬥後當眾釋放，同時寬大處理，給他留下足夠生活的地，但《赤地之戀》中的唐佔魁在批鬥大會後被帶到縣城槍決，劉荃也參與了行刑，地主韓廷榜被施以「輾地滾子」的刑罰，在騾車的拖拽中開腸破肚，他的妻子被「吊半邊

---

[169] 張愛玲，《赤地之戀》（台北：皇冠，2010），頁42。

豬」,身體撕裂為兩半而亡。絲毫不像丁玲描寫批鬥大會時的喜劇幽默筆觸,使錢文貴淪為一個丑角,進而沖淡了小說的恐怖氛圍,和殘酷的暴力行為對讀者造成的刺激,張愛玲通過劉荃之眼不厭其煩地、嚴肅露骨地將血腥暴力、驚悚惡心的場面一寫再寫,造成了劉荃和黃絹的心靈顫慄和信仰反思,也推動了他們之間的感情進展。

挪用和改寫之外,《赤地之戀》還直接提及了丁玲的名字,將丁玲的人生經歷及其筆下的女性故事融入到戈珊的形象塑造中,成為一部分人物原型。《赤地之戀》自初版以來大致有四個版本:香港天風版(1954,中文),香港友聯版(1956,英文),台灣慧龍版(1978,中文)以及現在流通的港台皇冠版(1991年至今,中文)。這四個版本的章節安排與情節內容都有些許差異,但在中文本中,寫到劉荃在上海因為淋雨遊行,生病後去醫院排隊,看到一個年輕的男子為《解放日報》的編輯戈珊,一個漂亮的中年女性幹部佔位的情節時,都有一段心理描寫:「劉荃看他們這神氣,顯然關係不同尋常。這青年男子卻不像一個幹部,而像一個普通的薪水階級的人。當然也可能是被戈珊特別垂青的一個新幹部。以她的資歷與地位,也許也夠得上像丁玲那樣蓄有一個小愛人」,[170]暗指1942年三十八歲的丁玲和二十五歲的陳明在延安結婚一事。據高全之的研究,友聯英文版把丁玲的名字刪掉,「不事譏諷,免得失了厚道」,[171]但更可能是考慮到英語讀者不像中國讀者,也不像劉荃

---

[170] 張愛玲,《赤地之戀》(台北:皇冠,2010),頁146。
[171] 高全之,〈開窗放入大江來——辨認《赤地之戀》的善本〉,《張愛玲學》

第二章　嵌套與重述：張愛玲小說中的新文學閱讀者　119

一樣關心並瞭解丁玲的私人感情經歷，免得引起困惑的緣故。劉荃在這裡的嘲諷其實也是出於對戈珊和丁玲的偏見，他一方面厭惡戈珊，一方面又抗拒不了她肉體的誘惑，體現出劉荃人性的卑劣和複雜，他對丁玲的偏見也折射了女性在革命隊伍中需要面對的世俗眼光與惡意中傷。戈珊這位在大都市中生活過多年，然後投身革命的中年女性幹部與丁玲現實的人生經歷確實存在相似之處，從事文字編輯工作，有過多段情感經歷，男友是一個小她多歲的年輕人。因為革命生活艱苦身患肺病，時不時蒙受同處革命隊伍中的其他女性的蕩婦羞辱還帶有一些〈我在霞村的時候〉（1941）裡的貞貞的影子。同時，《赤地之戀》中對丁玲名字的直接提及和暗指其情感關係也驗證了張愛玲在1974年6月30日給夏志清信中的那句：「我也覺得丁玲的一生比她的作品有興趣」。[172]事實上，張愛玲將丁玲及其筆下的人物寫入《赤地之戀》是非常有可能的，不僅出於張愛玲對於丁玲人生過往的興趣，她在創作該書時還很大概率在手頭擁有一本丁玲的《太陽》[173]或者讀書筆記以供隨時參考，不然字句無法做到這麼高程度的重合，所以朝夕相對之後將其納入作品也是順理成章的事情。況且這也符合張愛玲一向的取材習慣，以她在1982年12月4日給宋淇的信中承認將傅雷的情史寫入小說：「〈殷寶灧送花樓

（台北：麥田出版，2008），頁239。
[172] 夏志清編注，《張愛玲給我的信件》（台北：聯合文學，2013），頁216。
[173] 1949年4月香港初版《太陽照在桑乾河上》，內容甚至頁碼與光華書局的初版本都沒有差異，當時張愛玲在香港創作《赤地之戀》，手頭擁有這一版《太陽》的可能性很大。參看丁玲，《太陽照在桑乾河上》（香港：新中國書局，1949）。

會〉實在太壞,不收。是寫傅雷的」,[174]和1980年代計劃以曹禺和京劇表演藝術家李玉茹的結婚為原型創作小說〈謝幕〉:「曹禺李玉茹結婚了,兩位我都見過,所以對他們的故事很感興趣」,「關於曹禺的故事,想寫他在柏克萊遇見一個fan,略有點像李麗華,也有點像李玉茹」[175]等內容為證。

三、張愛玲的農村經驗與土改材源考辨

張愛玲書寫土改的《秧歌》和《赤地之戀》恐怕是她最具爭議性的作品,幾十年來,專家學者們爭論不休的一個核心問題是,張愛玲的土改材源是否為自己真實的農村生活經驗?即張愛玲在1952年離開大陸之前是否下鄉參加過土改?由於她並沒有在《秧歌·跋》、《赤地之戀·自序》或者其他的紀實性自述中對這個問題進行明確交代,所以我們只能借助於現存的其他史料對這段公案進行梳理和判斷。

第一手史料對此有三種意見。第一種為張愛玲直接卻模糊的回應,提供了一些考證的線索。即殷允芃訪問張愛玲時記錄的:「寫『秧歌』前,她曾在鄉下住了三、四個月。那時是冬天。『這也是我的膽子小,』她說,緩緩的北平話,帶着些安徽口音:『寫的時候就擔心着,如果故事發展到了春天可要怎麼寫啊?』『秧

---

[174] 張愛玲,宋淇,宋鄺文美著,宋以朗編,《書不盡言:張愛玲往來書信集II》(台北:皇冠,2020),頁117。
[175] 張愛玲,宋淇,宋鄺文美著,宋以朗編,《書不盡言:張愛玲往來書信集II》(台北:皇冠,2020),頁21,36。

歌』的故事，在冬天就結束了」。[176]陳子善和高全之都認為這段對話是證明張愛玲參加過土改的關鍵史料，[177]然而張愛玲所說的在鄉下住了三四個月卻不一定指參加土改，而更有可能指向她1946年去往溫州鄉下尋找胡蘭成的旅途。首先，季節吻合。胡蘭成在《今生今世》裡面說「二月裏愛玲到溫州」，正月十五日「後即是愛玲來」，[178]1946年2月2日為春節，16日為元宵節，所以「二月裏」是指陽曆2月，張愛玲是1946年2月16日之後，28號之前到的溫州，因此她在鄉下居住時，季節確實是在冬天。其次，時段吻合。假設〈異鄉記〉的內容對應的是張愛玲1946年的浙江尋胡之旅，那麼依據文中順敘的敘事手法，可以大致推算出張愛玲的旅行軌跡是從上海坐火車到杭州，「在蔡家住了三四天」，之後坐小火車到永浬，「借宿到半村半郭的人家」兩天，然後坐閔先生雇的轎子到鄉下老家，即周村的閔家莊住了兩個月：「閔先生的母親就只他這一個兒子，無論如何要他在家裏過了年再走。過了年，又沒有轎子可乘，轎夫們要休息到年初五⋯⋯在這裏一住就是兩個月」，「遲到正月底方才上路」，[179]到縣城的第二天就是元宵節。雖然緊接著〈異鄉記〉就戛然而止，但短短的十三章足以證明張愛玲在找到胡蘭成之

---

[176] 殷允芃，〈訪：張愛玲女士〉，《中國人的光輝及其他——當代名人訪問錄》（台北：志文出版社，1971），頁5。
[177] 陳子善，〈張愛玲與上海第一屆文代會〉，《張愛玲叢考（下）》（北京：海豚出版社，2015），頁262～271；高全之，〈赤地之戀的外緣困擾與女性論述〉，《張愛玲學》（台北：麥田出版，2008），頁209～230。
[178] 胡蘭成，《今生今世》（台北：遠景，1986），頁297，315。
[179] 張愛玲，〈異鄉記〉，《對照記：散文集三 一九九〇年代》（台北：皇冠，2020），頁198～266。

前已經在鄉下住了兩三個月,再加上《今生今世》裡說「她在溫州已二十天」,[180]所以張愛玲總共在鄉下住了三四個月的時間這一點也是對的上的。同時,《今生今世》與〈異鄉記〉中相同的張愛玲(「我」,沈太太)到達目的地是在元宵節之後的記錄,再一次證明了〈異鄉記〉的內容確實對應著張愛玲1946年去往溫州尋找胡蘭成一路的所見所聞,並且出發時間應當是1945年11月底12月初。最後,〈異鄉記〉與《秧歌》的內容吻合。先不說宋以朗所指出的「《秧歌》第一章寫茅廁、店子、矮子牆,以及譚大娘買黑芝麻棒糖一段,都見於〈異鄉記〉第五章;《秧歌》第六章寫『趙八哥』一節則本於〈異鄉記〉第九章寫的『孫八哥』;《秧歌》第十一章把做年糕比作『女媧煉石』,見〈異鄉記〉的第四章;《秧歌》第十二章寫殺豬,則出自〈異鄉記〉的第六章」;[181]也不說看過〈異鄉記〉手稿的止庵所指出的「《異鄉記》手稿第七章某些修改痕跡,顯然是後來『寫入』《秧歌》第五章時所留下的」,[182]與他列舉的三段〈異鄉記〉手稿中增改《秧歌》裡人物金根、月香的名字後,和《秧歌》內容幾乎一樣的文字;也不說宋以朗和止庵未指出的《秧歌》的「周村」名字和場景都取自〈異鄉記〉中的周村,兩部作品中相同的婚禮描摹和過年儀式等情節;單說張愛玲自己的文字:「一篇散文〈華麗緣〉我倒是一直留著稿子在手邊,因為部分

---

[180] 胡蘭成,《今生今世》(台北:遠景,1986),頁309。
[181] 宋以朗,〈關於《異鄉記》〉,張愛玲,《對照記:散文集三 一九九〇年代》(台北:皇冠,2020),頁195。
[182] 止庵,〈《異鄉記》雜談〉,《講張文字:張愛玲的生平與創作》(北京:華文出版社,2021),頁187。

寫入《秧歌》，迄未發表」，[183]根據她1947年發表的〈華麗緣〉與《秧歌》沒有重合之處，就知道張愛玲在這裡的〈華麗緣〉指的是〈異鄉記〉。因此，張愛玲《秧歌》材源的很大一部分來自於她1946年去溫州鄉下尋胡蘭成的經歷和以此生成的文本〈異鄉記〉是顯而易見的了。並且根據以上三重證明，我們完全有理由認為，張愛玲所說的在鄉下住了三四個月，指她在1946年去溫州鄉下尋胡的概率大大高於指向她參加土改的概率，否則她在《秧歌》、《赤地之戀》中描繪土改時，為何不以自己參加土改過程中書寫的札記或之後的回憶文字為藍本──我們從她在〈論寫作〉中的自陳，語錄體散文，與宋淇、鄺文美的書信以及張子靜的回憶中知道張愛玲一直有將生活素材及時記錄在冊的習慣，〈異鄉記〉在很大程度上就是她的記錄再現，如果她參加土改，這項活動給她的精神衝擊應當會高於浙江鄉下之旅，因此她幾乎不可能不在筆下描繪當時的場景、話語和感受──反而去改寫描寫浙江鄉下的〈異鄉記〉和丁玲的《太陽照在桑乾河上》呢？因此，殷允芃的採訪記錄並不能充分地證明張愛玲參加過土地改革。

第二種是張愛玲親友所持的肯定意見，但張愛玲參加土改的具體地點是蘇北、浙江亦或皖北又有爭議。其一，張愛玲的姑父李開第在接受蕭關鴻採訪時說，「上海解放後，主管文藝工作的是夏衍。夏衍愛才，很看重張愛玲，點名讓她參加上海第一屆文代會，還讓她下鄉參加過土改。當時張愛玲還是願意參加這些活動，她希

---

[183] 張愛玲，〈惘然記〉，《惘然記：一九五〇~八〇年代散文》（香港：皇冠，2010），頁202。

望有個工作,主要是為了生活」,[184]清楚指出張愛玲參加過土改,只是未提及張愛玲參加土改的具體時間和地點。李開第的消息來源未知,如果來自於張愛玲的姑姑張茂淵則可信度很高,但他也極有可能是道聽途說,因此不能作為證明張愛玲是否參加過土改的決定性證據。其二,魏紹昌〈在上海的最後幾年〉:「1951年7月,上海召開第一屆文代會,夏衍提名張愛玲參加。會後張還隨上海文藝代表團去蘇北參加了兩個多月的土改工作。回來不久,她就離滬去港了」,[185]提到了張愛玲參加土改的地點是蘇北。然而,文代會的實際時間是1950年的7月,「兩個多月」這一信息也與張愛玲自己說的「三四個月」不符,正如陳子善在援引這條史料證明張愛玲參加過土改時的自我質疑,「此說有何直接證據?仍可存疑」,[186]魏紹昌這條史料的可信度並不高。其三,袁良駿〈論《秧歌》〉一文中注釋張愛玲「還是參加過上海作家組織的土改工作隊走過江蘇農村幾天」來自唐弢與他的談話,[187]唐弢是文代會和華東地區土改的親歷者,如若這條判斷來自唐弢則可信度很高。但唐弢本人的文字是40年代中期「以後出於政治偏見,張愛玲滿足於浮光掠影,道聽途說,不能深入地描寫真實的生活」,[188]說明他認為張愛玲的土改

---

[184] 蕭關鴻,〈尋找張愛玲〉,《情話:尋找歷史的詩情》(上海:復旦大學出版社,1999),頁91~92。
[185] 魏紹昌,〈在上海的最後幾年〉,季季、關鴻編,《永遠的張愛玲——弟弟、丈夫、親友筆下的傳奇》(上海:學林出版社,1996),頁176。
[186] 陳子善,〈張愛玲與上海第一屆文代會〉,《張愛玲叢考(下)》(北京:海豚出版社,2015),頁267。
[187] 袁良駿,〈論《秧歌》〉,《汕頭大學學報(人文社會科學版)》第6期(2007.12),頁8~13+19+87。
[188] 唐弢,〈四十年代中期的上海文學〉,《文學評論》第3期(1982.6),頁

文學並非源於親身體驗,與袁良駿的說法相悖。況且,袁良駿在寫《香港小說史》專章論《秧歌》和《赤地之戀》的時候,又說「上海解放後,張愛玲曾去浙江鄉下參加短期『土改』工作隊,並曾參加1950年召開的上海第一屆文學藝術家代表大會」。[189]沒有備注這句結論的來源,地點也從江蘇農村變成了浙江鄉下。所以袁良駿的說法也存疑。因此,張愛玲親友所持的肯定意見無法作為證明張愛玲參加過土地改革的有力證據。

　　第三種為張愛玲親友所持的否定或模糊不定的意見。其一,《我的姊姊張愛玲》的編輯季季採訪張子靜:「海外一直傳說解放後張愛玲曾去蘇北參加土改,他的答覆是:『我確實不知道,她也從未向我提起這件事』」。[190]張子靜的說法基本上代表否定意見,因為他在1952年之前與張愛玲見面的頻率並不低,如果張愛玲離開公寓三四個月,那麼他肯定會知曉,即使為了防止打擾張愛玲創作《十八春》,也會去打電話詢問,而且張愛玲回來之後和他的談話也大概率會涉及她的鄉下見聞。其二,張子靜轉引龔之方的相同意見:「至於有人傳說張愛玲會後曾與許多與會代表一起去蘇北參加土改,到海外後並據此經驗寫成《秧歌》一書,龔之方說:──我不清楚這回事。我也沒聽張愛玲提起過。──」[191]當時龔之方受夏衍委託主編《亦報》,張愛玲的《十八春》即在上面連載,

---

102～111+144。
[189] 袁良駿,《香港小說史:第1卷》(深圳:海天出版社,1999),頁180。
[190] 張子靜,《我的姊姊張愛玲》(台北:時報文化出版,1996),頁304。
[191] 張子靜,《我的姊姊張愛玲》(台北:時報文化出版,1996),頁227～228。

如果張愛玲在連載期間離開上海三四個月,那麼龔之方無論是出於和夏衍的關係還是出於和張愛玲的關係都不太可能不知情。其三,柯靈〈遙寄張愛玲〉中流傳甚廣的句子:「張愛玲一九五三年就飄然遠行,平生足跡未履農村,筆桿不是魔杖,怎麼能憑空變出東西來!」[192]柯靈與張愛玲都出席過上海的第一屆文代會(1952年7月),之後他一直位於文化界領導層,由於同處上海文壇,他與張愛玲的關係也比點頭之交更加密切,如果張愛玲參加過土改,那麼在三十餘年後對文代會時張愛玲的穿著細節都記憶猶新的柯靈,為什麼在記憶中卻默認張愛玲從未去過農村?因此,張愛玲親友所持的否定意見比肯定意見更具有說服力。

以上三種材料之外,還有1950年至1951年上海文藝界的官方材料中也未記載張愛玲參加過土改,似乎可以將這一問題一錘定音。據趙景深(上海市第一屆文代會第四組組長,張愛玲也被分在該組)之子趙易林,和學生徐重慶對1950年9月16日至1951年3月21日全國「文協」上海分會出版的一至四期《文協通訊》的爬梳:「當年,上海的文藝家們積極配合社會形勢,紛紛自願報名參加土改和下鄉參觀團。剛成立的市文聯還特別設立了『土改工作委員會』,諸如許傑等去青浦,鄧散木、羅洪、何公超、孫福熙等去紹興,任鈞等去蘇州」,請注意下鄉地點中根本沒有蘇北。並且,「這通訊對『文協』會員的活動報道頗詳,但找不到有關張愛玲的隻字記錄」。[193]

---

[192] 柯靈,〈遙寄張愛玲〉,《煮字生涯》(太原:山西人民出版社,1986),頁163。
[193] 徐重慶,〈關於張愛玲的一則史料〉,《文苑散葉》(南京:東南大學出版社,2002),頁334〜335;趙易林,徐重慶,〈關於張愛玲的一些史料〉,

再對應陳子善提供的《一九五〇年上海文藝工作大事記》:「市文聯土改工作委員會下午在中西女中禮堂舉辦動員參加土地改革大會,各協代表出席者二百餘人。會上決定分三期分發會員下鄉,第一期十月底至十一月底,第二期定十二月初出發,第三期在明年一月間。分為參觀,從事創作,參加工作隊等三種,會員個別如有困難,亦可申請解決」。[194]張愛玲如果真的參加了上海文聯組織的土改,那麼只有可能在這三期出發,時間恰好對應的《文協通訊》的一至四期不可能對其毫無記載。另外,在這期間張愛玲正在連載《十八春》,就算是改寫《普漢先生》,提前完成(據張子靜的說法是「邊寫邊登」)也存在一定難度。

綜上所述,諸多材料都證明張愛玲在1950年到1951年間沒有參加過上海市文聯組織的土改,更不存在參加「蘇北土改」一說。那麼,除了尋胡蘭成的三四個月生活在鄉下的直接經驗,並以自己的札記〈異鄉記〉為觸發記憶的媒介,和丁玲《太陽照在桑乾河上》提供的間接經驗,張愛玲的農村書寫,包括土改書寫還存在哪些材料來源呢?

張愛玲對農村的瞭解首先來自於對張家、親戚朋友家乃至整個上海市傭人的觀察和他們的講述,以保姆「何干」[195]為核心。據張

《新民晚報》(1997.10.14)。
[194] 上海市人民政府文化局藝術處編印,《一九五〇年上海文藝工作大事記》(1950),頁86,轉引自陳子善,〈張愛玲與上海第一屆文代會〉,《張愛玲叢考(下)》(北京:海豚出版社,2015),頁269。
[195] 「何干」的具體名字不可知,《雷峰塔》中有:「姓氏後加個『干』字是特為區別她不是餵奶的奶媽子。她服侍過琵琶的祖母,照顧過琵琶的父親,現在又照顧琵琶」,何干和沈琵琶相差七十歲,見張愛玲著,趙丕慧譯,

子靜的說法,張愛玲從四歲開始,就「會纏著保姆說故事,唱她們皖北農村的童謠」,[196]她自己也說「阿媽她們的事,我稍微知道一點」。[197]女傭們的行為和話語在張愛玲的散文中多次出現,女傭也成為張愛玲小說中的重要形象,要知道《秧歌》中的月香在回村之前正是在上海幫傭,她的原型極有可能是以何干為代表的張愛玲所熟知的女傭。小說用月香從上海辭工返回鄉下驅動敘事鏈條,與現實中的何干在張愛玲出走後的(被迫)辭工回家相對應;金根因為鄉下不平靜,去上海找工作,每天到月香幫傭的人家去看她,之後自尊心受傷、鎩羽而歸的那一段場景和人物描寫之所以如此細緻入微,很大概率是因為它濃縮著張愛玲周遭女傭們的日常生活,與張愛玲童年自傳小說《雷峰塔》中佟干的丈夫「老鬼」來看望佟干,何干的兒子上城找事時探望何干,臨走帶了一大筆錢相對照,構成同一講述的不同面向;還有《秧歌》中描繪父母與子輩的關係、婆媳關係,以及農村經歷過的土匪洗劫、農民的窮苦生活、農民對土地的感情,在《雷峰塔》裡的安徽農村傭人:何干、楚志遠、葵花、王發、秦干、佟干等的回鄉或下鄉收租的見聞,以及對自己家鄉的敘述中都可以找到對應的線索。可以說,在張愛玲尚未去往浙江鄉下之前,途經她成長歷程的傭人已經為她帶去了關於農村的大

《雷峯塔》(香港:皇冠,2010),頁20。現實中的何干「是從前老太太的人」,在張愛玲十七歲離開張家之前一直照顧她的起居,陪伴她的時間比她的母親和姑姑要長得多,她的〈私語〉、〈愛憎表〉以及張子靜的《我的姊姊張愛玲》對此有多處揭示。

[196] 張子靜,《我的姊姊張愛玲》(台北:時報文化出版,1996),頁55。
[197] 張愛玲,〈寫什麼〉,《華麗緣:散文集一 一九四〇年代》(台北:皇冠,2010),頁161。

致印象,所以當她在鄉下看到一些東西,還會聯想到照顧自己的女傭去理解與闡釋:「生命是像我從前的老女傭,我叫她去找一樣東西,她總要慢條廝理從大抽屜裏取出一個花格子小手巾包……又拿出個白竹布包……」,「蔡家也就是這樣的一個小布包,即使只包著一些破布條子,也顯然很為生命所重視,收得齊齊整整的」。[198]

其次,關於農村的閱讀經驗也引發了張愛玲的驚顫、想像和反思。紀實性的有報紙登載的農村新聞,比如她在《秧歌・跋》、《赤地之戀・自序》中提到的《人民文學》上一個在農村工作過的青年作家的自我檢討,[199]《解放日報》上有關天津飢饉的報道,還有姑姑和朋友對鄉下的描述,參加華東土改工作的知識分子、蘇北與上海近郊居民的言論等。虛構性的即小說、電影等文藝作品,例如《秧歌・跋》中談及的《遙遠的鄉村》劇本,〈異鄉記〉中說旅途中見到的女性「活像銀幕上假天真的村姑」,[200]《赤地之戀》裡提及多次的劉荃看過的蘇聯電影,還有張子靜回憶張愛玲向他推薦的趙樹理的《李有才板話》、《小二黑結婚》小說,《小二黑結婚》、《白毛女》、《新兒女英雄傳》的電影,以及張愛玲在散

---

[198] 張愛玲,《異鄉記》,《對照記:散文集三 一九九〇年代》(台北:皇冠,2020),頁206~207。

[199] 有學者去查證張愛玲提及的「三反」運動時期的《人民文學》,並沒有找到張愛玲所說的「檢討」一文,參看丁爾綱,〈張愛玲的《秧歌》及其評論的寫作策略透析〉,《紹興文理學院學報(哲學社會科學版)》第1期(2006.1),頁48~54;但在其他學者研究蘇北土改時引用的揚州市檔案中,可以發現有時間吻合的極其相似的哄搶公糧事件,參看劉握宇,〈農村權力關係的重構:以蘇北土改為例1950~1952〉,《江蘇社會科學》第2期(2012.4),頁217~223。

[200] 張愛玲,〈異鄉記〉,《對照記:散文集三 一九九〇年代》(台北:皇冠,2020),頁203。

文、書信、訪談中提到的沈從文、丁玲、師陀、魯迅和《新文學大系》收錄的鄉土文學……

張愛玲在書寫自己對農村、農民的印象時，往往將直接經驗與間接經驗相混合，並以情感為粘結。她在〈重返邊城〉中回憶自己60、50年代兩次途經香港海關：「這時候正是大躍進後大飢荒大逃亡，五月一個月就有六萬人衝出香港邊界。大都是鄰近地帶的鄉民。向來是農民最苦，也還是農民最苦。十年前我從羅湖出境的時候，看見鄉下人挑著擔子賣菜的可以自由出入，還羨慕他們。」[201]「向來是農民最苦，也還是農民最苦」，這句與「興，百姓苦；亡，百姓苦」異曲同工的話透露出，即使張愛玲完全稱得上是一個城裡人，在城市居民中也屬於上層階層，她始終對農民抱有深切的同情，關心和憂慮農民的處境，這一情感立場才是支撐張愛玲憑借不夠豐富的農村經驗創作出打動人心的農村文學、土改文學的關鍵。張愛玲不把農民寫成空洞的符號，而是傾注了全部的同情，把他們的靈魂當作自己的靈魂來解剖，因此她寫活了並不熟悉的農民的靈魂。張愛玲這種基於同情立場的農民書寫，有郜元寶等學者認為其本質上是對於魯迅文學傳統的繼承。[202]

簡單說來，張愛玲雖然沒有參加過土地改革，但她有過三四個月的在農村生活以及過年的經歷，也經年累月地與在上海生活的鄉下人共處，並對他們進行觀察，這和她從小到大從家裡女傭、男傭

---

[201] 張愛玲，〈重訪邊城〉，《惘然記：一九五〇～八〇年代散文》（香港：皇冠，2010），頁185。
[202] 參看郜元寶，袁凌，〈[若有所思]之三——張愛玲的被腰斬與魯迅傳統之失落〉，《書屋》第3期（1999.6），頁42～45。

以及親朋好友口中聽聞的農村故事，在報刊、小說、電影中獲得的農村經驗，以及對農民抱有的同情態度一起構成了她在《秧歌》和《赤地之戀》中描述農村、農民，與書寫土改的基礎。

第四節　自傳體小說三部曲中的魯迅閱讀者

一、嵌套魯迅其文：沈琵琶的「五四觀」

在五四新文化運動的幾位健將中，張愛玲只對胡適公開表示過崇拜，並給予他最高評價。她既欣賞他對五四運動、中國社會的進步所做的貢獻，與他的考證文章、學術成就，也對他的為人讚嘆不已，在書信和散文中，張愛玲甚至稱胡適為「聖人」和「神明」，表露出的崇敬一覽無餘。行至暮年，張愛玲仍然對兒時讀過的《胡適文存》念念不忘，在很大程度上，胡適既是她翻譯《海上花列傳》的領路人，也是她能夠堅持將其譯畢的心靈支撐。然而，在各種不同的語境中，張愛玲談論魯迅的次數更多，信手拈來的程度更深，囊括的方面也更加廣闊。保守計算，張愛玲在小說、劇本、散文、演講、書信以及繪畫作品中涉及魯迅的次數是十八次，加上張子靜、胡蘭成、水晶的回憶文字，總數目已逾二十次，與張恨水並列為張愛玲提及最頻繁的中國現代作家。現存史料揭示出張愛玲的魯迅閱讀史包括：魯迅的小說——以〈狂人日記〉、〈阿Q正傳〉、〈祝福〉為代表；魯迅的雜文——以〈娜拉走後怎樣〉、〈我之節烈觀〉、〈論雷峰塔的倒掉〉、〈再論雷峰塔的倒掉〉和

《三閒集》為代表；魯迅的翻譯——以《死魂靈》、〈貴家婦女〉為代表；魯迅的研究——以《中國小說史略》為代表。綜合來說，張愛玲的魯迅閱讀史既包含魯迅的名作，奠定他文學史、思想史地位的對中國國民性的批判，和「救救孩子」等吶喊，也包含在其名作光芒籠罩下的翻譯和研究。張愛玲在創作中對魯迅的指涉從最早的1944年，她成名的第二年，為《天地》雜誌繪的配圖「救救孩子」開始，到最晚的1994年，她逝世的前一年，為台灣皇冠文化集團成立四十年作的〈四十而不惑〉：「我從前看魯迅的小說〈祝福〉就一直不大懂為什麼叫『祝福』。祭祖不能讓寡婦祥林嫂上前幫忙——晦氣」[203]結束，貫穿了作家張愛玲的一生。因此，完全可以用廣泛全面、深刻持久來概括張愛玲魯迅閱讀史的特點。

即使張愛玲從未像寫〈憶胡適之〉那樣訴說過魯迅的文章與她的人生之間的關係，但通過研究她在紀實性自述中談論魯迅的語境，以及在虛構文學中塑造人物形象，表達思想主旨時對魯迅的借用，我們發現，魯迅早已成為張愛玲理解外界和內構自我的重要方法之一，並且隨著她年齡的增長、閱歷的擴展，這種根植不僅失去了拔除的可能，反而更深地連通著她的記憶和想像。張愛玲的自傳體小說三部曲即為證例，《雷峰塔》、《易經》、《小團圓》中總共四次提到魯迅，既論魯迅其文，也談魯迅其人，既有關沈琵琶童年時的五四觀，也有關盛九莉成年後的愛情觀，集合在一起也算是一場小規模的「憶魯迅」了。

---

[203] 張愛玲，〈四十而不惑〉，《對照記：散文集三 一九九〇年代》（台北：皇冠，2020），頁93。

《雷峰塔》和《易經》本為一部長篇英文小說，作於1957年到1964年之間，上部被張愛玲譯為《雷峰塔倒了》，沈琵琶從幼年長到她十七歲逃離父親的家庭，下部《易經》則以港戰為開端，以香港淪陷後，琵琶離港返滬為收梢，中間插敘她的港大讀書生活。作為張愛玲自稱的「我自己的故事」，[204]《雷峰塔》和《易經》的自傳性自不必提，文本內容與她在自傳性散文〈私語〉、〈燼餘錄〉、〈對照記〉、〈愛憎表〉中的家族史、成長歷程講述並無相悖之處。然而小說畢竟是小說，由虛構技巧與敘事策略精心編織而成，自傳性再強，作者在作品中埋藏和探尋的，也還是與現實世界所不同的另一種真實和真相。《雷峰塔》中的沈琵琶與張愛玲最大的區別是，琵琶十八歲時，回到母親身邊以後從何干那裡聽聞弟弟沈陵去世的消息，但張愛玲的弟弟張子靜於1997年去世，比她還多活了一歲。

　　《雷峰塔》和魯迅的關係先從標題《雷峰塔倒了》和小說裡關於「雷峰塔倒了」的討論開始。西湖名勝雷峰塔倒塌這一歷史事件發生在1924年9月25日，是定位小說《雷峰塔》文本內歷史時間的標誌之一，但更重要的是它的象徵意義。「The Fall of the Pagoda」中的「Pagoda」直譯為塔、寶塔、佛塔，但張愛玲只將「the Pagoda」指向特定唯一的雷峰塔，她在小說中利用何干、秦干、葵花關於雷峰塔傳說與現實的對話來點題：「畜牲嫁給人違反了天條，所以法海和尚就來降服白蛇⋯⋯末了把她抓了，壓在鉢裏，封上了符咒，

---

[204] 〈張愛玲語錄〉，張愛玲、宋淇、宋鄺文美著，宋以朗主編，《張愛玲私語錄》（香港：皇冠，2010），頁48。

蓋了一個寶塔來鎮壓……人家說只要寶塔倒了，她就能出來，到那時就天下大亂了」，[205]以雷峰塔的倒掉寓意天下大亂。魯迅在1924年發表的〈論雷峰塔的倒掉〉裡介紹雷峰塔也是以白蛇和許仙的故事開場，但不同於琵琶家女傭的態度，魯迅是盼望著雷峰塔倒掉的，他說，「試到吳越的山間海濱，探聽民意去。凡有田夫野老，蠶婦村氓，除了幾個腦髓裡有點貴恙的之外，可有誰不為白娘娘抱不平，不怪法海太多事的？」[206]這已經是非常犀利直白的諷刺了，在維護秩序和反抗秩序的這對辯證關係中，魯迅顯然支持後者，對於秩序的倒塌，他是樂見其成的，以至於在收束全文的時候還痛快地罵了一句「活該」。但何干、秦干、葵花並不這麼想，她們並不把秩序的反叛者白蛇看作民心民意的代言人，反而說，「多得是蛇精狐狸精一樣的女人攪得天下不太平」，同時把雷峰塔視為天下太平的定海神針，雷峰塔是在「俄國老毛子殺了他們的皇帝的那一年」倒的，「宣統皇帝不坐龍廷」以後，「真的亂起來」，「難怪現在天下大亂了」。[207]《雷峰塔》中的這段對話饒有趣味，與魯迅的〈論雷峰塔的倒掉〉形成了文本之間的潛對話，何干、秦干、葵花是來自安徽農村的女傭，也就是所謂的民間立場，照魯迅的說法，她們應該是要為白娘娘抱不平的，但她們卻一致站在秩序的維護者一方，對於破壞秩序的力量感到恐懼和憎恨，體現出啟蒙者和被啟蒙者之間存在的分歧與鴻溝，也側面反映出在1920年代，革命

---

[205] 張愛玲著，趙丕慧譯，《雷峯塔》（香港：皇冠，2010），頁36。
[206] 魯迅，〈論雷峰塔的倒掉〉，《魯迅全集1‧墳》（北京：人民文學出版社，2005），頁180。
[207] 張愛玲著，趙丕慧譯，《雷峯塔》（香港：皇冠，2010），頁37。

的勝利並沒有在根本上動搖民眾的封建思想。在魯迅的〈論雷峰塔的倒掉〉中,「雷峰塔」毫無疑問是中國封建秩序的象徵,代表著法不容情的禮教「天條」,是特權階層壓迫民眾的一個符號。張愛玲小說中「雷峰塔」的象徵意義與魯迅文章中的相似,儘管在他們筆下呈現出了完全相反的民眾意見。張愛玲還進一步細化了「雷峰塔」的內涵,不僅將其寫作鎮壓秩序反叛者白蛇的塔,更使之成為桎梏、束縛、壓迫女性白蛇的牢籠,如同她所熟讀的〈祝福〉中的祥林嫂的死因一樣,塔中樹立著封建政權、族權、夫權、父權四面高牆。在《雷峰塔》的結尾,楊露與自己當初被迫嫁的吸鴉片、蓄妓妾的丈夫離了婚,沈琵琶從毒打、軟禁自己的父親之家出走,沈珊瑚和異母大哥打輸官司後與自己的家族疏離往來,雷峰塔無論從現實意義上,還是從象徵意義上,都在這幾位女性的人生中轟然倒坍。

　　《雷峰塔》和《易經》裡,沈琵琶有兩次內心獨白談到自己閱讀的魯迅,閱讀和談論都發生在她的十歲之前,所以是十足的童年印象。首先是《雷峰塔》中:「中國是甚麼樣子?代表中國的是她父親、舅舅、鶴伯伯、所有的老太太,而她母親姑姑是西方,最好的一切。中國並不富強。古書枯燥乏味。新文學也是驚懾於半個世紀的連番潰敗之後方始出現,而且都揭的是自己的瘡疤。魯迅寫來淨是鄙薄,也許是愛之深責之切。但琵琶以全然陌生的眼光看,只是反感。」[208]請注意琵琶在表達自己對於古書和新文學的反感之前,先將父親、舅舅、鶴伯伯和所有的老太太作為中國的具象,將

---

[208] 張愛玲著,趙丕慧譯,《雷峯塔》(香港:皇冠,2010),頁210。

母親和姑姑作為西方的具象，形成壞與好截然對立的兩個系統。這套思維方式與〈年青的時候〉裡潘汝良的思維方式何其相似，在他對西方的幻想幻滅之前，他把俄國女人沁西亞與電影明星以及香煙廣告、肥皂廣告中俊俏大方的外國模特兒看作是完美西方的具象，將他的家人，油炸花生下酒的父親、聽紹興戲的母親、庸脂俗粉的姊姊、邋遢慵懶的弟弟妹妹視為他所厭棄的決定遠離的舊中國的具象。如果將兩個文本相互闡釋，潘汝良會幻滅，沈琵琶會長大，沈琵琶對西方的幻想終究會像潘汝良對西方的幻想一樣被現實顛覆，不復再提。這段話裡琵琶對於古書、新文學的反感和這套天真幼稚的思維方式擁有相同的階段性，都只代表著琵琶的童年五四觀，有一定概率反映著張愛玲的童年五四觀，但絕不能將其等同於作家張愛玲的整體五四觀。張愛玲在1964年5月6日給鄺文美、宋淇的信中指出：「《雷峰塔》因為是原書的前半部，裏面的母親和姑母是兒童的觀點看來，太理想化，欠真實」，[209]她在1973年與水晶談到「魯迅寫來淨是鄙薄」類似話題的時候認為：「他很能暴露中國人性格中的陰暗面和劣根性。這一種傳統等到魯迅一死，突告中斷，很是可惜。因為後來的中國作家，在提高民族自信心的旗幟下，走的都是『文過飾非』的路子，祇說好的，不說壞的，實在可惜。」[210]因此，琵琶在十歲之前對於西方的看法，在對比中形成的對中國，包括新文學的苛責，和她對於母親、姑姑的認識一樣，都

---

[209] 張愛玲，宋淇，宋鄺文美著，宋以朗編，《紙短情長：張愛玲往來書信集I》（台北：皇冠，2020），頁119。
[210] 水晶，〈蟬──夜訪張愛玲〉，《張愛玲的小說藝術》（台北：大地出版社，1985），頁27～28。

是過度理想化，欠真實的。在琵琶的五四觀中，新文學都是對於舊中國罪惡醜陋現象的揭露，所以連帶著討厭那被揭露的中國，發出「為什麼一定得愛國？」的質疑，但成年之後的張愛玲對於魯迅的欣賞、稱讚卻與童年沈琵琶的隔閡、厭惡兩樣。

　　沈琵琶另一次內心獨白談到自己閱讀的魯迅，出現在《易經》中，彼時她正在和表大媽即羅雪漁的太太散步，其人物原型是李鴻章長孫李國傑的妻子。在散步之前，琵琶知曉，羅雪漁娶妻之前已經有三房姨太太，結婚後一個姨太太與明媒正娶的表大媽平起平坐，她的娘家為她抱不平，反而遭埋怨，因為她覺得「女以夫為天」。羅雪漁很早便與她分居，身邊的姨太太也換了好幾茬新人，表大媽只靠微薄的月費為生，完全不沾丈夫的光，但後來他因為政治傾軋入獄，是她帶著他前妻的兒子「挨家挨戶磕遍了所有的親戚」。[211]所以琵琶在散步時聯想到：「除了丈夫之外，她愛過別人嗎？琵琶希望她愛過。她的七情六慾都給了這個命中注定的男人，畢生都堅定的、合法的、荒謬的愛著他。中國對性的務實態度是供男人專用的，女人是代罪羔羊，以婦德補救世界。琵琶讀過魯迅寫男人也許不抵抗盜匪和蠻夷，然而婦女若是不投井投河以避強暴，倒是痛哭家門不幸。荒淫逸樂的空氣裏，女子的命運卻與富饒土地上的窮人一樣，比在禮教極端嚴格的國家尚且不如。」[212]這一段句子說明，儘管幼年的沈琵琶對新文學只有反感，但她看待女性的視角早已被新文學、新思想、新道德潛移默化。這裡提到的魯

---

[211] 張愛玲著，趙丕慧譯，《易經》（香港：皇冠，2010），頁30。
[212] 張愛玲著，趙丕慧譯，《易經》（香港：皇冠，2010），頁70。

迅文章很大概率對應小說前半部的標題雙關的〈再論雷峰塔的倒掉〉（1925）：「再來翻縣志，就看見每一次兵燹之後，所添上的是許多烈婦烈女的氏名。看近來的兵禍，怕又要大舉表揚節烈了罷。許多男人們都那裡去了」。[213]以及更早發表的〈我之節烈觀〉（1918）：「有強暴來污辱他的時候，設法自戕，或者抗拒被殺，都無不可。這也是死得愈慘愈苦，他便烈得愈好，倘若不及抵御，竟受了污辱，然後自戕，便免不了議論」，「自己是被征服的國民，沒有力量保護，沒有勇氣反抗了，只好別出心裁，鼓吹女人自殺」。[214]雖然羅太太的情況既稱不上節、也稱不上烈，但她被婦德、夫為妻綱捆綁了一生，琵琶為羅太太感到憤憤不平，認為既然羅雪漁一生中擁有過多個女人，羅太太也要愛過他人才算平等。她肯定認可魯迅所說的，「男女都有一律應受的契約。男子決不能將自己不守的事情，向女子特別要求⋯⋯何況多妻主義的男子，來表彰女子的節烈」。[215]不僅是對羅太太懷有憐憫，報復性地希望她「不貞」、「不忠」，對於自己的母親，為了證明自己是處女而出嫁，對貞節觀念深信不疑的母親，琵琶也從未抱有苛刻的同性標準：「她有韻事，又有甚麼兩樣？要她忠於誰呢？」[216]《易經》還寫到琵琶參加母親家族中一個叔叔的婚禮，覺得新娘被打扮得像

---

[213] 魯迅，《再論雷峰塔的倒掉》，《魯迅全集1・墳》（北京：人民文學出版社，2005），頁203。
[214] 魯迅，《我之節烈觀》，《魯迅全集1・墳》（北京：人民文學出版社，2005），頁122，126。
[215] 魯迅，《我之節烈觀》，《魯迅全集1・墳》（北京：人民文學出版社，2005），頁125。
[216] 張愛玲著，趙丕慧譯，《易經》（香港：皇冠，2010），頁143。

個屍體：「注重貞節的成見讓婚禮成了女子的末路。她被獻給了命運，切斷了過去，不再有未來。婚禮的每個細節都像是活人祭，那份榮耀，那份恐怖與哭泣」，也是這次觀禮，琵琶真切地感受到1920年代流行的一句話——「吃人的禮教」。[217]張愛玲也有過和琵琶相似的體會，她在幼時參加一個表姐的婚禮，摹寫新娘為「她白紗下面的臉龐慘白得像死了一樣，彷彿她自己也覺得完了」。[218]《雷峰塔》和《易經》有多處寫琵琶察覺到的姑姑、母親在世人眼中不倫、不道德甚至驚世駭俗的情事，但她從未對此感到羞恥、噁心或者認為她們離經叛道、罪大惡極，她們兩人依舊是童年沈琵琶思想中理想女性的化身。事實上，還未成年的琵琶對女性的貞節、性愛、婚姻擁有這麼多「前衛」且「早熟」的認識，根本不可能脫離新文學的教養。

以魯迅為代表的新文學對於封建節烈觀毫不客氣地批判和顛覆，對於舊中國、舊禮教的赤裸裸、血淋淋的展示，既塑造著童年沈琵琶的五四觀，即她所持的五四新文學都是在揭露中國瘡疤的看法，也建構著琵琶的現代女性觀，作為她五四觀的重要組成部分。對於《雷峰塔》和《易經》中的女性而言，封建禮教中的節烈觀無疑是舊中國給她們遺留的最大、最痛的一塊瘡疤，即使雷峰塔倒塌，這座思想監牢在短時間內也不會分崩離析。

---

[217] 張愛玲著，趙丕慧譯，《易經》（香港：皇冠，2010），頁165。
[218] 張愛玲，〈愛憎表〉，《對照記：散文集三 一九九〇年代》（台北：皇冠，2020），頁142。

二、重述魯迅其人：盛九莉的愛情觀

　　魯迅的作品之外，張愛玲對他的人生和情感經歷也很感興趣，儘管她沒有像評價丁玲那樣，說出一句類似的，「我也覺得魯迅的一生比他的作品有興趣」的話。但她在1987年9月9日給莊信正的信裡說，自己正在讀〈周門朱氏〉，即莊所寫的一篇介紹魯迅原配朱安的文章。之前莊信正還將自己比較研究魯迅與陀思妥耶夫斯基的論文寄給張愛玲，只是她回信說因為自己不瞭解陀思妥耶夫斯基所以把它束之高閣，那為什麼張愛玲會選擇閱讀介紹朱安的這篇文章呢？她完全可以也回一句，自己並不瞭解魯迅的婚姻情況，所以寄來的文稿沒有讀。當然這樣的回覆有違事實，因為張愛玲不僅瞭解，還將其寫入了晚年的中文自傳小說《小團圓》中。但同樣都是莊信正創作的關於魯迅的文章，讀與不讀，正在讀與置之不理，張愛玲在書信中給出了兩種態度相反的反饋。而且，由於張愛玲在1987年以及相近的幾年時間內並沒有創作或發表關於魯迅的文章，所以她對〈周門朱氏〉的閱讀完全是非功利性質的，沒有受到任何現實需求的驅使，這在一方面反映了張愛玲對魯迅的閱讀興趣原動力之充足，另一方面也體現出張愛玲所閱讀、認知和感興趣的「魯迅像」，[219]不僅僅是她之前作品中牽涉的作家魯迅、批判者魯迅、

---

[219] 「魯迅像」是一個日語詞彙，「像」即日文「ぞう」或「かたち」（姿），意為對於魯迅的印象，魯迅的形象之想像與構造，源自竹內好以來的日本魯迅研究。參看竹內好著，李冬木譯，《近代的超克》（北京：生活・讀書・新知三聯書店，2005）。

被左派文人圍攻的魯迅、翻譯家魯迅、學者魯迅,更是凡人魯迅,是和她的母輩一樣的,被包辦婚姻所束縛的「歷史中間物」。

不同於《雷峰塔》和《易經》中,沈琵琶閱讀的魯迅以五四新文學標桿的形象出現,這也是他在絕大多數的文學作品中被作者們賦予的象徵意義,《小團圓》裡兩次提到魯迅的語境都基本上無關乎他的文學成就,也無關乎女主角盛九莉對於新文學的認識。第一次,是九莉剛剛在上海文壇走紅,女編輯文姬把邵之雍所寫讚美她的書評寄給九莉看,九莉的感想為:「文筆學魯迅學得非常像。極薄的清樣紙雪白,加上校對的大字硃批,像有一種線裝書,她有點捨不得寄回去」,寄回去之後文姬告訴她邵之雍被關進監牢,這時候九莉的反應為,「有點擔憂書評不能發表了——文姬沒提,也許沒問題。一方面她在做白日夢,要救邵之雍出來」。[220]寥寥幾筆勾勒出一段情緣的浪漫開端和一個對愛情充滿憧憬,極富想像力的懷春少女形象。邵之雍和盛九莉,在尚未見面前就已以文相識,對彼此產生好感,到後來二人初見,九莉對他的印象是,「穿著舊黑大衣,眉眼很英秀」,「像個職業志士」,[221]雖然邵之雍的心理沒有被清楚指出,但他第一次拜訪九莉後便「天天來」,動機顯而易見,也昭示著盛邵之間的「一見鍾情」和「傾蓋如故」。

一方面,《小團圓》是張愛玲在1970年代創作的面向中文讀者的自傳小說,從盛九莉在香港讀書一直寫到她三十多歲移民海外,無論是其文本內容與張愛玲實際人生、其他自傳性作品的重

---

[220] 張愛玲,《小團圓》(台北:皇冠,2009),頁163。
[221] 張愛玲,《小團圓》(台北:皇冠,2009),頁163。

合，還是她在書信中自述的創作緣由：「趕寫《小團圓》的動機之一是朱西寧來信說他根據胡蘭成的話動手寫我的傳記」,[222]「志清看了《張看》自序，來了封長信建議我寫我祖父母與母親的事，好在現在小說與傳記不明分。我回信說：『你定做的小說就是《小團圓》』」,[223]《小團圓》的自傳性毋庸置疑，盛邵之戀的原型是張愛玲與胡蘭成的戀愛往事這一點也毋庸置疑。站在自傳性和原型的視角，針對小說中盛九莉認為邵之雍的文筆學魯迅學得非常像這句表述，有的學者嘗試將胡蘭成和魯迅二人的文筆進行比對，得出「此話難免攀附與溢美之嫌」,「卻也在無形中流露出作者對魯迅文筆的肯定與欣賞」[224]的結論。不過，胡蘭成言必稱魯迅是事實，比如他在《今生今世》和《中國文學史話》這兩部著作中，提到魯迅的次數就有幾十次之多，而且他那篇在當時頗有名氣的文章〈評張愛玲〉（1944）也以比較張愛玲與魯迅二人的個人主義為論述中心，從側面證明了魯迅在1930、40年代的中國不僅作為左翼作家的精神領袖以及「民族魂」而受到左派和愛國人士的追捧，在其他政治陣營中同樣飽受熱讀，成為一種不分派別和立場的流行。並且據古耜的考證，胡蘭成和他人的交往中還常常編造自己「從魯迅游」

---

[222] 張愛玲1975年10月16日給宋淇的信，張愛玲，宋淇，宋鄺文美著，宋以朗編，《紙短情長：張愛玲往來書信集I》（台北：皇冠，2020），頁275。
[223] 張愛玲1976年4月4日給鄺文美、宋淇的信，張愛玲，宋淇，宋鄺文美著，宋以朗編，《紙短情長：張愛玲往來書信集I》，（台北：皇冠，2020），頁313。
[224] 古耜，〈張愛玲眼中的魯迅先生〉，《文學界》第8期（2009.8），頁51～53。

以自抬身價。[225]因此，如果將九莉在初讀之雍文字的時候便看出他對於魯迅的模仿，與現實中胡蘭成對魯迅的談論相對應，那麼九莉或張愛玲確實是之雍或者胡蘭成的知音。另一方面，《小團圓》是虛構小說，而且刻意遵循了意識流和其他現代性筆法，並不能完全等同於張愛玲的自傳來閱讀。比如小說裡對盛邵初識、初遇前因後果的敘述，與現實中張胡二人的初見就有不少事實上的出入，張愛玲1976年1月25日給鄺文美的信中也說：「《小團圓》情節複雜，很有戲劇性，full of shocks，是個愛情故事，不是打筆墨官司的白皮書，裏面對胡蘭成的憎笑也沒像後來那樣」，[226]所以小說如此具有戲劇張力的愛情開頭明顯是張愛玲有意設置的，九莉對於之雍文筆的誇讚並一定代表張愛玲對於胡蘭成的溢美，也無法表露張愛玲關於魯迅的真實看法。但可以借此肯定的是，魯迅其人在盛九莉愛情觀的形成過程中扮演著重要角色，或者他直接就是九莉的憧憬對象，所以文筆與魯迅相像的之雍也是值得愛慕的。

　　《小團圓》中對魯迅的第二次提及同樣和九莉對愛情的認識與體會有關，出自之雍之口：「他算魯迅與許廣平年齡的差別，『他們只在一起九年。好像太少了點。』又道：『不過許廣平是他的學生，魯迅對她也還是當作一個值得愛護的青年。』他永遠在分析他們的關係。」[227]與魯迅、許廣平同時被談論的還有汪精衛與陳璧君，之雍的舉例用意在後文以一種調笑的語氣明確說出：「太太

---

[225] 古邘，〈魯迅與胡蘭成〉，《黃河文學》10期（2012.10），頁14～19。
[226] 張愛玲，宋淇，宋鄺文美著，宋以朗編，《紙短情長：張愛玲往來書信集I》（台北：皇冠，2020），頁287。
[227] 張愛玲，《小團圓》（台北：皇冠，2009），頁172。

膽了一般的男人會害怕的」，[228]他認為在這兩對現實戀愛關係中，都是女方的主動性和追求攻勢更加激烈，類比九莉言行中體現出來的對他的濃烈感情。魯許、汪陳、盛邵三對情侶在小說裡的共同之處都是男方更年長，閱歷更豐富，在某一個圈層達到了更高的權力等級，女方與男方相遇時則年紀尚輕，對男方懷有深厚的崇拜之情，再結合九莉對陳璧君外貌的評價，或許她還認為在這類關係中女方與男方並不相配，所以預示著她和之雍的悲劇收尾：「我們根本沒有前途，不到哪裏去」。[229]一方面，從自傳性的角度來看，胡蘭成極有可能在現實中與張愛玲談論過魯迅與許廣平、汪精衛與陳璧君，他既然在文章中多次提到魯迅，那麼在日常對話中想必更多，他的《今生今世》還記載著他與張愛玲關於魯迅《三閒集》的評價，同時有學者考證胡蘭成可能認識許廣平，而且有過一些並非泛泛之談的交流，[230]胡蘭成與汪精衛、陳璧君夫妻共事的時間也並不短暫，和他們也算是熟識。另外，還有學者認為張愛玲所寫的盛邵二人的這段對話是「借魯迅和許廣平的關係為自己和胡蘭成的感情正名」，「折射出魯迅作為中國現代最重要的文化——知識人之一對時代風潮及後來文人立德修身層面的巨大影響」。[231]另一方面，從虛構性的視角來看，魯迅與許廣平、汪精衛與陳璧君並不像

---

[228] 張愛玲，《小團圓》（台北：皇冠，2009），頁173。
[229] 張愛玲，《小團圓》（台北：皇冠，2009），頁173。
[230] 古邦，〈魯迅與胡蘭成〉，《黃河文學》10期（2012.10），頁14～19。
[231] 程小強，〈論張愛玲對魯迅及新文學傳統的「偏至」說——張愛玲與魯迅的「影響研究」〉，《南京師範大學文學院學報》第4期（2016.12），頁85～89。

蘇青、周瘦鵑、柯靈、邵洵美等人擁有化名，說明張愛玲是將他們當作歷史人物而寫，而非想要在小說中替他們重新排演人生。而這樣的歷史人物對於九莉的戀愛來說無疑起到了模範作用，二十歲出頭的九莉就像〈創世紀〉中的瀅珠一樣，將新文學、通俗文學、戲劇、電影和與自己同時代歷史名人的戀愛傳奇當成了觀照自我、感受自我、想像自我和塑造自我愛情觀念的一種重要途徑，積累著她自以為有用、可以效仿的經驗。

　　需要強調的是，《小團圓》兩次提及魯迅時，九莉對魯迅的態度雖然也帶有崇敬，但並非像當時許多的文藝青年一樣把他當作高不可攀的神壇偶像，[232]而是也會談論他的流言，以他和許廣平的愛情傳聞為模版尋找戀愛對象，將其內置到自己的愛情觀中。僅僅就這兩段書寫而言，《小團圓》的文學藝術價值未必比其自傳價值或史料價值低，因為張愛玲這樣刻畫魯迅在青年人心目中的形象即使不是前無古人、後無來者，也絕對是堪稱大膽的寫法，畢竟無論是小說內的文本時間1940年代，還是小說外的創作時間1970年代，魯迅在華語政治輿論場中一直是被神化的文學、思想、革命先驅。但在讀者一眼便可望出是以自己作為原型的創作中坦然揭露自己的過去，尤其是性事：「我在《小團圓》裏講到自己也很不客氣，這種地方總是自己來揭發的好」，[233]「《小〇〇》裏黃色的部份之

---

[232] 例如魯迅在1927年1月5日給許廣平的信中曾說：「我好像也已經成了偶象了，記得先前有幾個學生⋯⋯說⋯⋯你不是你自己的了，許多青年等著聽你的話！」魯迅、景宋，《兩地書》（上海：青光書局，1933），頁212。
[233] 張愛玲1975年7月18日給宋淇的信，張愛玲，宋淇、宋鄺文美著，宋以朗編，《紙短情長：張愛玲往來書信集I》（台北：皇冠，2020），頁268。

shocking在自傳性，其實簡無可簡」。[234]正如陳建華的觀點：「讓情慾開口，直面性，是張愛玲晚期風格的主要特點之一」，「這一晚期風格的形成是跟她對文學現代性的反思聯繫在一起的」，[235]張愛玲的《小團圓》本身就是一本毫無虛飾和具有先鋒意義的誠意之作。可以說，張愛玲在這部小說裡，不僅自己企圖從港台「張迷」的心目中走下神壇，也企圖將魯迅從海內外讀者以及民眾的心目中拉下神壇，使他們都回歸到普通人的素樸身份，這樣的寫作方式實踐著她從二十多歲起一直堅持到晚年的創作觀念和文學品味——「我們需要一種更貼近自己人生的文學」。[236]

除了兩次直接談及，《小團圓》的標題命名也有可能與魯迅相關。張愛玲在給宋淇、鄺文美的書信中多次譏諷「團圓」、「小團圓」、「大團圓」的說法，有學者認為這些嘲諷意味著她的標題「小團圓」是對胡蘭成「三美團圓」的幻夢破裂，和自己與母親、姑姑的團聚終究離散的一語雙關。[237]但在第一本小說《雷峰塔》標題對應的魯迅文章〈再論雷峰塔的倒掉〉中，魯迅就譏刺過中國人的「十景病」、「八景病」，也可以當作一種「團圓病」。魯迅

---

[234] 張愛玲1976年4月4日給鄺文美、宋淇的信，張愛玲，宋淇，宋鄺文美著，宋以朗編，《紙短情長：張愛玲往來書信集I》（台北：皇冠，2020），頁313。
[235] 陳建華，〈論張愛玲晚期風格（上）〉，《現代中文學刊》第4期（2020.8），頁18～26。
[236] 張愛玲著，鄭遠濤譯，〈中文翻譯的文化影響力〉，張愛玲，宋淇，宋鄺文美著，宋以朗編，《紙短情長：張愛玲往來書信集I》（台北：皇冠，2020），頁192。
[237] 陳建華，〈論張愛玲晚期風格（中）〉，《現代中文學刊》第1期（2021.2），頁79～94。

在同年發表的〈論睜了眼看〉（1925）中，直截了當地說中國文人的缺陷就是「瞞」和「騙」，表現為「凡事總要『團圓』」，「然而後來或續或改，非借屍還魂，即冥中另配，必令『生旦當場團圓』，才肯放手者，乃是自欺欺人的癮太大」。[238]與張愛玲對「團圓」的嘲諷相對應，也有概率成為張愛玲命名題目的閱讀史支撐和素材來源。

總的來說，張愛玲在〈創世紀〉、〈年青的時候〉、《秧歌》、《赤地之戀》、《半生緣》、《雷峰塔》、《易經》、《小團圓》等小說中塑造的張恨水、《新文學大系》、丁玲和魯迅閱讀者，以及對他們閱讀場景、閱讀體會的書寫，具有兩個範疇的閱讀史意義。在個體範疇，它們揭示了閱讀對張愛玲產生的效果和影響，她的閱讀寫作轉化機制，即張愛玲處理新文學素材的三種方式，如果按照她的小說與這些新文學作家、作品的互文性由高到低排列，那麼這三種方式依次為：一，於整體的小說結構層面，直接在原著的基礎上進行改寫，並保留主要情節和重要話語；二，於人物層面，將新文學作家及他們的感情經歷作為小說中人物和人物關係的原型參照，或者提煉、模仿新文學、現代通俗文學的人物模版來塑造人物形象的服飾、外貌、性格、命運，或是將新文學作家、作品內置到敘事者的思想觀念中，形塑他們看待事物的眼光；三，於小說的抒情性層面，新文學構成的物質線索在串聯情節之餘，其符號象徵意義還烘托了敘事者和人物的情感表達，營造出利於抒情

---

[238] 魯迅，〈論睜了眼看〉，《魯迅全集1・墳》（北京：人民文學出版社，2005），頁252～253。

的感傷氛圍，並進一步加深著小說的主旨。同時，以上三種處理方式在張愛玲的小說中並不互斥，這些新文學素材通通都為張愛玲提供了間接經驗。通過在虛構的小說世界中再嵌套一重虛構世界，將小說中人物的情感生活和他們所閱讀的故事參差對照，借用小說人物之口重述自己的閱讀史，張愛玲得以幾十年如一日地堅持著她對於真實人生的探討、貼近和再現。

張愛玲小說中的新文學閱讀者除了彰顯張愛玲對於閱讀的反應，在整體範疇，它們還側面展現了，在中國現代社會出現的早期，人們對於閱讀的看法，讀者與文本的關係——他們的閱讀經驗和實際的人生經驗，理解文本和理解生活、世界之間的關係遠比今天緊密。這也是〈創世紀〉中的張恨水閱讀者，〈異鄉記〉和《赤地之戀》中的丁玲閱讀者，《雷峰塔》、《易經》、《小團圓》中的魯迅閱讀者，〈年青的時候〉和《十八春》中的「新文學」符號意義得以生成的默認語境。張愛玲作為歷史中的讀者，她的閱讀活動於我們而言既有熟悉的一面，也有陌生的一面。我們和她讀相同的東西，但卻不會產生完全一樣的感受或反饋，正如羅伯特・達恩頓所說，「我們可以自欺欺人地想像自己能超越時代，同古代的作者溝通。但即便流傳下來的文本本身沒有發生過變化，我們跟這些文本的關係也不可能像過去的讀者跟這些文本的關係一樣。更何況文本本身不可能一成不變。書是物理的東西，從裝幀設計到印刷質量，都會隨物轉星移而改變」，[239]這也是為什麼我們需要去

---

[239] 羅伯特・達恩頓著，蕭知緯譯，《拉莫萊特之吻：有關文化史的思考》（上海：華東師範大學出版社，2011），頁130。

研究張愛玲的閱讀和創作所處的歷史背景和文化語境。借用斯坦利‧費什（Stanley Fish）提出的術語「闡釋共同體」（interpretative community），即制約當時讀者的思維和感知方式的一套解釋策略和規範，換句話說，如果我們現在的讀者不認可閱讀的重要性，不贊同閱讀是理解生活、世界，積累實際人生經驗的一條關鍵途徑，不相信和遵守這套解釋規則，那我們便無法和作者張愛玲，和大陸民國時期的讀者獲得「穩定」和「一致」的理解。津津樂道魯迅和丁玲各自愛情故事的盛九莉和劉荃、將張恨水的通俗文學作為戀愛指南的匡瀠珠、受到新文學思維規訓的潘汝良、以及在《新文學大系》中發現初戀的情書而失落悵惘的沈世鈞全都會變成荒謬瘋狂的人物，驅使他們情緒變化和行為舉止的動機赫然被抽空了合理性，我們對於張愛玲小說現代性的解讀也會喪失一個重要維度。

第三章　對話與定位：張愛玲的新文學評論

在第二章裡，我們以張愛玲對張恨水、《新文學大系》、丁玲、魯迅的閱讀及她小說中的人物對它們的閱讀為例，對張愛玲小說中的新舊、雅俗文學體系的符號意義進行了闡釋，對張愛玲嵌套和改寫丁玲、魯迅其文，重塑和重述丁玲、魯迅其人及其愛情傳奇的現象進行了研究，對《秧歌》、《赤地之戀》的材源即張愛玲是否參加過土地改革這一問題進行了考辨，對《雷峰塔》、《易經》、《小團圓》的自傳性和虛構性兩個方面都發表了看法。更重要的是，我們通過研究張愛玲在小說中怎樣處理新文學素材，基本洞察了具體的新文學作家、作品影響到張愛玲這個閱讀者終端的內在過程，其中可視和可察的部分是情節、結構、原型、人物模版、符號象徵和間接經驗等線性渠道。反過來，張愛玲的小說也以同樣的渠道輸出和反饋給了新文學，即為繼任者們，尤其是所謂的「張派」作家提供了情節、結構、原型、人物模版、象徵等創作素材。在這個意義上，張愛玲與中國新文學之間存在一種十分明朗的汲取和反哺關係。

在西方閱讀史研究中，有歷史審視和文學批評兩種取徑，前者研究印刷品的流通，描述普羅大眾的精神生活，並細檢不同個體

和階層的閱讀行為,我們已經在書中前兩章實踐了這一取徑:通過張愛玲個人的閱讀與小說創作討論了諸如鴛鴦蝴蝶派、張恨水、老舍、胡適、魯迅、丁玲的作品和《新文學大系》的社會流通與傳播,透過張愛玲的社交網絡和文本內容考察了不同階層和不同政治陣營對以上書籍的持有情況和閱讀情況,也對影響閱讀的常見因素進行了分析舉隅;後者則關注文學批評理論,比如在歐美次第流行的新批評、讀者反應批評和新歷史主義(New Historicism)等,這一取徑在本章中將表現為對張愛玲新文學評論的研究,並嘗試作出理論的抽象和提煉。

實際上,在張愛玲與新文學構成的汲取和反哺之鏈中,不僅她的小說作為重要一環圓滿完成了任務,另一環——張愛玲在紀實性自述和親友回憶文字裡發表的新文學評論,同樣在揭示她新文學閱讀史和受到的新文學影響的同時,為新文學的發展添磚加瓦。在小說裡嵌套與重述自己的閱讀史,在評論裡與自己閱讀過的對象對話和借此定位自己的文學成就,都是張愛玲在閱讀行為發生後的主觀選擇,彰顯著她作為一名高明讀者兼一名獨特作家的閱讀、寫作轉化機制。而且,比起小說中意味深長的談及和隱晦暗藏的「閱讀裝置」,張愛玲在散文、書信或者對談中,對新文學作家、作品或整體新文學的評價顯得直白而坦率,欣賞還是嘲諷一看便知,在或褒或貶、自由散漫地串聯起一系列閱讀經驗和閱讀體會的談天說地裡,張愛玲得以表達她自己的審美主張和創作思想。

張愛玲當然是小說家、劇作家,就她的散文成就而言,周芬伶還提出張愛玲首先是個文體家,那麼張愛玲是否可以被稱為文論

家？張愛玲如何評價中國現代作家？她對新文學的評價和同時代或者隔代、隔海相望的中國大陸作家、學者給出的評價有何不同？1930年代的京派作家諸如朱光潛、李健吾、朱自清、李長之等均以文學批評見長，那麼作為所謂繼承了海派傳統的張愛玲，是否在小說創作上推陳出新的同時，也能替自己的海派前輩在文學批評界一雪前恥呢？這是第三章試圖回答的第一類問題。第二類問題是，通過與自己閱讀史中的新文學作家對話或對比，張愛玲有著怎樣的自我定位？如果說如何安放張愛玲的文學地位對於海內外的專家學者來說是一個爭執不休的難題，那麼她本人的意願是什麼，能否作為一個參考？本章將第二章討論的張愛玲談及最頻繁的四位中國現代作家：張恨水、魯迅、胡適和丁玲，和第一章總結出的張愛玲新文學閱讀史中的其他作家、作品，以及她在中年、晚年拒絕被收入的現代文學選集類別相結合，將張愛玲的新文學評論對象分為《新青年》、《小說月報》作家，與中國現代女性作家兩類典型，分別分析張愛玲對這兩類作家的整體看法，和對其中個別作家的獨到評價，借張愛玲之眼凝視現代中國，洞觀新文學。

第一節　回絕「躋身於魯迅老舍等之列」：「張看」《新青年》、《小說月報》作家

張愛玲在1960年代末的演講稿〈*Chinese Translation: A Vehicle of Cultural Influence*（中文翻譯的文化影響力）〉裡，以《新青年》（1915～1926）和《小說月報》（1921～1931）為重點分析了中國

現代西方文藝翻譯史的演變。在論及這兩本刊物上登載的原創作品時，她將它們依次稱為代表「白話文學出世」的「頭號雜誌」和代表「五四的收成」的「頭號雜誌」，雖然是順從新文學發展歷史的客觀評價，但通過張愛玲對這兩本雜誌的分階段介紹，對其刊登的具體篇目及其引發的社會影響的細緻分析，不難看出她的細讀和接受程度之深。

《新青年》毫無疑問是20世紀中國最重要、最具影響力的雜誌，由陳獨秀於1915年9月15日在上海創刊，初名《青年雜誌》，1916年9月第2卷起改名為《新青年》，1926年7月最終停辦，登載內容涵蓋國內外社會大事、白話小說、新詩、雜文、散文、外國文學和人文社會科學思想理論譯介、作者和讀者通信等多個方面。

張愛玲對於《新青年》作家的評價可以被分為總論和分論。首先，她在〈中文翻譯的文化影響力〉一文中對《新青年》的發展和成就進行了總括，除了認為《新青年》對於外國文藝的翻譯使「原先那種將外語譯成一種死語言、多少屬於二重翻譯的笨拙實踐自此絕跡」[240]外，張愛玲還對《新青年》上文章的現實性和社會性，例如宣揚健康的個人主義、重視人格的整全、提倡自由戀愛婚姻的權利，以及民族國家性，例如其與五四愛國運動聯繫緊密，旨在建構民族意識等有所認識。

如果說張愛玲關於《新青年》中外國文藝譯介，和指出上面

---

[240] 張愛玲著，鄭遠濤譯，〈中文翻譯的文化影響力〉，張愛玲，宋淇，宋鄺文美著，宋以朗編，《紙短情長：張愛玲往來書信集I》（台北：皇冠，2020），頁191。

登載的文章具有現實性、社會性、民族國家性的評論體現出一種讚賞的態度，將其視作「文化移植」的正面案例，那麼她對於《新青年》後期的馬克思主義轉向和黨刊性質，與《新青年》上發表的新詩，及其代表的現代白話詩則持否定和批駁的立場。她在演講中向美國聽眾介紹《新青年》時說，「1921年後，《新青年》轉向馬克思主義，逐漸門庭稀客」，[241]其實這句話中的「1921年後」這個時間點並不準確，1919年五四運動以後，李大釗編了一期「馬克思主義」專號（第6卷第5號），成為《新青年》轉向宣傳馬克思主義的開端，接著陳獨秀又編了一期「紀念五一勞動節」專號（1920年5月1日第7卷第6號），預示著陳獨秀的思想變化和《新青年》編輯方針的大轉變。從1920年9月亦即第8卷起，《新青年》編輯部從北京遷回上海，正式變成中國上海共產主義小組的機關刊物，因此將「1921年後」改為「1919年後」或「1920年後」更為恰當。至於是否「門庭稀客」，不同時代、地域、立場的學者提出了不同的看法，夏志清的《中國現代小說史》中的評價是：「陳獨秀在一九二零年成了中國共產黨的創辦人，隨後在上海和廣州兩地還繼續編『新青年』，雖然這本雜誌這時已變了質，成為黨的宣傳刊物，影響力也少了」，[242]和張愛玲的意見基本一致。但中國大陸的學者顯然抱有不同觀點，譬如趙廣軍就認為1920年代的《新青年》是驅使

---

[241] 張愛玲著，鄭遠濤譯，〈中文翻譯的文化影響力〉，張愛玲，宋淇，宋鄺文美著，宋以朗編，《紙短情長：張愛玲往來書信集I》（台北：皇冠，2020），頁191。

[242] 夏志清著，劉紹銘等譯，《中國現代小說史》（香港：香港中文大學出版社，2001），頁11。

多達千餘人留學蘇聯東方大學、中山大學的思想啟蒙閱讀文本,也是他們在留學時期交流國內政治信息的閱讀文本,更是歸國後重新審視國內政治狀況的閱讀文本,充分反映出轉向後的《新青年》對於讀者個體的影響力。[243]許高勇等也認為,「《新青年》成為中國共產黨的刊物之後,有力地促進了馬克思主義在湖南傳播,促使一些先進分子如毛澤東、何叔衡、彭璜、謝覺哉等人成為早期的馬克思主義者」。[244]但他們不得不承認,對於非馬克思主義者來說,《新青年》的影響範圍和影響深度確實萎縮了。

張愛玲對《新青年》上新詩的批評集中在〈詩與胡說〉一文:「中國的新詩,經過胡適,經過劉半農,徐志摩,就連後來的朱湘,走的都像是絕路,用唐朝人的方式來說我們的心事,彷彿好的都已經給人說完了,用自己的話呢,不知怎麼總說得不像話,真是急人的事」,[245]「絕路」一詞是張愛玲對中國現代白話詩發展的一個簡潔概括。雖然題為「胡說」,但張愛玲對於新詩的評價絕非隨口妄下斷論,而是基於自己的閱讀與創作經驗,儘管不廣為人所知,但張愛玲是擁有不少新詩閱讀量的,她還作過白話詩,〈中國的日夜〉(1946)記錄了一首她的同名詩和〈落葉的愛〉,胡蘭成的〈張愛玲與左派〉(1945)中還有一首張愛玲創作的無名詩。有

---

[243] 趙廣軍,〈1920年代「赤都」莫斯科的《新青年》閱讀場之構建〉,《山西大學學報(哲學社會科學版)》第2期(2022.3),頁80〜89。
[244] 許高勇,王鐘鋆,〈閱讀與啟蒙:《新青年》在湖南的傳播、閱讀與社會影響〉,《高校圖書館工作》第6期(2020.12),頁90〜94。
[245] 張愛玲,〈詩與胡說〉,《華麗緣:散文集一 一九四〇年代》(台北:皇冠,2010),頁166。

趣的是，張愛玲對五四新文學提倡的新詩的發展並不看好，但胡蘭成卻認為張愛玲的新詩創作體現的正是五四新文學的個人主義精神，和重新發現自己、發現世界的要求，也就是將張愛玲歸入她自己所批判的陣營之中。

其次，張愛玲對《新青年》作家的分論包括對胡適、魯迅、周作人、劉半農、俞平伯、陳衡哲的評價。她對陳衡哲的談論只有在與夏志清通信時的寥寥數語，意見隱晦不明，恰如王德威所察覺到的，張愛玲對陳衡哲顯然有話要說，卻欲言又止。[246]對俞平伯的談論集中在他的紅學研究，據不完全統計，張愛玲在《紅樓夢魘》中引證俞平伯考證的次數有四十五次之多，顯然對其極為信服。她對劉半農的記憶點在於他的新詩創作，雖然張愛玲在〈詩與胡說〉中對其評價不高，但《赤地之戀》的男女主人公在訣別時，也是小說的高潮之處，唱著的正是他的那首〈叫我如何不想他〉，也是對於劉半農詩歌傳唱度和抒情性的一種認可，另外則是1926年亞東書局出版的《海上花》附帶的劉半農的序，張愛玲贊同他提出的許多觀點，不過也指出他的感性思維強於理性思維是撰寫考證文章的一個致命缺陷。張愛玲對周作人的幾次提及均有關於他的日本文學翻譯和散文創作，對其評價有褒有貶，既認為他的文字清平機智，又提出他在談紹興吃食時常常講些重複的內容，令人感到厭倦。以上的諸多評論篇幅不長，卻恰當精準，可以被收錄到對這些作家的現代評論之中，充當研究這些作家的讀者反饋的史料。

---

[246] 王德威，〈代跋：「信」的倫理學〉，夏志清編注，《張愛玲給我的信件》（台北：聯合文學，2013），頁395。

細數之後，張愛玲談論最充分的《新青年》作家仍然是胡適和魯迅，她對魯迅的閱讀、接受、改寫、重述已經在第一、二章中被論述得夠多了，至於胡適，除了他的《海上花》、《紅樓夢》考證，也就是他的學者身份之外，張愛玲所崇敬的還有他的思想家身份。換句話說，於張愛玲而言，如果魯迅代表的是《新青年》中新文學的面向，那麼胡適則代表著《新青年》中新思想的面向。張愛玲在〈憶胡適之〉（1968）記錄自己1955年和炎櫻去拜訪胡適，炎櫻取笑胡適在美國並不大有人知道，沒有林語堂出名時，她有一段議論：「我屢次發現外國人不了解現代中國的時候，往往是因為不知道五四運動的影響。因為五四運動是對內的，對外只限於輸入。我覺得不但我們這一代與上一代，就連大陸上的下一代，儘管反胡適的時候許多青年已經不知道在反些甚麼，我想只要有心理學家榮（Jung）所謂民族回憶這樣東西，像五四這樣的經驗是忘不了的，無論湮沒多久也還是在思想背景裏。榮與佛洛依德齊名。不免聯想到佛洛依德研究出來的，摩西是被以色列人殺死的。事後他們自己諱言，年代久了又倒過來仍舊信奉他。」[247]將胡適與帶領以色列人擺脫奴役命運的摩西相提並論，張愛玲不免有替胡適打抱不平的意味，同時，她還提出，哪怕胡適被反對或者被遺忘，他的思想就如同五四經驗一樣深植於現代中國人與當代中國人的集體潛意識之中。因為胡適在1920年代與李大釗、陳獨秀保持距離，50年代旅美、旅台，加上諸多政治因素的限制，大陸的胡適研究相比於大陸

---

[247] 張愛玲，〈憶胡適之〉，《惘然記：一九五〇～八〇年代散文》（香港：皇冠，2010），頁14。

學者對其他幾位《新青年》代表人物的研究或者台灣的胡適研究來說並不算是一門顯學，張愛玲對於胡適的推崇儘管摻雜著個人的主觀情感，但她的意見仍然不失參考價值，可以為中國學術界提供一個五四後生閱讀《新青年》的具體觀感和研究胡適的海外視野，啟發他們去深挖中國當代思想對胡適的繼承。況且，張愛玲在〈憶胡適之〉中的議論也並非出於意氣之爭，而是堅持這個觀點至少長達十多年時間，王禎和回憶60年代初張愛玲與他同游花蓮時對胡適的評價為，「她對胡適之很敬佩。我忘了她當時的用辭，意思是：現在的中國與胡適之的影子是不能分開的」，[248]仍然是認為胡適對後世中國的影響深刻到無以復加的地步。

《小說月報》創辦於1910年，1932年因為淞滬會戰被迫停刊，是中國現代文學史上壽命最長的純文學刊物。《小說月報》創辦之初，由王蘊章（蒓農）主編，第3卷第4期起改由惲鐵樵主編，撰稿人基本屬於鴛鴦蝴蝶派，主要刊登有文言章回小說，用文言翻譯的西洋小說、劇本和舊體詩詞。1921年之後改為沈雁冰主編，兩年後由鄭振鐸接編，改頭換面成提倡「為人生」的現實主義文學的重要陣地之一。刊登內容也替換為以白話小說為主，同時刊有散文、雜文、新詩、現代劇本等，還有世界文學譯介、文論、考證、逸文趣談等，號外有《俄國文學研究》、《法國文學研究》、《中國文學研究》。

相比於《新青年》，《小說月報》出現在張愛玲筆下的次數更

---

[248] 丘彥明，王禎和，〈張愛玲在台灣〉，丘彥明，《人情之美》（台北：允晨文化，2015），頁206。

多，同時完全沒有負面評價。這種好印象與張愛玲的童年記憶有關，她在〈私語〉裡回憶道，自己的母親是《小說月報》的忠實讀者，當時「《小說月報》上正登著老舍的《二馬》，雜誌每月寄到了，我母親坐在抽水馬桶上看，一面笑，一面讀出來，我靠在門框上笑。所以到現在我還是喜歡《二馬》，雖然老舍後來的《離婚》《火車》全比《二馬》好得多」。《小說月報》於張愛玲而言的精神意義，可與小報類比──「直到現在，大疊的小報仍然給我一種回家的感覺」。[249]她在《小團圓》裡還寫過小九莉對《小說月報》上翻譯的一篇匈牙利短篇小說印象深刻，興致勃勃地講給親戚家的姐姐聽，結果卻忘了結局的窘事，很大概率是她自我經歷的真實寫照。除了描寫自己和家人對於《小說月報》的閱讀，張愛玲還在〈中文翻譯的文化影響力〉一文中對其做出總論，她認為從1921年到1932年的這十多年時間裡，《小說月報》一直繁榮，對西方文學的翻譯是「樣樣清新，孩子似的生機旺盛」，原創的新文學則是──「我們最著名的作家最早寫成的短篇小說大多發表於《小說月報》」。[250]既符合史實，也充分表明了張愛玲對《小說月報》的讚頌和偏愛。

　　張愛玲對《小說月報》作家的分論包括對徐志摩、沈從文、茅盾、老舍、冰心、巴金、丁玲、魯迅的評價。她對於徐志摩詩歌的評價不多，也不高。對沈從文的閱讀隱於幕後，談論很少，但

---

[249] 張愛玲，〈私語〉，《華麗緣：散文集一　一九四〇年代》（台北：皇冠，2010），頁149～150。
[250] 張愛玲著，鄭遠濤譯，〈中文翻譯的文化影響力〉，張愛玲，宋淇，宋鄺文美著，宋以朗編，《紙短情長：張愛玲往來書信集I》（台北：皇冠，2020），頁194。

評價很高,水晶記載張愛玲在70年代初說,她「非常喜歡閱讀沈從文的作品」,並稱其為「這樣一個好的文體家」。[251]有學者考證,最早在公開場合用「文體作家」(Stylist)這個詞來評論沈從文小說創作特性的是蘇雪林在1934年發表的〈沈從文論〉,[252]之後越來越多的文藝批評將沈從文稱為「文體作家」,不過據沈從文研究者凌宇的綜述,沈從文在30年代獲得的「文體作家」這一稱呼是褒貶合一的。[253]張愛玲語境中的「文體家」顯然是一種褒義的讚許和誇獎,她在1968年贈給朱西寧自己的短篇小說集,扉頁題詞是,「給西寧——在我心目中永遠是沈從文最好的故事裏的小兵」,[254]再次印證了張愛玲對沈從文作品的熟讀。張愛玲對茅盾的閱讀量不少,但評論很少,只見於她在〈對照記〉中說自己的母親是個學校迷——「我看茅盾的小說《虹》中三個成年的女性入學讀書就想起她」,[255]儘管張子靜提到茅盾的《子夜》是張愛玲喜歡、常常談起的作品,她在評論或書信中卻未涉及隻言片語。張愛玲對老舍的閱讀起始於童年,張子靜和殷允芃的回憶文字都證明她對老舍的作品非常熟稔,而且嗜讀,她對老舍的評價包括,認為《離婚》、《火

---

[251] 水晶,〈蟬——夜訪張愛玲〉,《張愛玲的小說藝術》(台北:大地出版社,1985),頁27。
[252] 張德明,〈沈從文「文體作家」稱謂的內涵流變〉,《民族文學研究》第1期(2012.2),頁22～27。
[253] 凌宇,《看雲者:從邊城走向世界》(長沙:湖南文藝出版社,2018),頁320。
[254] 轉引自陳子善,《沉香譚屑:張愛玲生平與創作考釋》(上海:上海書店出版社,2012),頁173。
[255] 張愛玲,〈對照記——看老照相簿〉,《對照記:散文集三 一九九〇年代》(台北:皇冠,2020),頁22。

車》的藝術成就高於《二馬》，對《駱駝祥子》不以為然，主張他的短篇小說更為精彩，頗具洞見性。張愛玲在《半生緣》裡提到過冰心的小說，張子靜還說她常談及冰心的短篇小說和童話，評價則主要見於兩處：〈女作家聚談會〉和〈我看蘇青〉，將冰心同蘇青、白薇、丁玲等作家甚至是自己進行對比，認為「冰心的清婉往往流於做作」，[256]「把我同冰心白薇她們來比較，我實在不能引以為榮」，[257]可見對其創作並不推崇。在《小說月報》的作家群體中，張愛玲談論魯迅、丁玲、巴金的次數更多，評價也更加明確。本書第一、二章研究過的魯迅和丁玲之外，張愛玲至少在中學時期就開始閱讀巴金，並在當時將閱讀他的小說看作一種高雅的文學品味，《小團圓》裡寫九莉閱讀巴金描寫共產黨人住在亭子間的小說，言談間對他小說的現實性並不產生懷疑，還有《紅樓夢魘》自序裡提到美國的學生認為《紅樓夢》和巴金的《家》相仿，都是寫中國舊式家庭裡表兄妹的戀愛悲劇，反映出巴金作品的國際流傳度之廣。1982年6月20日她給宋淇、鄺文美的書信中提到巴金《寒夜》的法語譯本銷售出三萬本，認為巴金在法國很有名氣，並自嘲自己《金鎖記》、《秧歌》的銷量遠不能及。有意思的一點是，張愛玲對巴金的看法從中學到晚年幾乎一直維持在崇敬和欣賞的水平，儘管晚年將之視為自己在歐美世界出版的對手而略微顯露妒忌和嘲諷的傾向，但嫉妒也代表著一種認可，比如她對於英籍華裔女作家韓

---

[256] 〈女作家聚談會〉，《雜誌》第13卷第1期（1944.4），頁49~57。
[257] 張愛玲，〈我看蘇青〉，《華麗緣：散文集一 一九四〇年代》（台北：皇冠，2010），頁271。

素音（Elisabeth Comber）在英語世界的流行便不太在意，認為她不過是個二流作家，運氣好罷了：「我可以寫得比她好，因為她寫得壞，所以不可能是威脅」，而且「有些人從來不使我妒忌，如蘇青、徐訏的書比我的書銷路都好，我不把他們看做對手」[258]這類評價中甚至含有輕視之意，但這種輕視是不曾在她對於巴金的評論中出現過的。

1988年，莊信正計劃編一本中國近代小說選（至1949），想要著重收錄張愛玲、魯迅、沈從文、蕭紅和老舍等人的作品，於是寫信問張愛玲對於篇目的取捨意見。同年4月10日，張愛玲將莊信正的信抄給宋淇和鄺文美，強調自己已經將其回絕：「不然Stephen想着我想在選集內躋身於魯迅老舍等之列，感到為難。」[259]莊信正提到的這幾位作家裡，張愛玲從未談及過蕭紅，但對於魯迅、沈從文、老舍的作品，她的閱讀時間持久，重讀次數多，評論既有廣度也有深度，而且基本是帶著欣賞口吻的正面評價，但是張愛玲卻不願意與他們同處在一個選集之內或者被歸為一類。她在同封信中交代了現實原因，是擔心莊信正收錄她的作品時缺乏版權意識，牽涉法律或財產問題，但更深層次的原因恐怕是張愛玲想要和這些新文學作家劃清界限，熟讀、喜愛他們的創作，認同、讚揚他們的文學成就和對現代中國做出的傑出貢獻並不妨礙她同時堅持審視、批判、警惕的眼光。而且，張愛玲始終把魯迅、沈從文、老舍、巴金、茅

---

[258] 〈張愛玲語錄〉，張愛玲、宋淇、宋鄺文美著，宋以朗主編，《張愛玲私語錄》（香港：皇冠，2010），頁48～49，63。
[259] 張愛玲，宋淇，宋鄺文美著，宋以朗編，《書不盡言：張愛玲往來書信集II》（台北：皇冠，2020），頁329。

盾等作家當作上一代人，或者更準確地說是歷史人物，她在小說、散文和書信裡曾多次表現出自己、敘事者與這些作家間，存在著深刻的物理時空隔閡和心理隔膜。客觀說來，這幾位作家生於19世紀末20世紀初，與張愛玲的父母輩同齡，清末民初瞬息萬變的社會形勢使他們與張愛玲相差的這二十年顯得格外充實和漫長，也使此期間的民眾思維觀念和物質生活發生了翻天覆地的轉化，所以短短的二十年對於人們來說也是恍如隔世了，20年代末的太陽社還曾將魯迅、茅盾等人視為過時的舊作家而產生了一場論戰。雖然張愛玲沒有採取太陽社那樣激進的革命視角，但她在《小團圓》中把這幾位作家的真實姓名而非化名寫入小說，將他們後置為故事的歷史佈景，和九莉生活的場域、活躍的文壇、社交的人群拉開距離，也是在用他們代表著中國（文學）的過去。就連與她最欣賞的五四作家胡適往來，張愛玲在1956年2月10日給鄺文美、宋淇的信中還是抱怨道：「我曾經把以前那兩個短篇小說寄了一份給胡適之看，他看了一定很shocked，此後絕口不提，也不還我，大概因為還我的時候不免要加上兩句批評，很難措詞。《傳奇》與《赤地之戀》他看了也很不滿。上一代的人確是不像我們一樣的沉浸在西方近代文學裏，似乎時間的距離比空間還更大。」[260]認為五四一代人和她的世代兩樣，體現之一即對於西方文學的態度不同。儘管現存史料裡沒有關於張愛玲與魯迅、巴金、茅盾、沈從文等作家交往的記錄，但她和胡適相處後的感想完全可以作為一種參照。因此，回絕「在選集內

---

[260] 張愛玲、宋淇、宋鄺文美著，宋以朗編，《紙短情長：張愛玲往來書信集I》（台北：皇冠，2020），頁40。

躋身於魯迅老舍等之列」既是對莊信正將其編入選集的反對,也是將自己與魯迅、老舍等作家相區隔的思維觀念的投射,更是對一種文學史定位可能的表態。

第二節 「決不會同意編入一本女作家選集」:「張看」中國現代女作家

張愛玲分論過的中國大陸現代女性作家,包括楊絳、潘柳黛、凌叔華、陳衡哲、白薇、冰心、蘇青與丁玲。具體說來,她對於楊絳的現代作品,主要是劇作,不褒不貶,客觀指出她在40年代的上海嶄露頭角,對於楊絳的當代作品《幹校六記》評價很高,而且對作品特點的評論新穎而恰當。在40年代的上海文壇,張愛玲與蘇青、關露、潘柳黛並稱「四大才女」,張愛玲對潘柳黛的作品,甚至是為人都表示排斥和嫌惡。張愛玲對凌叔華的英語作品評價不高,不覺得其威脅自己的文學地位或者作品銷量,因為其中文作品和她的「完全兩路」。有趣的是,有不少學者將張愛玲與凌叔華的作品歸為「閨秀文學」,認為作者同屬於出身名門大家的知識女性,具有溫婉嫻靜、從容清逸的閨秀氣派和藝術氣質,小說題材同為描繪在現代社會變革和中西文化衝突的背景中,趨於沒落和衰亡的舊式封建家族中女性的人性畸變,表現她們見棄於時代的失落心態和悲涼意識、心理變態和靈魂殘疾。[261]凌叔華一向被稱為「東方

---

[261] 陳宏,〈時代棄女的精神失落和心理變態——論凌叔華、張愛玲的「閨秀文學」〉,《福建論壇(文史哲版)》第6期(1992.12),頁30~35。

的曼殊斐兒」，[262]夏志清在評價張愛玲的短篇小說成就時也覺得她接近於曼殊斐兒，在一定程度上算是另類地贊同了張愛玲與凌叔華的共性。因為張愛玲走紅上海時，魯迅早已逝世，但他評價凌叔華描寫的人物，展現了「世態的一角，高門巨族的精魂」，[263]同樣適用於張愛玲的作品。事實上，張愛玲與凌叔華無論是家庭背景，創作的題材、內容、人物、情節等都具有相似之處，但張愛玲卻認為自己與凌叔華的作品完全不同，恐怕還是因為她們書寫女性的內核一個在於小心翼翼地越軌之後重新封閉於舊式家庭，另一個則是出走，無論結局是墮落、回來、無路可走，還是餓死在外，在這個意義上，張愛玲對於魯迅〈娜拉走後怎樣〉（張愛玲在〈炎櫻衣譜〉中曾提到該文）的接受和思考更為徹底和深入。張愛玲向夏志清誇讚過陳衡哲的外表秀麗，對她的作品意見未明，對白薇、冰心評價不高。張愛玲在40年代對蘇青其人其文評價極高：「踏實地把握住生活情趣的，蘇青是第一個。她的特點是『偉大的單純』，經過她那俊潔的表現方法，最普通的話成為最動人的，因為人類的共同性，她比誰都懂得」，[264]「蘇青最好的時候能夠做到一種『天涯若比鄰』的廣大親切，喚醒了往古來今無所不在的妻性母性的回憶，個個人都熟悉，而容易忽略的。實在是偉大的。她就是『女人』，『女人』就是她」。[265]也有諸如蔡登山等學者指出其中很多是客套

---

[262] 例如蘇雪林，〈凌叔華的花之寺與女人〉，《新北辰》第2卷第5期（1936.5），頁511～515。
[263] 魯迅，〈導言〉，趙家璧主編，魯迅編選，《中國新文學大系第四集：小說二集》（上海：良友，1935），頁11～12。
[264] 〈女作家聚談會〉，《雜誌》第13卷第1期（1944.4），頁49～57。
[265] 張愛玲，〈我看蘇青〉，《華麗緣：散文集一　一九四〇年代》（台北：皇

話、違心之詞，張愛玲在50年代脫離上海文學出版場域之後說自己並不妒忌蘇青的著作銷路好，因為她的寫作能力不足以構成威脅，不復十年前欣賞讚嘆之意，似是印證。但張愛玲對蘇青的絕大多數作品至少是認真研讀過的，否則也無法「胡謅」出這些具體而微的評價，她對於蘇青的部分作品也是認可的，認為它們有可取之處，不然也不至於在香港和美國都提到想要改寫她的《歧途佳人》（儘管沒有實現），在搬家遺失原著後還特地請求宋淇補購。

相比於其他中國現代女性作家，張愛玲對於丁玲的閱讀和評論更加全面，她在不同時期對丁玲不同階段的創作也都有過閱讀和評價。中學書評對丁玲的《母親》和1930年代之前的小說評價極高，評論裡的分析總結用詞精準巧妙，而且可以通過閱讀清楚感知丁玲的創作變化，體現出不俗的文學鑑賞能力和文字敏感程度。步入文壇後，張愛玲仍然認為丁玲的初期作品寫得很好，只是後來略顯力不從心——「後來」應該指丁玲加入中國左翼作家聯盟（1930）之後，因為她在70年代搜尋丁玲著作時給夏志清、莊信正、宋淇的信中都提到說丁玲是1931年開始轉變，寫《水》等——這一評價代表了張愛玲對丁玲創作轉折的又一清楚感知，和當代文學評論家的觀點也相契合，比如《浮出歷史地表》也指出「1930年丁玲創作發生了轉變」、「《水》標誌著丁玲轉變後的第一個高峰」，書中還總結說丁玲的創作轉折象徵著中國現代知識分子對鄉土文化的一步步退守，並在為鄉土大眾服務的意識形態健全時完全妥協，也隱喻

冠，2010），頁272。

了在都市異化環境中有所覺醒的女性意識隨著都市生活的文學價值在左翼陣營中遭到冷淡而重新流入盲區,[266]這段論述或許能夠補充「力不從心」一詞的未盡之意。雖然對丁玲1930年代之後的大多數小說評價不高,但是張愛玲在50年代至少閱讀過丁玲的《太陽照在桑乾河上》,還將其改寫為《赤地之戀》的一部分,並且有可能給予其「Formula」(公式化寫作)的評價。70年代她在美國找書的時候,提及已獲得的資源包括1952年開明書店版的《丁玲選集》和50年代的期刊雜誌,所以張愛玲對丁玲在延安時期創作的其他作品也有所涉獵,只是現存史料中未出現具體評價。儘管說自己新文藝喜歡得根本沒有,認為丁玲的人生比其作品更有趣,但張愛玲從少年到中年一直保留著對丁玲早期創作的好印象,她在1974年6月9日給夏志清的信中說,宋淇最注重丁玲以都市為背景的早期小說,然後猜測原因是「大概覺得較近她的本質」,[267]這個猜測是源於張愛玲自己的理解,也是張愛玲的丁玲評論的重要組成部分。而她之所以偏愛和稱讚丁玲的都市背景小說和她根據童年經驗創作的作品,並覺得它們較近作者的本質,和張愛玲自己的創作理念密切相關,一如她1976年4月4日給鄺文美、宋淇的信中所揭示的:「我一直認為最好的材料是你最深知的材料」,[268]張愛玲很有可能認為,正因為丁玲熟悉都市生活和對自己的童年有過深切體悟,所以以此為素材

---

[266] 孟悅,戴錦華,《浮出歷史地表:現代婦女文學研究》(北京:北京大學出版社,2018),頁153,157,165。
[267] 夏志清編注,《張愛玲給我的信件》(台北:聯合文學,2013),頁213。
[268] 張愛玲,宋淇,宋鄺文美著,宋以朗編,《紙短情長:張愛玲往來書信集I》(台北:皇冠,2020),頁313。

創作小說時更得心應手，也更富有藝術魅力。依據張愛玲對丁玲創作道路和作品特點的諸多評論，她申請大學的丁玲研究資助的確是夠格的，假以時間和報酬，張愛玲的丁玲研究應該能夠做出實績。

總的來說，張愛玲對中國大陸現代女性作家的作品普遍評價不高，雖然對個別作品的讚賞溢於言表，但談到對一個作家的整體印象時還是帶有不屑一顧的口吻。然而這並不是出於「文人相輕」，或是苛責同性，或是「厭女」等畸形心理，而是因為她對於女性作家這一分類或者說是「賣點」實在反感，對由於同為女性作家身份而引發的一系列比較和競爭厭惡至極。再加上張愛玲的散文、書信、對談往往是情緒化、感性壓倒理性、不會因為他人的看法而遮掩自我的真實意見甚至會有意反叛主流觀點的，所以連帶著她在不同場合下點評自己的「同類」時都沒給出什麼好臉色，甚至有時顯得刻薄或者表現出如她自己所總結的狀態：「莫名其妙」。

在現代中國，印刷工業技術的進步和印刷資本主義的擴張促成了出版業的迅速發展，大批報紙文藝副刊與專門的文學雜誌出現，發表和出版文藝作品愈發容易，小說擁有了前所未有的出版傳播手段，現代稿費制度走向規範化，現代文學市場逐漸形成並完善，也催生了中國以寫作為生的職業作家和新的市民讀者群體。但隨之而來的是廣告、營銷、包裝，文學作品商品化、文學創作商業化和文學閱讀消費化，健全的上海都市消費文化環境成就了張愛玲的走紅，但市民讀者群體並非學者或文學評論家，他們購書的原因，閱讀和討論的話題並不完全集中於其作品，而是會好奇她的生活、衣食住行、感情經歷，為滿足消費者的好奇心並以此促進銷量，當

時的小報還會專門撰寫、發表有關張愛玲的「花邊新聞」。肖進在《舊聞新知張愛玲》中對20世紀40年代的上海小報進行了爬梳、蒐集，總計有關張愛玲的內容八十餘篇，其中有相當多的一部分都在以「女作家」為標題或核心來討論張愛玲其人其文，更多的文章則由於她的女性作家公共身份，進而窺探或編造她的奇裝異服、婚戀情況甚至是在街邊偶遇的各種行為舉止的細節。張愛玲從小就喜歡看小報，想必對小報上關於自己的新聞也看得不少，也對自己的流行、暢銷與「職業」、「單身」、「貴族」、「女作家」這些市民感興趣並願意為之消費的特點即「賣點」之間的關係洞若觀火。但張愛玲從始至終，從40年代到90年代，對於這種包裝一直是警惕甚至惱火的態度。她在〈我看蘇青〉裡勉強地說：「如果必須把女作者特別分作一欄來評論的話」，[269]對女作家分類的抵觸已經初見端倪。到1980年11月12日給夏志清的信裡：「有個李又寧來信說要編一本 Autobiographical Writings of Chinese Women 收入『天才夢』與『私語』，我回掉了……又，前些時，Vivian Hsu要把『傾城之戀』收入她編的Women in Modern Chinese Fiction，我回信說我雖然不是新女性主義者，決不會同意編入一本女作家選集，男東女西的分類，似乎也就是所謂sexist。你給蔣曉雲寫序講到『傾城之戀』『秧歌』，我不免也覺得是女性作家就要拿我去比。如果因為中國女人環境上的共同點，事實是環境與時代背景都不同。作品裡有些近似的地方，也許正是因為台灣禁印大部份五四以來的文藝，以致於這

---

[269] 張愛玲，〈我看蘇青〉，《華麗緣：散文集一 一九四〇年代》（台北：皇冠，2010），頁271。

些年來有些青年受我寫的東西的影響。」[270]對於兩次被編入中國現代女作家選集的請求堅決回絕，對夏志清將她與其他女性作家相比的抱怨和不滿，已經明顯表達了張愛玲對於自己和她人被貼上「中國現代女作家」這一標籤的批判。她在1994年5月2日給夏志清的信裡自嘲自己的狀態，「我為什麼這樣莫名其妙，不乘目前此間出版界的中國女作家熱，振作一下，倒反而關起門來信都不看。倘是病廢，倒又發表一些不相干的短文」，[271]此時距她辭世只有一年又四個月，對於文化出版界的風向卻仍舊感覺敏銳，但「不乘熱」的選擇說明她在身體狀況不佳、精神不濟的情形下仍然沒有放棄反抗將自己商品化和符號化的力量。可以看出，說出「出名要趁早」這句話的張愛玲，對自己成名的原因堅持著嚴格的要求，她希望因為自己的作品，尤其是小說而出名，而並非由於女作家、滿清遺老家族的後人、移居美國的中國人或是其他身份滿足了消費者的窺私慾而暢銷，如若是後者，那她毋寧籍籍無名。

除了擁有嚴肅的作家目標追求，和將自己商品化的消費趨勢相抵抗，張愛玲拒絕「中國現代女作家」這一標籤和分類的心理原因還和她的女性主義思想有關。張愛玲在1980年11月12日給夏志清的信裡直接說，她回絕被編入女作家選集的原因是，她認為將男女作家相區別的做法代表著一種男性至上和性別歧視（sexist）。儘管張愛玲否認自己是女性主義者（feminist），也對美國女權運動

---

[270] 夏志清編注，《張愛玲給我的信件》（台北：聯合文學，2013），頁298～299。
[271] 夏志清編注，《張愛玲給我的信件》（台北：聯合文學，2013），頁388。

（1960s～1970s，即第二次婦女解放運動）的許多倡導並不認同，但綜合說來，張愛玲自陳「並不是否定新女權運動」，而是她認為當時的女權運動太過於極端，變成了一種時尚，不免有荒謬可笑的成份，可她還是贊同婦運的主旨，即男女平等：「多一分強調性別，就是少一分共同的人性」，[272]貫徹在她的作家職業生活中，就是嚴詞拒絕男女作家的區分。所以，即使沒有刻意宣揚自己是女性主義者，即使對女性主義者提出的主張多有批判，張愛玲與她們的心理距離也十分接近。另外，據馮晞乾的考證，「到了一九六三年，張愛玲正埋首寫作《少帥》，女權運動開始席捲美國，女性角色被重新討論、定義」，他提出《少帥》中的女性書寫實際上暗合女權運動主題，[273]陳建華則認為不光是女權運動，還有以「Make love, not war」為口號的「反越戰」學生運動中心即在張愛玲1960年代工作的柏克萊加大（University of California, Berkeley），這些都加劇了她的個人主義和性別意識，也影響了《小團圓》的創作。[274]事實上，由於幼年被封建家族中重男輕女的觀念傷害，張愛玲從小就有一種明確的性別意識和尖刻的性別論述。比如她在〈私語〉（1944）中回憶：「領我弟弟的女傭喚做『張干』，裹著小腳，伶俐要強，處處佔先。領我的『何干』，因為帶的是個女孩子，自覺

---

[272] 張愛玲，〈對現代中文的一點小意見〉，《惘然記：一九五〇～八〇年代散文》（香港：皇冠，2010），頁155～156。
[273] 馮晞乾，〈《少帥》考證與評析〉，張愛玲著，鄭遠濤譯，《少帥》（香港：皇冠，2014），頁243。
[274] 陳建華，〈論張愛玲晚期風格（上）〉，《現代中文學刊》第4期（2020.8），頁18～26。

心虛，凡事都讓著她⋯⋯張干使我很早地想到男女平等的問題，我要銳意圖強，務必要勝過我弟弟」；[275]又如〈談女人〉（1944）一文中「叫女子來治國平天下，雖然是『做戲無法，請個菩薩』，這荒唐的建議卻也有它的科學上的根據」，「非得要所有的婚姻全由女子主動，我們才有希望產生一種超人的民族」[276]的話語；還有〈女作家聚談會〉、〈蘇青張愛玲對談記〉（1945）等會議記錄中的內容。張愛玲在40年代不止一次地控訴男女不平等的社會現實，並暢想男女平等的未來，所以她在中年和晚年選擇接受女性主義思想不足為奇，畢竟新女權運動中「同一職位，同等薪水」的口號是她關切了幾十年也尚未解決的難題。

在研究張愛玲與女性主義的關係時，許多學者都是從小說作品出發，揭露張愛玲上海時期的前衛的女性主義寫作或美國時期的成熟的女性主義寫作，她在散文和書信中對女性主義、女權運動直接發表的意見看法，往往在論述引證時被忽略淡忘，其實這既是研究她小說中女性形象的最佳注腳，也是她文藝理論和創作思想的重要構成。

因此，張愛玲「決不會同意編入一本女作家選集」既是受到女性主義運動的影響，在80年代兩次回絕被選進中國現代女作家作品集機會的行為，也凝聚著她從40年代以來對於「中國現代女作家」這一標籤和分類的否認和抵抗，與她從小就形成的性別意識相契

---

[275] 張愛玲，〈私語〉，《華麗緣：散文集一　一九四〇年代》（台北：皇冠，2010），頁145。
[276] 張愛玲，〈談女人〉，《華麗緣：散文集一　一九四〇年代》（台北：皇冠，2010），頁85～86。

合,更是她職業追求和作家目標的一種體現,是對於另一種文學史定位可能的表態。當下的文化市場,張愛玲、丁玲、蕭紅儼然成為「中國現代女作家」中最受歡迎的文化風尚與想像資源,對於作者本意的扭曲也可想而知了。

第三節　「不高不低」:「張看」自我

張愛玲不願意被收入與魯迅、老舍並列的集子裡,也不願意被貼上所謂中國現代女性作家的標籤,那她甘願與誰為伍呢?或者說,張愛玲將哪些作家看作自己文學史定位的參照呢?這一類作家的名單至少包括:張恨水、林語堂、曹禺、《普漢先生》的作者馬寬德和英國女性小說家斯黛拉・本森(Stella Benson,1892～1933),他們的特點被張愛玲歸納為「不高不低」、「不上不下」。

張愛玲在50年代的時候說:「喜歡看張恨水的書,因為不高不低。高如《紅樓夢》、《海上花》,看了我不敢寫。低如傑克、徐訏,看了起反感。」[277]聯繫她閱讀與寫作之間的轉換機制,「不敢寫」中的「寫」字可以理解為模仿或改寫,所以儘管縈懷終身,她也只做了《紅樓夢》研究和《海上花》翻譯,而沒有在創作中特意大範圍挪用這兩本故事裡的人物或情節。這句話還透露出,張愛玲對於張恨水的閱讀偏愛和寫作借用,是因為覺得他不高不低,

---

[277] 〈張愛玲語錄〉,張愛玲、宋淇、宋鄺文美著,宋以朗主編,《張愛玲私語錄》(香港:皇冠,2010),頁65。

因此她有把握在借鑑、仿寫之後，使她的小說達到同等水平。張愛玲認為自己能夠實現同等高度的目的物還有林語堂，他也是她從小以來的妒忌對象。至於曹禺，張愛玲在書信中提到時，說自己可以「identify with」和「疊印」他，即對他抱有認同感和深程度的共鳴。她還相當尊重馬寬德，這位「不上不下的小說家」，並且喜歡斯黛拉・本森。前者獲得過普利策小說獎（Pulitzer Prize for Fiction），但他的嚴肅文學比不上通俗小說有銷路，創作的《普漢先生》被張愛玲改寫為《十八春》、《半生緣》，後者是伍爾夫的好友，卻遠遠不及伍爾夫名氣大，被英語世界淡忘，被評價為冷門的「二流小說家」，但她卻是張愛玲早期創作的重要啟發者，諸如黃心村的《緣起香港》等研究提出張愛玲對香港景致的刻畫與斯黛拉・本森的作品裡瀰漫著相似的氣息。[278]

張愛玲憎惡他人將不如她的，她根本不瞭解的、沒有閱讀過的對象與她相比，也痛恨商業出版界為了營銷而包裝出的並列、競爭，但她本人在字裡行間卻是絲毫不遮掩與所認可對手的比較，也就是她用「不高不低」、「不上不下」、「妒忌」、「identify with」等詞語指稱的作家。對於他們的創作，張愛玲帶著理解、欣賞和認同的目光讀過很多本，也重讀過很多遍，有意識地將他們的作品和相關軼事充當自己的素材庫，嫉妒他們著作的流行、暢銷，主動與他們進行跨時空的切磋。某種程度上，張愛玲對這些對手的概括也標示了她對於自我理想高度的預估，同樣是「不高不低」、

---

[278] 參看黃心村，《緣起香港：張愛玲的異鄉和世界》（香港：香港中文大學出版社，2022），頁173～203。

「不上不下」，在張愛玲的自我評價中呈現出既自謙，又自負的矛盾姿態。此種姿態在她剛出道不久發表的三篇創作談〈論寫作〉、〈寫什麼〉、〈自己的文章〉中就已初見端倪，她既回應與辯駁了諸如迅雨的質疑，聲明自己寫作的審美取向及其合理性，顯得堅定又自信，但同時描繪出自己遭遇瓶頸時的痛苦，以至於撕毀完成的小說，並吐露作品中的缺陷。這種自謙又自負的姿態幾乎持續了作家張愛玲的一生，她在後半生給夏志清、莊信正、宋淇、鄺文美寫信講到自己的作品時常常懷著自貶的口吻，說自己寫得太壞，或是稱它們為「potboiler」，為糊口而粗製濫造的文藝作品，但她從未懷疑過自己的寫作能力，很少因為銷量低而擱筆換題或自愧技不如人，她還曾自傲地說，「我的確有一種才能，近乎巫，能夠預感事情將如何發展。我覺得成功的一定會成功。」[279]

除了通過與張恨水、林語堂、曹禺、馬寬德、本森相比暗示自己期待的文學成就，張愛玲在1973年和水晶的談話中，更加直接地闡述了關於文學史定調的看法：「談到她自己作品留傳的問題，她說感到非常的uncertain（不確定），因為似乎從五四一開始，就讓幾個作家決定了一切，後來的人根本就不被重視。她開始寫作的時候，便感到這層困惱，現在困惱是越來越深了」。[280]20世紀70年代，張愛玲已經在港台翻紅，備受文評家和讀者的青睞，她卻還是懷疑自己的作品能否流芳百世，謙遜之外，還表現出她對於中國現

---

[279] 〈張愛玲語錄〉，張愛玲、宋淇、宋鄺文美著，宋以朗主編，《張愛玲私語錄》（香港：皇冠，2010），頁50。
[280] 水晶，〈蟬——夜訪張愛玲〉，《張愛玲的小說藝術》（台北：大地出版社，1985），頁30～31。

代文學批評的認識,也折射了她在中國現代文壇沉浮後的體會。一方面,張愛玲認識到中國新文學深植於她的心理背景,對後來沒有轉向馬克思主義的幾位五四新文化運動的先鋒,胡適、魯迅、周作人,在文字或談話中都表示過佩服和讚許,在小說、散文創作裡也對他們進行了學習和模仿,另一方面,所謂「主流」、「正統」的文學思潮使張愛玲從青年時起就產生一種焦慮或憂鬱,她對「我的『現實——想像複合體』完全屬於我自己,雖然我在別人身上也看到過它」[281]感到無可奈何和反感,又對自己有意偏離風氣的創作能否得到認可和暢銷深懷擔憂。在經歷過50年代被歐美出版社多次退稿、千辛萬苦出版的小說銷量慘淡、尋找教職和寫作基金失敗、通俗電影劇本滯銷、在海外的文學批評中無人問津、在中國的文學史書寫中被抹去痕跡等等一系列挫折之後,張愛玲對自己能否青史留名感到懷疑,甚至是灰心,但她卻遠遠沒有二十多歲初出茅廬時那麼在意這個問題,她說:「不過,一個作家實在無法顧忌這些」,「我現在寫東西,完全是還債——還我欠下自己的債,因為從前自己曾經許下心願。我這個人是非常stubborn(頑強)的」。[282]歷盡沉寂和風靡的多次轉化,張愛玲終於修煉到寵辱不驚的境界。

簡單來說,張愛玲並不看好自己在現代文學史中的定位,對其的態度隨著年歲和閱歷的增長,熱衷和介意程度逐漸降低,如果論起她的理想地位,那麼就要借用她對於心儀閱讀史對象的評價,即

---

[281] 哈羅德・布魯姆(Harold Bloom)著,徐文博譯,《影響的焦慮》(北京:生活・讀書・新知三聯書店,1989),頁5。
[282] 水晶,〈蟬——夜訪張愛玲〉,《張愛玲的小說藝術》(台北:大地出版社,1985),頁31。

「不高不低」與「不上不下」的中庸選擇。

　　「閱讀」，在西方閱讀史家的定義中，是讀者針對以物質形態呈現的符號，以精神和身體做出反應的過程，其先決條件是語言能力，其結果是闡釋和認識。閱讀史研究的對象從學科建立伊始就被確定為歷史上真實存在過的讀者，而非文學批評家基於文本設想的子虛烏有的隱含讀者。讀者是真實抑或虛假的最大區別，是他們有無遺留下物質材料，即他們借閱、購買書籍的憑證，和閱讀之後作出的記錄、評論、交流文字。因此，張愛玲的新文學評論，毫無疑問是研究她新文學閱讀史不可忽略的研究對象，是她閱讀行為的必然產物，揭示了閱讀對她產生的影響，她和閱讀對象的跨時空對話就是一種直觀的表現。詮釋學的代表人物保羅・利科提出，詮釋者對文本的閱讀具有兩個步驟，即「佔有」（appropriation）和「反思」（reflection）——將自己交付出去，完全投入到陌生文本的意義之中，忘卻自身的主體性，直至將陌生的文本變得熟悉或將其佔有，這時再返回自我，進行反思，在內化文本意義的過程中達到對自己生命意義的嶄新理解，從而找到新的自我。[283]張愛玲閱讀過大量古今中外，各種體裁的作品，也受到了諸如魯迅、丁玲等新文學創作的影響，雖然她並不是將自己閱讀的每一位作家都看作自己創作、出版的假想敵，但每一次佔有和反思都使她更新了對於自身價值的理解，也使她對自己的文學成就和文學史定位可能擁有了期待和預估。對於胡適、魯迅、老舍，張愛玲認為自己與他們隔代，在

---

[283] 保羅・利科（Paul Ricoeur）著，莫偉民譯，《解釋的衝突：解釋學文集》（北京：商務印書館，2017）。

很多思維方式,尤其是有關西方文化的態度上無法相通,所以回絕了「躋身於魯迅老舍等之列」;對於丁玲、冰心、白薇、凌叔華,張愛玲覺得自己與她們兩樣,創作環境和內容都大不相同,加上感受到性別歧視和被商品化、符號化的趨勢,所以「決不會同意編入一本女作家選集」;對於徐訏、黃天石、王小逸、蘇青、韓素音,張愛玲覺得他們的藝術成就不高,走紅只是運氣好;而張恨水、林語堂、曹禺、馬寬德、本森,是她甘心與他們相提並論的勢均力敵者。

  總體而言,張愛玲的新文學評論不落窠臼,她對諸如胡適、魯迅、老舍、巴金、丁玲、張恨水的分論以及對《新文學》、《小說月報》、中國現代女作家的總論都既體現了時代特色,也富於個人特色,兼具文學藝術價值、史料價值和理論價值。沒有被學術研究的格式規範所禁錮,沒有為意識形態和政治立場所困擾,張愛玲的文學評論和她的閱讀、小說創作及生命歷程早已融為一體,也與中國的現代文學發展進程,中國的現當代文學評論和 20 世紀的書籍出版機制抵足而臥。她與新文學作家、作品的對話和潛對話,既充實了中國的現當代文論,體現了其受到中國傳統文學和西方傳統、現代、後現代文學教養後的潛力,也顯露出她對於自我可以到達高度的預估和文學史地位評定的意願。

結語

　　張愛玲在成為一位作家之前,她首先是一名讀者,她的閱讀史不僅與她的旅居生活史如影隨形,還深刻地影響了她的文學理念和創作實踐。她從垂髫之時開始閱讀《小說月報》,到去世前一年還在談論魯迅的〈祝福〉,在這漫長的六十餘年時間裡,她的中國近現代文學(1840～1949)閱讀史囊括的作家至少有六十餘位,牽涉的作品遠遠超過百部。

　　張愛玲的新文學閱讀存在「天才夢」(1920～1943.4)、「趁早出名」(1943.5～1954)和「移居美國」(1955～1995)三個時期,有社交關係、家庭、學校、時代風氣等共同因素作用於她的閱讀視野和閱讀選擇,並湧現出非功利性的內在動機和功利性的外在動機,分別對應她的無意識加工閱讀經驗和有意識積累創作素材這兩種閱讀寫作轉化機制。她內化閱讀資源,改寫新文學作品的過程反映在〈創世紀〉、〈年青的時候〉、《秧歌》、《赤地之戀》、《半生緣》、《雷峰塔》、《易經》、《小團圓》等小說對張恨水、《新文學大系》、丁玲和魯迅閱讀者的刻畫以及對他們閱讀場景、閱讀體會的描繪中,即三類嵌套與重述的模式:挪用原著的整體結構和情節、將新文學作家或作品中的人物作為自己塑造角色的原型、賦予新文學以符號意義。小說創作之外,張愛玲的新文學評

論也是閱讀的產物,體現了她和新文學的汲取和反哺關係,以及面對新文學主流的防備姿態。她放棄躋身於《新青年》、《小說月報》作家的文學序列,也拒絕中國現代女作家的商業標籤,卻將自己和張恨水、林語堂、曹禺相提並論,提出「不高不低」的成就預估與自我定位。

西方新文化史家將書籍的出版、收藏、閱讀和文本分析治於一爐,將文學視為一種行為,而非單純的文本,他們認為從作者到出版商、印刷工、運輸商、供應商、書商、裝訂者、讀者(圖3)的

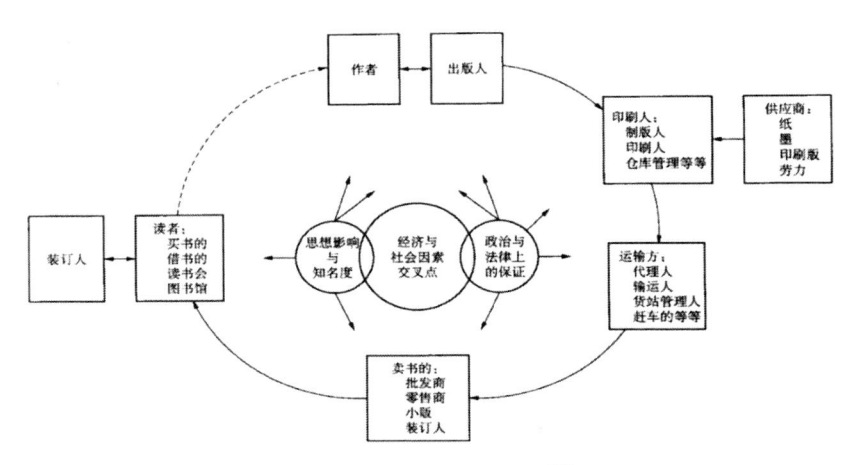

圖3「書籍傳播線路圖」[284]

---

[284] 羅伯特・達恩頓著,蕭知緯譯,《拉莫萊特之吻:有關文化史的思考》(上海:華東師範大學出版社,2011),頁90。

每一階段，包括社會政治、經濟和思想文化背景都和文學行為息息相關，都有值得學者們挖掘的歷史文化意義。然而，新文化史家不得不承認，研究書籍傳播的整體過程與各個階段都面臨著理論上和實踐上的巨大困難，因此，他們建議以一個具有代表性的歷史人物或者一部具有代表性的著作為例，帶動對書籍生產和傳播機制的研究。本書所選取的方法即以張愛玲為代表人物，以她對新文學的閱讀行為為中心，總結張愛玲在什麼時候、什麼地方、因為什麼因素影響而選擇看什麼新文學書籍，探討張愛玲如何閱讀新文學書籍，閱讀新文學書籍又怎樣影響她的創作和思維，進而研究張愛玲在整個書籍傳播過程中所發揮的作用以及民國時期讀者對於新文學書籍的購買、持有情況和對閱讀的普遍看法。

在中國現代社會，印刷、出版、閱讀、創作如同相互嚙咬的齒輪，環環相扣地發生了前所未有的革新。張愛玲人生中的兩次走紅就是這個齒輪飛速運轉的產物，她既身處其間，她一生的閱讀、創作都不可避免地被這一系列鏈條帶動，同時她又清楚地認識到自己的處境，對位於同一歷史進程中的其他新文學作家和廣大讀者，包括身兼二職的自己進行了反思。通過研究張愛玲對新文學的閱讀，在小說中嵌套和重述的新文學閱讀者以及她具有對話和定位性質的新文學評論，透過在讀者、小說家、評論家三個身份之間轉換跳躍，我們得以回歸歷史現場，一窺現代文學生產和傳播的運轉，也對閱讀主體張愛玲與閱讀客體新文學之間的關係達成了新的共識。正如羅傑・夏爾提埃（Roger Chartier）在〈文本、印刷、閱讀〉（*Texts, Printing, Reading*）一文中的觀點，「閱讀是一種回應，一

種勞作，或米歇爾・德・塞爾托（Michel de Certcau）所謂的『竊取』」，[285]張愛玲對新文學主流和支流的閱讀和挪用，說明她無論是觀念還是實踐層面都從未遠離新文學的滋養。叛逆也好，繼承也罷，都是一種回應和接續，更何況新文學的宗旨從來都不是教導後輩青年做文學傳統的孝子賢孫。僅僅從張愛玲對魯迅、胡適、丁玲、張恨水這幾位大家的閱讀、重述、評論中，就可以看出張愛玲對於新文學、新道德、新思想的認識程度遠超許多同時代人。當下的中國現代文學研究與其為難安放張愛玲的位置於現代文學第一等經典抑或「盛名之下，其實難副」的最末流，與其糾結張愛玲與五四新文學的關係是她甘心居內還是憤然出走，不妨參照張愛玲本人的意見，採取折衷路線，在思考前者時既尊重她對於被供奉神壇的厭惡和拆穿，也考慮到她獨特的、不流於世俗的文學自覺和創作堅持，在回答後者時既認識到她受到新文學的影響和改造，也顧及她「把我包括在外」（include me out）的訴求和實踐。總之，本書對於張愛玲的新文學史定位的最終意見為，張愛玲是新文學的受益者和發展的推動者，她的創作實踐充分彰顯了新文學中舊文學、通俗文學、西方文學和傳統戲劇、現代電影等多種藝術形式的留痕。同時，她也開闢了中國新文學史的一條支流，從憂國憂民、啟蒙救世的五四新文學主流和左翼、京派、海派等多種文學潮流中偏游而出，成為溝通中國大陸現代文學與中國港台文學、美國漢學研究的

---

[285] 羅傑・夏爾提埃（Roger Chartier），〈文本、印刷、閱讀〉，林・亨特（Lynn Avery Hunt）編，姜進譯，《新文化史》（上海：華東師範大學出版社，2011），頁148。

重要橋梁。

　　最後，張愛玲作為一名中西、新舊文化交匯時期的讀者，她的閱讀史絕不僅僅限於本書整理討論的六十多位中國近現代作家和遠逾百部的新文學作品，已經證實的她的閱讀對象還有中國傳統文學和西方近現代文學、人類學等多種範疇內的眾多文本。而且，張愛玲閱讀的書籍只代表著她的狹義「閱讀史」，她對於繪畫、電影、傳統戲劇、現代話劇、甚至音樂、廣播都有過體驗、鑑賞和吸納。但限於篇幅，主題的聚焦，研究時間和可操作性，本書未能對完整的張愛玲閱讀視聽史進行討論，盼有更多的後來者能夠做以進一步研究，也盼有更多關於張愛玲的史料得以重見天日。

參考文獻

中文文獻

一、文本史料

張愛玲,《傾城之戀:一九四三年短篇小說》(香港:皇冠文化出版有限公司,2010)。
張愛玲,《紅玫瑰與白玫瑰:一九四四年~四五年短篇小說》(香港:皇冠,2010)。
張愛玲,《色,戒:一九四七年以後短篇小說》(香港:皇冠,2010)。
張愛玲,《半生緣》(香港:皇冠,2009)。
張愛玲,《秧歌》(台北:皇冠,2010)。
張愛玲,《赤地之戀》(台北:皇冠,2010)。
張愛玲,《怨女》(香港:皇冠,2010)。
張愛玲,《小團圓》(台北:皇冠,2009)。
張愛玲著,趙丕慧譯,《雷峯塔》(香港:皇冠,2010)。
張愛玲著,趙丕慧譯,《易經》(香港:皇冠,2010)。
張愛玲,《華麗緣:散文集一 一九四〇年代》(台北:皇冠,2010)。
張愛玲,《惘然記:一九五〇~八〇年代散文》(香港:皇冠,2010)。
張愛玲,《對照記:散文集三 一九九〇年代》(台北:皇冠,2020)。
張愛玲,《紅樓夢魘》(台北:皇冠,2020)。
張愛玲,《海上花開》(台北:皇冠,2020)。
張愛玲,《海上花落》(台北:皇冠,2020)。
張愛玲,《張愛玲譯作選:無頭騎士・愛默森選集》(台北:皇冠,2020)。
張愛玲,《張愛玲譯作選二:老人與海・鹿苑長春》(台北:皇冠,2020)。

張愛玲著,鄭遠濤譯,《少帥》(香港:皇冠,2014)。
張愛玲,《十八春》(南京:江蘇文藝出版社,1986)。
藍天雲編,《張愛玲:電懋劇本集(4冊)》(香港:香港電影資料館,2010)。
張愛玲、宋淇、宋鄺文美著,宋以朗主編,《張愛玲私語錄》(香港:皇冠,2010)。
張愛玲,宋淇,宋鄺文美著,宋以朗編,《紙短情長:張愛玲往來書信集I》(台北:皇冠,2020)。
張愛玲,宋淇,宋鄺文美著,宋以朗編,《書不盡言:張愛玲往來書信集II》(台北:皇冠,2020)。
張子靜,《我的姊姊張愛玲》(台北:時報文化出版事業有限公司,1996)。
夏志清編注,《張愛玲給我的信件》(台北:聯合文學出版社,2013)。
莊信正,《張愛玲來信箋注》(台北縣中和市:INK印刻出版有限公司,2008)。
蘇偉貞主編,《魚往雁返——張愛玲的書信因緣》(台北:允晨文化,2007)。
張愛玲,胡蘭成,《張愛胡說》(上海:文匯出版社,2003)。
胡蘭成,《今生今世》(台北:遠景出版事業公司,1986)。
胡蘭成,《亂世文談》(香港:天地圖書有限公司,2007)。
胡蘭成,《中國文學史話》(台北:遠流出版事業股份有限公司,1991)。
胡蘭成,《山河歲月》(台北:三三書坊,1990)。
丘彥明,《人情之美》(台北:允晨文化,2015)。
顧頡剛,《顧頡剛書信集:卷一》(北京:中華書局,2011)。
魯迅,景宋,《兩地書》(上海:青光書局,1933)。
魯迅,《魯迅全集(共18卷)》(北京:人民文學出版社,2005)。
魯迅博物館編,《魯迅譯文全集(共8卷)》(福州:福建教育出版社,2008)。
周作人,《周作人作品全集(共78冊)》(北京:北京十月文藝出版社,2011~2013)。
張恨水,《啼笑因緣(共三冊)》(上海:三友書社,1932)。
張恨水,《金粉世家續集(全六冊)》(上海:世界書局,1933)。

張恨水，《八十一夢》（南京：新民報出版社，1946）。
丁玲，《在黑暗中》（上海：開明書店，1928）。
丁玲，《母親》（上海：良友圖書印刷公司，1933）。
丁玲，《太陽照在桑乾河上》初版本（哈爾濱：光華書店，1948.9）。
丁玲，《太陽照在桑乾河上》（香港：新中國書局，1949）。
丁玲，《丁玲選集》（上海：開明書店，1952）。
趙樹理，《登記》初版本（北京：工人出版社，1950）。
趙樹理，《李有才板話》（北京：人民文學出版社，2001）。
趙樹理，《小二黑結婚》（北京：作家出版社，2000）。
胡適，《胡適文集（全十二卷）》（北京：北京大學出版社，1998）。
朱瘦菊，《繪圖新歇浦潮（共9冊）》（上海：世界書局，1926）。
東亞病夫，《孽海花》（上海：真善美書店，1928）。
《精繪連環畫圖畫九尾龜（全十二卷）》（上海：中原書局，1929）。
李涵秋，《廣陵潮（1～10集上下冊）》（上海：震亞書局，1930）。
汪原放句讀，《兒女英雄傳》（上海：亞東圖書館，1932）。
歸采臣標點，《笑林廣記》（上海：大新書局，1934）。
韓邦慶，《海上花列傳》（上海：上海古籍出版社，1994）。
趙家璧主編，胡適編選，《中國新文學大系第一集：建設理論集》初版本（上海：良友圖書印刷公司，1935）。
趙家璧主編，鄭振鐸編選，《中國新文學大系第二集：文學論爭集》初版本（上海：良友圖書印刷公司，1935）。
趙家璧主編，茅盾編選，《中國新文學大系第三集：小說一集》初版本（上海：良友圖書印刷公司，1935）。
趙家璧主編，魯迅編選，《中國新文學大系第四集：小說二集》初版本（上海：良友圖書印刷公司，1935）。
趙家璧主編，鄭伯奇編選，《中國新文學大系第五集：小說三集》初版本（上海：良友圖書印刷公司，1935）。
趙家璧主編，周作人編選，《中國新文學大系第六集：散文一集》初版本（上海：良友圖書印刷公司，1935）。
趙家璧主編，郁達夫編選，《中國新文學大系第七集：散文二集》初版本（上海：良友圖書印刷公司，1935）。

趙家璧主編，朱自清編選，《中國新文學大系第八集：詩集》初版本（上海：良友圖書印刷公司，1935）。

趙家璧主編，洪深編選，《中國新文學大系第九集：戲劇集》初版本（上海：良友圖書印刷公司，1935）。

趙家璧主編，洪深編選，《中國新文學大系第九集：戲劇集》普及版（上海：良友圖書印刷公司，1936）。

趙家璧主編，阿英編選，《中國新文學大系第十集：史料索引》初版本（上海：良友圖書印刷公司，1935）。

林紓，《林紓譯文全集（全47冊）》（上海：上海書店出版社，2018）。

林疑今，《無軌列車》（上海：第一線書店，1928）。

張懷素，《若馨》（上海：華豐印刷鑄字所，1937）。

馬寬德（J. P. Marquand）著，鄺明艷譯，《普漢先生》（北京：中國工人出版社，2012）。

柯靈，《煮字生涯》（太原：山西人民出版社，1986）。

李君維，《人書俱老》（長沙：岳麓書社，2005）。

殷允芃，《中國人的光輝及其他──當代名人訪問錄》（台北：志文出版社，1971）。

蕭關鴻，《情話：尋找歷史的詩情》（上海：復旦大學出版社，1999）。

魏紹昌，《逝者如斯》（濟南：山東畫報出版社，1998）。

趙家璧，《編輯憶舊》（北京：生活・讀書・新知三聯書店，2007）。

李文俊，《尋找與尋見》（武漢：湖北教育出版社，2001）。

徐重慶，《文苑散葉》（南京：東南大學出版社，2002）。

張愛玲，〈不幸的她〉，《鳳藻》第12期（1932.6），頁44～46。

張愛玲，〈遲暮〉，《鳳藻》第13期（1933），頁44～46。

張愛玲，〈秋雨〉，《鳳藻》第16期（1936），頁161。

張愛玲，〈論卡通畫之用途〉，《鳳藻》第17期（1937），頁4～6。

張愛玲，〈牛〉，《國光》第1期（1936.10），頁5～8。

張愛玲，〈書籍介紹：在黑暗中：丁玲著〉，《國光》第1期（1936.10），頁15。

張愛玲，〈讀書報告：煙水愁城錄：林紓譯〉，《國光》第1期（1936.10），頁4。

張愛玲,〈書評：無軌列車：林疑今著〉,《國光》第1期（1936.10）,頁13。
張愛玲,〈若馨評〉,《國光》第6期（1937.3）,頁11。
張愛玲,〈霸王別姬〉,《國光》第9期（1937.5）,頁8～13。
Margaret Halsey著,張愛玲譯,〈謔而虐〉,《西書精華》第6期（1941.6）,頁168～173。
張愛玲,〈救救孩子！：[畫圖]〉,《天地》第7、8期合刊（1944.5）,頁27。
張愛玲等,〈特輯：女作家書簡〉,《春秋》第2卷第2期（1944.12）,頁74～79。
〈女作家聚談會〉,《雜誌》第13卷第1期（1944.4）,頁49～57。
〈「傳奇」集評茶會記〉,《雜誌》第13卷第6期（1944.9）,頁150～155。
〈蘇青張愛玲對談記〉,《雜誌》第14卷第6期（1945.3）,頁78～84。
〈納涼會記〉,《雜誌》第15卷第5期（1945.8）,頁67～72。
蘇雪林,〈凌叔華的花之寺與女人〉,《新北辰》第2卷第5期（1936.5）,頁511～515。
周瘦鵑,〈寫在紫羅蘭前頭〉,《紫羅蘭》第2期（1943.5）,頁1～3。
周作人,〈島崎藤村先生〉,《藝文雜誌》第1卷第4期（1943.10）,頁2～3。
譚惟翰等,〈我們該寫什麼〉,《雜誌》第13卷第5期（1944.8）,頁4～13。
張子靜,〈我的姊姊——張愛玲〉,《飆》第1期（1944.9）,頁59～61。
迅雨,〈論張愛玲的小說〉,《萬象》第3卷第11期（1944.5）,頁48～61。
胡蘭成,〈評張愛玲〉,《雜誌》第13卷第2期（1944.5）,頁76～81。
胡蘭成,〈評張愛玲〉,《雜誌》第13卷第3期（1944.6）,頁79～82。
譚正璧,〈論蘇青及張愛玲〉,《風雨談》第16期（1944.12～1945.1）,頁63～67。
胡蘭成,〈談談蘇青〉,《小天地》第1期（1944.8）,頁16～19。
趙易林,徐重慶,〈關於張愛玲的一些史料〉,《新民晚報》（1997.10.14）。

二、研究專書

林柏燕,《文學探索》（台北：書評書目出版社,1975）。
楊澤編,《閱讀張愛玲》（桂林：廣西師範大學出版社,2003）。

劉紹銘，梁秉鈞，許子東編，《閱讀張愛玲書系1：再讀張愛玲》（濟南：山東畫報出版社，2004）。
水晶，《閱讀張愛玲書系2：替張愛玲補妝》（濟南：山東畫報出版社，2004）。
王德威，《閱讀張愛玲書系3：落地的麥子不死——張愛玲與「張派」傳人》（濟南：山東畫報出版社，2004）。
陳子善編，《閱讀張愛玲書系4：張愛玲的風氣——1949年前張愛玲評說》（濟南：山東畫報出版社，2004）。
陳子善編，《閱讀張愛玲書系5：記憶張愛玲》（濟南：山東畫報出版社，2004）。
夏志清著，劉紹銘等譯，《中國現代小說史》（香港：香港中文大學出版社，2001）。
宋以朗，符立中主編，《張愛玲的文學世界》（北京：新星出版社，2013）。
宋以朗，《宋淇傳奇：從宋春舫到張愛玲》（香港：牛津大學出版社，2014）。
於青，金宏達編，《張愛玲研究資料》（福州：海峽文藝出版社，1994）。
白鷗編，《民國文存：蘇青與張愛玲》（北京：知識產權出版社，2015）。
關鴻編選，《金鎖沉香張愛玲》（北京：人民文學出版社，2002）。
蔡鳳儀編，《華麗與蒼涼——張愛玲紀念文集（續編）》（台北：皇冠，1996）。
季季，關鴻編，《永遠的張愛玲——弟弟、丈夫、親友筆下的傳奇》（上海：學林出版社，1996）。
蘇偉貞，《長鏡頭下的張愛玲：影像、書信、出版》（新北：INK印刻，2011）。
水晶，《張愛玲的小說藝術》（台北：大地出版社，1985）。
水晶，《張愛玲未完：解讀張愛玲的作品》（台北：大地出版社，1996）。
陳子善，《不為人知的張愛玲》（北京：商務印書館，2021）。
陳子善，《沉香譚屑：張愛玲生平與創作考釋》（上海：上海書店出版社，2012）。
陳子善，《張愛玲叢考（上、下）》（北京：海豚出版社，2015）。

陳子善，《從魯迅到張愛玲：文學史內外》（北京：北京大學出版社，2017）。
陳子善，《私語張愛玲》（杭州：浙江文藝出版社，1995）。
陳子善，《作別張愛玲》（上海：文匯出版社，1996）。
肖進編著，《舊聞新知張愛玲》（上海：華東師範大學出版社，2009）。
唐文標，《張愛玲雜碎》（台北：聯經出版事業公司，1976）。
唐文標，《張愛玲研究》（台北：聯經出版事業公司，1983）。
唐文標主編，《張愛玲資料大全集》（台北：時報文化，1984）。
唐文標編，《張愛玲卷》（台北：遠景，1982）。
余斌，《張愛玲傳》（北京：人民文學出版社，2013）。
邵迎建，《張愛玲的傳奇文學與流言人生（增訂本）》（北京：生活・讀書・新知三聯書店，2018）。
高詩佳，《故事張愛玲：食物、聲音、氣味的意象之旅》（台北：秀威資訊，2020）。
黃修己，《中國現代文學簡史》（北京：中國青年出版社，1984）。
錢理群等，《中國現代文學三十年》（上海：上海文藝出版社，1987）。
錢理群等，《中國現代文學三十年（修訂本）》（北京：北京大學出版社，1998）。
池上貞子著，趙怡凡譯，《張愛玲：愛・人生・文學》（西安：陝西師範大學出版社，2013）。
王光東等主編，《日本漢學中的上海文學研究》（上海：上海遠東出版社，2021）。
孟悅，戴錦華，《浮出歷史地表：現代婦女文學研究》（北京：北京大學出版社，2018）。
李歐梵等著，陳子善編，《重讀張愛玲》（上海：上海書店出版社，2008）。
李歐梵，《蒼涼與世故：張愛玲的啟示》（香港：牛津大學出版社，2006）。
李歐梵，《睇色，戒：文學・電影・歷史》（香港：牛津大學出版社，2008）。
李歐梵著，毛尖譯，《上海摩登——一種新都市文化在中國（1930～1945）（修訂本）》（杭州：浙江大學出版社，2017）。

李歐梵著，王宏志等譯，《中國現代作家的浪漫一代》（北京：新星出版社，2005）。
李歐梵，《文學改編電影》（香港：三聯書店，2010）。
李歐梵，《現代性的追求》（北京：生活・讀書・新知三聯書店，2000）。
高全之，《張愛玲學》（台北：麥田出版，2008）。
高全之，《張愛玲學續篇》（台北：麥田出版，2014）。
高全之，《從張愛玲到林懷民》（台北：三民書局，1998）。
劉川鄂，《張愛玲傳》（武漢：長江文藝出版社，2020）。
劉川鄂，《傳奇未完：張愛玲1920—1995》（北京：北京十月文藝出版社，2008）。
許子東，《無處安放：張愛玲文學價值重估》（西安：陝西人民出版社，2019）。
許子東，《許子東細讀張愛玲》（北京：北京大學出版社，2020）。
耿德華著，張泉譯，《被冷落的繆斯：中國淪陷區文學史（1937～1945）》（北京：新星出版社，2006）。
黃心村著，胡靜譯，《亂世書寫：張愛玲與淪陷時期上海文學及通俗文化》（上海：上海三聯書店，2010）。
黃心村，《緣起香港：張愛玲的異鄉和世界》（香港：香港中文大學出版社，2022）。
司馬新著，徐斯，司馬新譯，《張愛玲與賴雅》（台北：大地出版社，1996）。
司馬新著，徐斯，司馬新譯，《張愛玲在美國：婚姻與晚年》（上海：上海文藝出版社，1996）。
周芬伶，《孔雀藍調：張愛玲評傳》（台北：麥田出版，2005）。
周芬伶，《艷異：張愛玲與中國文學》（台北：元尊文化企業股份有限公司，1999）
周芬伶，《情典的生成：張學與紅學》（台北：INK印刻，2021）。
林幸謙編，《張愛玲：傳奇・性別・系譜》（台北：聯經，2012）。
林幸謙，《荒野中的女體：張愛玲女性主義批評Ⅰ》（桂林：廣西師範大學出版社，2003）。

林幸謙，《女性主體的祭奠：張愛玲女性主義批評 II》（桂林：廣西師範大學出版社，2003）。

林幸謙，《張愛玲論述：女性主體與去勢模擬書寫》（台北：洪葉文化事業有限公司，2000）。

林幸謙，《千回萬轉：張愛玲學重探》（台北：聯經，2018）。

林幸謙，《歷史，女性與性別政治：重讀張愛玲》（台北：麥田出版，2000）。

顏海平著，季劍青譯，《中國現代女性作家與中國革命，1905—1948》（北京：北京大學出版社，2011）。

劉劍梅著，郭冰茹譯，《革命與情愛——二十世紀中國小說史中的女性身體與主題重述》（上海：上海三聯書店，2009）。

何杏楓，《重探張愛玲：改編・翻譯・研究》（香港：中華書局，2018）。

韓相德，魏韶華，《中國現代作家研究在韓國》（北京：中國社會科學出版社，2016）。

鄭樹森編選，《張愛玲的世界》（台北：允晨文化，1989）。

鄭樹森，《縱目傳聲》（香港：天地圖書有限公司，2004）。

金綱編著，《魯迅讀過的書》（北京：中國書店，2011）。

蘇偉貞編選，《張愛玲的世界（續編）》（台北：允晨文化，2003）。

子通，亦清編，《張愛玲評說六十年》（北京：中國華僑出版社，2001）。

金宏達主編，《回望張愛玲・華麗影沉》（北京：文化藝術出版社，2003）。

金宏達主編，《回望張愛玲・鏡像繽紛》（北京：文化藝術出版社，2003）。

金宏達主編，《回望張愛玲・昨夜月色》（北京：文化藝術出版社，2003）。

金宏達，《平視張愛玲》（北京：文化藝術出版社，2005）。

金宏達，《重述張愛玲：更新傳記與〈小團圓〉公案》（北京：生活・讀書・新知三聯書店，2022）。

周蕾著，蔡青松譯，《婦女與中國現代性：西方與東方之間的閱讀政治》（上海：上海三聯書店，2008）。

周蕾著，孫紹誼譯，《原初的激情：視覺、性慾、民族志與中國當代電影》（台北：遠流事業股份有限公司，2001）。

李小江，《夏娃的探索：婦女研究論稿》（鄭州：河南人民出版社，1988）。

張健，《張愛玲新論》（台北：書泉出版社，1996）。

宋明煒，《浮世的悲哀：張愛玲傳》（台北：業強出版社，1996）。
陳思和，《陳思和自選集》（桂林：廣西師範大學出版社，1997）。
陳思和，《中國現當代文學名篇十五講》（北京：北京大學出版社，2013）。
楊照，《文學、社會與歷史想像：戰後文學史散論》（台北：聯合文學，1995）。
唐小兵主編，《再解讀：大眾文藝與意識形態》（北京：北京大學出版社，2007）。
王瑤，《中國新文學史稿》（上海：新文藝出版社，1953）。
嚴家炎，唐弢，《中國現代文學史（一、二、三）》（北京：人民文學出版社，1980）。
楊桂欣編，《觀察丁玲》（北京：大眾文藝出版社，2001）。
鄧如冰，《人與衣：張愛玲〈傳奇〉的服飾描寫研究》（桂林：廣西師範大學出版社，2009）。
范伯群，《中國近現代通俗文學史》（南京：江蘇教育出版社，1999）。
袁良駿，《香港小說史：第1卷》（深圳：海天出版社，1999）。
石鐘揚，《天下第一刊：新青年研究》（北京：中國文史出版社，2007）。
凌宇，《看雲者：從邊城走向世界》（長沙：湖南文藝出版社，2018）。
馮睎乾，《在加多利山尋找張愛玲》（香港：牛津大學出版社，2018）。
劉紹銘，《到底是張愛玲》（上海：上海書店出版社，2007）。
萬燕，《女性的精神：有關或無關乎張愛玲》（上海：同濟大學出版社，2008）。
止庵，《講張文字：張愛玲的生平與創作》（北京：華文出版社，2021）。
止庵，《張愛玲事跡》（北京：商務印書館，2023）。
蔣春林，《花影流年：張愛玲筆下的花花草草》（廣州：廣東人民出版社，2016）。
李陀編選，《昨天的故事　關於重寫文學史》（北京：生活・讀書・新知三聯書店，2011）。
北京魯迅博物館魯迅研究室，《魯迅藏書研究》（北京：中國文聯出版公司，1991）。
草野，《現代中國女作家》（北平：人文書店，1932）。
劉紹銘，《文字的再生》（香港：天地圖書，2006）。

楊國雄，《香港戰前報業》（香港：三聯書店，2013）。
劉以鬯編，《香港短篇小說百年精華（上）》（香港：三聯書店，2006）。
王瑞華，《殖民與先鋒：中國痛苦——三位女性對香港的文學解讀》（北京：社會科學文獻出版社，2006）。
周汝昌，《定是紅樓夢裡人：張愛玲與〈紅樓夢〉》（北京：團結出版社，2005）。
劉澎，王綱編著，《張愛玲的光影空間》（北京：世界知識出版社，2008）。
王安憶，《零度看張：重構張愛玲》（香港：中文大學出版社，2009）。
陶方宣，《張愛玲美食》（上海：上海遠東出版社，2008）。
今冶編著，《張迷世界》（廣州：花城出版社，2001）。
魏可風，《張愛玲的廣告世界》（台北：聯合文學出版社，2002）。
魏可風，《摘花：再詳張愛玲》（新北：INK印刻，2020）。
葛濤主編，《網絡張愛玲》（北京：人民文學出版社，2003）。
蘇偉貞，《孤島張愛玲：追蹤張愛玲香港時期（1952～1955）小說》（台北：三民書局，2002）。
蘇偉貞，《描紅：台灣張派作家世代論》（台北：三民書局，2006）。
王進，《魅影下的「上海」書寫：從「抗戰」中張愛玲到「文革」後王安憶》（桂林：廣西師範大學出版社，2006）。
淳子，《在這裡：張愛玲城市地圖》（北京：人民文學出版社，2006）。
陶方宣，《張愛玲與胡適》（上海：東方出版中心，2011）。
解志熙，《慾望的風旗：沈從文與張愛玲文學行為考論》（台北：人間出版社，2012）。
陳娟，《張愛玲與英國文學》（北京：中國社會科學出版社，2016）。
趙秀敏，《張愛玲電影劇本研究》（北京：中國社會科學出版社，2018）。
程小強，《張愛玲晚期寫作研究》（北京：中國社會科學出版社，2019）。
柳星，《英語世界的張愛玲研究》（北京：中國社會科學出版社，2016）。
梁慕靈，《視覺、性別與權力：從劉吶鷗、穆時英到張愛玲的小說想像》（新北：聯經，2018）。
梁慕靈編著，《想像與形塑——上海、香港和台灣報刊中的張愛玲》（台北：秀威資訊，2022）。
張小虹，《張愛玲的假髮》（台北：時報文化，2020）。

張小虹，《文本張愛玲》（台北：時報文化，2020）。
嚴家炎，《中國現代小說流派史》（北京：高等教育出版社，2014）。
郭玉雯，《紅樓夢學：從脂硯齋到張愛玲》（台北：里仁書局，2004）。
布小繼，《張愛玲改寫改譯作品研究》（北京：中國社會科學出版社，2013）。
符立中，《上海神話：張愛玲與白先勇圖鑑》（台北縣中和市：INK印刻，2009）。
楊春，《敘事學理論視角下的張愛玲小說研究》（北京：中國社會科學出版社，2016）。
陳吉榮，《基於自譯語料的翻譯理論研究：以張愛玲自譯為個案》（北京：中國社會科學出版社，2009）。
孫文清，《廣告張愛玲：一個作家成長的市場經驗》（北京：中國傳媒大學出版社，2009）。
王曉鶯，《離散譯者張愛玲的中英翻譯：一個後殖民女性主義的解讀》（廣州：中山大學出版社，2015）。
古蒼梧，《今生此時今世此地：張愛玲、蘇青、胡蘭成的上海》（香港：牛津大學出版社，2002）。
陶方宣，《張愛玲的朋友圈》（鄭州：河南文藝出版社，2019）。
布小繼，李直飛，蘇宏，《張愛玲、沈從文、賈平凹文化心理研究》（成都：四川大學出版社，2011）。
劉鋒傑，薛雯，黃玉蓉，《張愛玲的意象世界》（銀川：寧夏人民出版社，2006）。
黃玲青，《張愛玲小說與源氏物語對讀》（長沙：中南大學出版社，2009）。
陳永健，《三挈海上花：張愛玲與韓邦慶》（上海：上海書店出版社，2007）。
鐘正道，《張愛玲小說的電影閱讀》（台中：印書小鋪，2008）。
胡明貴，《影響的焦慮：多元影響下的張愛玲創作考察》（廈門：廈門大學出版社，2022）。
韋勒克（René Wellek）著，丁泓等譯，《批評的諸種概念》（成都：四川文藝出版社，1988）。

勒內・韋勒克，奧斯汀・沃倫（Austin Warren）著，劉象愚等譯，《文學理論》（南京：江蘇教育出版社，2005）。

徐鵬緒等，《中國現代文學文獻學研究》（北京：中國社會科學出版社，2014）。

戴聯斌，《從書籍史到閱讀史：閱讀史研究理論與方法》（北京：新星出版社，2017）。

羅伯特・達恩頓（Robert Darnton）著，蕭知緯譯，《拉莫萊特之吻：有關文化史的思考》（上海：華東師範大學出版社，2010）。

羅伯特・達恩頓著，鄭國強譯，《法國大革命前的暢銷禁書》（上海：華東師範大學出版社，2012）。

羅伯特・達恩頓著，熊祥譯，《閱讀的未來》（北京：中信出版社，2011）。

羅伯特・達恩頓，丹尼爾・羅什（Daniel Roche）著，汪珍珠譯，《印刷中的革命：1775—1800年的法國出版業》（上海：上海教育出版社，2022）。

利維斯（F. R. Leavis）著，袁偉譯，《偉大的傳統》（北京：生活・讀書・新知三聯書店，2009）。

熱奈特（Gérard Genette）著，王文融譯，《敘事話語　新敘事話語》（北京：中國社會科學出版社，1990）。

巴赫金（Бахтин，Михаил Михайлович）著，白春仁，顧亞鈴譯，《陀思妥耶夫斯基詩學問題》（北京：生活・讀書・新知三聯書店，1988）。

林・亨特（Lynn Avery Hunt）編，姜進譯，《新文化史》（上海：華東師範大學出版社，2011）。

保羅・利科（Paul Ricoeur）著，莫偉民譯，《解釋的衝突：解釋學文集》（北京：商務印書館，2017）。

諾曼・霍蘭德（Norman N. Holland）著，莫偉民譯，《文學反應動力學》（上海：上海人民出版社，1991）。

哈羅德・布魯姆（Harold Bloom）著，徐文博譯，《影響的焦慮》（北京：生活・讀書・新知三聯書店，1989）。

喬治・布萊（Georges Poulet）著，郭宏安譯，《批評意識》（桂林：廣西師範大學出版社，2002）。

喬納森・卡勒（Jonathan D. Culler）著，盛寧譯，《結構主義詩學》（北京：中國人民大學出版社，2018）。

參考文獻

阿爾維托・曼古埃爾（Alberto Manguel）著，吳昌傑譯，《閱讀史》（北京：商務印書館，2002）。

斯坦利・費什（Stanley Fish）著，文楚安譯，《讀者反應批評：理論與實踐》（北京：中國社會科學出版社，1998）。

阿比蓋爾・威廉姆斯（Abigail Williams）著，何芊譯，《以書會友：十八世紀的書籍社交》（北京：北京大學出版社，2021）。

珍妮斯・A・拉德威（Janice A. Radway）著，胡淑陳譯，《閱讀浪漫小說：女性，父權制和通俗文學》（南京：譯林出版社，2020）。

趙毅衡編選，《符號學文學論文集》（天津：百花文藝出版社，2004）。

周兵，《新文化史：歷史學的「文化轉向」》（上海：復旦大學出版社，2012）。

羅傑・夏蒂埃（Roger Chartier）著，吳泓緲，張璐譯，《書籍的秩序：14至18世紀的書寫文化與社會》（北京：商務印書館，2013）。

特里・伊格爾頓（Terry Eagleton）著，范浩譯，《文學閱讀指南》，（鄭州：河南大學出版社，2015）。

揚之水等，《無軌列車》（上海：上海書店出版社，2008）。

安東尼・格拉夫敦（Anthony Grafton）著，陳陽譯，《染墨的指尖：近代早期歐洲的書籍製作》（北京：社會科學文獻出版社，2022）。

詹姆斯・雷文（James Raven）著，孫微言譯，《什麼是書籍史》（北京：北京大學出版社，2022）。

王飛仙著，林紋沛譯《版權誰有？翻印必究？——近代中國作者、書商與國家的版權角力戰》（台北：台灣商務印書館，2022）。

理查德・B・謝爾（Richard B. Sher）著，啟蒙編譯所譯，《啟蒙與書籍：蘇格蘭啟蒙運動中的出版業》（北京：商務印書館，2022）。

羅友枝，黎安友，姜士彬著，趙世玲譯，《中華帝國晚期的大眾文化》（北京：北京師範大學出版社，2022）。

蔣建國，《中國報刊閱讀史（1815～1949）第一卷》（上海：復旦大學出版社，2024）。

許高勇，《中國報刊閱讀史（1815～1949）第二卷》（上海：復旦大學出版社，2024）。

蔣建國,《中國報刊閱讀史(1815～1949)第三卷》(上海:復旦大學出版社,2024)。
竹內好著,李冬木譯,《近代的超克》(北京:生活・讀書・新知三聯書店,2005)。

三、報紙期刊論文

顏純鈞,〈評張愛玲的短篇小說〉,《文學評論叢刊》第15輯(1982.11),頁331～348。
趙園,〈開向滬、港「洋場社會」的窗口——讀張愛玲小說集《傳奇》〉,《中國現代文學研究叢刊》第3期(1983.10),頁206～220。
靈真,〈海內外張愛玲研究述評〉,《華文文學》第1期(1996.2),頁53～58。
王衛平,馬琳,〈張愛玲研究五十年述評〉,《學術月刊》第11期(1997.11),頁88～96。
袁良駿,〈以傅雷為代表的早期張愛玲研究〉,《晉陽學刊》第3期(2011.3),頁116～126。
劉維榮,〈海外張愛玲研究述評〉,《社會科學》第3期(2000.3),頁73～76。
劉俐俐,〈張愛玲研究的現狀、問題分析及其思考〉,《南京社會科學》第10期(2013.10),頁130～136。
柳星,〈海外張愛玲研究現狀述評〉,《吉首大學學報(社會科學版)》第5期(2010.9),頁134～137。
王琳,〈走向經典:美國漢學視域下的張愛玲研究——以夏志清、李歐梵、王德威為考察對象〉,《中國文學研究》第3期(2019.7),頁182～188。
袁良駿,〈張愛玲研究的死衚衕——論夏志清先生對張愛玲的「捧殺」〉,《汕頭大學學報(人文社會科學版)》第2期(2009.4),頁16～22+94。
何杏楓,〈張愛玲研究在北美〉,《華文文學》第1期(2002.2),頁23～27。
袁良駿,〈評水晶的張愛玲研究〉,《汕頭大學學報(人文社會科學版)》第1期(2010.2),頁11～18+94。
章顏,〈細節的政治——近年來海外漢學視野中的張愛玲研究〉,《江蘇大學學報(社會科學版)》第2期(2012.3),頁52～55+66。

李曉虹，〈張愛玲研究述評〉，《新疆社科論壇》第1期（1991.3），頁57～61。
呂文翠，〈五詳《紅樓夢》，三棄《海上花》？——張愛玲與中國言情文學系譜的斷裂與重構〉，《華文文學》第1期（2011.2），頁43～57。
袁一丹，〈「書房一角」：周作人閱讀史初探〉，《現代中文學刊》第6期（2018.12），頁69～76。
袁一丹，〈喪亂紀事與幽暗意識——周氏兄弟閱讀史的交集〉，《學術月刊》第9期（2024.9），頁167～177。
韋胤宗，〈閱讀史：材料與方法〉，《史學理論研究》第3期（2018.7），頁109～117+160。
王余光，許歡，〈西方閱讀史研究述評與中國閱讀史研究的新進展〉，《高校圖書館工作》第2期（2005.4），頁1～6+82。
尹奇嶺，〈論日記書信材料的閱讀史價值——以孫寶瑄、溥儀、柳亞子等為例〉，《阜陽師範大學學報（社會科學版）》第5期（2021.10），頁71～80。
郭平興，盧子純，〈西方閱讀史的理論假設與學科邊界研究〉，《出版科學》第1期（2021.1），頁107～114。
趙普光，〈作家與「讀家」的變奏——文學史與閱讀史關係再議〉，《天津社會科學》第4期（2022.7），頁116～124。
金強，〈意義、路徑與規制：知識考古學視域下閱讀史研究的三個脈絡〉，《編輯之友》第9期（2021.9），頁25～31+79。
畢新偉，〈古代女性閱讀史研究探析〉，《文化研究》第1期（2021.9），頁215～232。
程小強，〈論張愛玲對魯迅及新文學傳統的「偏至」說——張愛玲與魯迅的「影響研究」〉，《南京師範大學文學院學報》第4期（2016.12），頁85～89。
鄭世琳，〈張愛玲筆下的魯迅形象〉，《名作欣賞》第21期（2020.7），頁50～53。
程小強，〈「影響研究」視域下的魯迅與張愛玲〉，《魯迅研究月刊》第2期（2014.2），頁68～73。
古耜，〈張愛玲眼中的魯迅先生〉，《文學界》第8期（2009.8），頁51～53。
古耜，〈魯迅與胡蘭成〉，《黃河文學》10期（2012.10），頁14～19。
陳娟，〈張愛玲與外國文學研究述評〉，《理論月刊》第3期（2011.3），頁130～132。

姜異新，〈「百來篇外國作品」尋繹（上）——留日生周樹人文學閱讀視域下的「文之覺」〉，《魯迅研究月刊》第1期（2020.1），頁10～29+82。

姜異新，〈「百來篇外國作品」尋繹（下）——留日生周樹人文學閱讀視域下的「文之覺」〉，《魯迅研究月刊》第2期（2020.2），頁4～24。

喬向東，〈反駁與偏離——張愛玲小說對於新文學的反抗〉，《中國現代文學研究叢刊》第1期（1996.1），頁56～70。

張謙芬，〈從互文性評張愛玲與丁玲的土改書寫〉，《理論與創作》第1期（2006.1），頁100～105。

顏浩，〈女性立場、革命想像與文學表述——以《太陽照在桑乾河上》和《秧歌》為例〉，《文藝爭鳴》第2期（2015.2），頁132～139。

姜飛，〈「中國現代文學文獻學」的命名與相關問題〉，《四川大學學報（哲學社會科學版）》第6期（2019.11），頁133～139。

邵迎建，〈女裝・時裝・更衣記・愛——張愛玲與恩師許地山〉，《新文學史料》第1期（2011.2），頁48～57。

陳鵡，〈五四新文學傳統對張愛玲後期小說創作的影響〉，《新文學評論》第2期（2019.6），頁121～130。

王煙生，〈張愛玲的文藝評論和創作思想〉，《江淮論壇》第2期（2007.4），頁177～183。

陳建華，〈論張愛玲晚期風格（上）〉，《現代中文學刊》第4期（2020.8），頁18～26。

陳建華，〈論張愛玲晚期風格（中）〉，《現代中文學刊》第1期（2021.2），頁79～94。

陳建華，〈論張愛玲晚期風格（下）〉，《現代中文學刊》第3期（2021.6），頁93～105。

林幸謙，〈張愛玲書信與《小團圓》身體書寫——檔案學視角的解讀〉，《中國現代文學研究叢刊》第4期（2019.4），頁198～213。

邱田，〈張愛玲書簡寫作與刊布述略〉，《現代中文學刊》第4期（2020.8），頁58～64。

楊青泉，〈論張愛玲與友人的書信〉，《文藝爭鳴》第4期（2014.4），頁132～137。

宋以朗，〈書信文稿中的張愛玲——2008年11月21日在香港浸會大學的演講〉，《中國現代文學研究叢刊》第4期（2009.4），頁143～159。

周芬伶，〈張愛玲夢魘——她的六封家書〉，《上海文學》第9期（2004.9），頁74～79。

王賀，〈中國現代文學文獻學70年：回顧與前瞻〉，《福建論壇（人文社會科學版）》第9期（2019.9），頁39～57。

劉福春，〈尋求中國現代文學文獻學學科的獨立學術價值〉，《長沙理工大學學報（社會科學版）》第6期（2016.11），頁71～73。

陳丹丹，〈「都市」與「鄉村」的辯證法——從張愛玲到王安憶〉，《現代中文學刊》第5期（2009.10），頁39～55。

程小強，〈論張愛玲的「鄉土黑幕」敘事——以《異鄉記》為中心〉，《勵耘學刊（文學卷）》第6期（2016.12），頁153～169。

鐘希，〈異鄉與異文——張愛玲《異鄉記》與《華麗緣》寫作析讀〉，《華文文學》第5期（2015.10），頁77～93。

符傑祥，〈魯迅早期文章的譯／作問題與近代翻譯的文學政治——從《斯巴達之魂》「第一篇」疑案說起〉，《文藝爭鳴》第11期（2020.11），頁29～38。

趙稀方，〈香港早期白話文學源流〉，《粵港澳大灣區文學評論》第4期（2020.8），頁31～38。

方邦宇，〈當電影「年青」的時候——張愛玲1940年代電影評論重梳及其他〉，《現代中文學刊》第4期（2020.8），頁38～44。

黃曉燕，〈上海小兒女行走在香港——張愛玲電懋劇本中的世俗和反「五四」精神研究〉，《當代電影》第10期（2017.10），頁120～124。

楊惠，〈論張愛玲散文中的張恨水現象〉，《廊坊師範學院學報（社會科學版）》第6期（2014.12），頁16～20+28。

陳然，〈張愛玲小說中電影及戲劇、戲曲的結構功能和表意作用——以《創世紀》與《散戲》為例〉，《中南林業科技大學學報（社會科學版）》第1期（2013.2），頁115～117。

蘇光文，〈張恨水《八十一夢》的批判意識與自省意識——兼論《八十一夢》的文學歷史意義〉，《西南師範大學學報（人文社會科學版）》第2期（2000.4），頁100～105。

黃擎，〈論張愛玲作品的代際迴旋敘事〉，《中國現代文學研究叢刊》第3期（2022.3），頁213～227。
范伯群，〈論新文學與通俗文學的互補關係〉，《中國現代文學研究叢刊》第1期（2003.1），頁242～256。
范伯群，〈新文學與通俗文學的各自源流與運行軌跡〉，《河北學刊》第3期（2011.5），頁82～86。
石傑，〈在哲理與藝術的融合中呈示人生——論張愛玲小說《年青的時候》〉，《山西師大學報（社會科學版）》第4期（2007.7），頁97～100。
平雷，〈論《年青的時候》中的身份認同問題〉，《名作欣賞》第5期（2021.2），頁88～91。
左安秋，〈《中國新文學大系》的影響及其限度〉，《江漢論壇》第7期（2020.7），頁62～67。
王冰，〈回到「沒有光的所在」——談張愛玲從《十八春》到《半生緣》的改寫〉，《蘭州教育學院學報》第1期（2008.3），頁27～29+53。
陳子善，〈冰心的《對於〈新文學大系〉的感想》〉，《文彙報・筆會》（2018.9.2），頁8。
吳福輝，〈《異鄉記》的四個視角〉，《文藝報》（2011.1.21），頁6。
陳思和，〈六十年文學話土改〉，《中國現代文學研究叢》第3期（2010.3），頁22～49。
袁良駿，〈論《秧歌》〉，《汕頭大學學報（人文社會科學版）》第6期（2007.12），頁8～13+19+87。
唐弢，〈四十年代中期的上海文學〉，《文學評論》第3期（1982.6），頁102～111+144。
吳曉東等，〈異鄉如夢：張愛玲《異鄉記》中的多重「風景」〉，《現代中文學刊》第5期（2019.10），頁35～51。
王勝群，〈「內地」、「家」與「太虛幻境」——張愛玲《異鄉記》中的「異鄉」〉，《華文文學》第6期（2021.6），頁76～82。
勵挺，〈文化他者・抗拒・隱身人——剖析張愛玲的自傳性散文《異鄉記》〉，《西南農業大學學報（社會科學版）》第7期（2012.7），頁140～147。
肖菊蘋，〈《赤地之戀》對《太陽照在桑乾河上》的借鑑〉，《長城》第10期（2009.10），頁37～38。

蘇敏逸，〈轉折年代知識青年的文學視界——以《紅黑》為考察對象〉，《清華中文學報》第19期（2018.6），頁265～313。

丁爾綱，〈張愛玲的《秧歌》及其評論的寫作策略透析〉，《紹興文理學院學報（哲學社會科學版）》第1期（2006.1），頁48～54。

劉握宇，〈農村權力關係的重構：以蘇北土改為例1950～1952〉，《江蘇社會科學》第2期（2012.4），頁217～223。

曾子炳，〈張愛玲與魯迅的文字緣〉，《上海魯迅研究》第2期（2015.5），頁120～130。

時明婷，〈塔影重現——魯迅與張愛玲筆下的「雷峰塔」對讀〉，《北方文學》第14期（2020.5），頁14～15+42。

李清宇，〈「娜拉走後怎樣」：論張愛玲以小說創作對魯迅思想的延展〉，《廣西師範學院學報（哲學社會科學版）》第3期（2014.5），頁76～80。

徐如林，〈鳳棲於梧：張愛玲的中學時代〉，《檔案春秋》第1期（2014.1），頁28～31。

許高勇，王鐘莞，〈閱讀與啟蒙：《新青年》在湖南的傳播、閱讀與社會影響〉，《高校圖書館工作》第6期（2020.12），頁90～94。

趙廣軍，〈1920年代「赤都」莫斯科的《新青年》閱讀場之構建〉，《山西大學學報（哲學社會科學版）》第2期（2022.3），頁80～89。

張德明，〈沈從文「文體作家」稱謂的內涵流變〉，《民族文學研究》第1期（2012.2），頁22～27。

郜元寶，袁凌，〈[若有所思]之三——張愛玲的被腰斬與魯迅傳統之失落〉，《書屋》第3期（1999.6），頁42～45。

林幸謙，〈張愛玲「新作」《小團圓》的解讀〉，《中國現代文學研究叢刊》第4期，（2009.4），頁160～175。

陳宏，〈時代棄女的精神失落和心理變態——論凌叔華、張愛玲的「閨秀文學」〉，《福建論壇（文史哲版）》第6期（1992.12），頁30～35。

任雅玲，〈張愛玲散文研究綜述〉，《通化師範學院學報》第1期（2005.1），頁103～105+129。

李貴成，〈「翻譯與E—W關係」——張愛玲演講稿《中文翻譯的文化影響力》考釋〉，《現代中文學刊》第5期（2022.10），頁4～8+12。

張治，〈「在邊上」的批評——錢鍾書《寫在人生邊上》閱讀史探源〉，《天津社會科學》第5期（2022.9），頁116～121。
劉容天，〈茅盾閱讀史與《子夜》式「新寫實派文學」的生成〉，《中國現代文學研究叢刊》第11期（2022.11），頁220～239。
趙家琦，〈跨媒介的冷戰羅曼史：電懋電影的「美國因素」與張愛玲劇作《六月新娘》〉，《清華學報》第52卷第1期（2022.3），頁123～166。
周曉彤，〈「裸」的政治：從《秧歌》及《赤地之戀》論張愛玲的政治美學〉，《清華學報》第54卷第1期（2024.3），頁103～140。

四、學位論文

王迎春，〈從私人走向公共：閱讀方式及其社會功能的變遷研究〉（南京：南京大學碩士論文，2019）。
李晶，〈周作人日文閱讀史研究（1917～1927）〉（溫州：溫州大學碩士論文，2019）。
李嘉欣，〈張愛玲的電影緣與其小說電影化特徵研究〉（漳州：閩南師範大學碩士論文，2021）。
張鑫，〈張愛玲散文多樣性研究〉（漳州：閩南師範大學碩士論文，2020）。
王兆菲，〈冷眼與入世：張愛玲的編輯思想與出版實踐〉（青島：青島科技大學碩士論文，2022）。
蘇盈盈，〈兩岸張愛玲傳播與接受比較研究（1949～）〉（漳州：閩南師範大學碩士論文，2017）。
蔣瑷琳，〈商業語境下的個人性書寫：張愛玲「電懋時期」劇本研究〉（上海：華東師範大學碩士論文，2017）。
王萍，〈基於民國女性報刊的女子閱讀研究：1912～1937〉（南京：南京大學碩士論文，2017）。
宋媛，〈日本張愛玲研究〉（西安：西安外國語大學碩士論文，2016）。
王音璇，〈論張愛玲後期小說的女性意識〉（濟南：山東師範大學碩士論文，2016）。

陳兵，〈海外張愛玲研究「三家」論〉（湘潭：湖南科技大學碩士論文，2013）。
劉雯，〈論羅伯特‧達恩頓的閱讀史研究〉（上海：復旦大學碩士論文，2013）。
車小偉，〈論張愛玲對「魯迅五四文學傳統」的回應〉（蘭州：蘭州大學碩士論文，2011）。
陳娟，〈張愛玲與英國文學〉（長沙：湖南師範大學博士論文，2011）。
王暘，〈試論張恨水和張愛玲小說創作的同質性〉（蘭州：蘭州大學碩士論文，2009）。
徐敏，〈繼承與背離──張愛玲與五四啟蒙〉（長春：吉林大學碩士論文，2008）。
劉媛媛，〈張愛玲文學敘事中的「女性意識」〉（合肥：安徽大學碩士論文，2007）。
劉霞，〈張恨水與張愛玲小說創作比較論〉（濟南：山東師範大學碩士論文，2006）。
秦艷華，〈20世紀30年代新文學出版研究〉（濟南：山東大學博士論文，2006）。

五、網路資料

上海圖書館，「全國報刊索引」數據庫，網址：https://www.cnbksy.com/login。
「尚儀近代華文書籍暨圖像資料庫」，網址：https://www.mgebooks.com/。

六、圖片

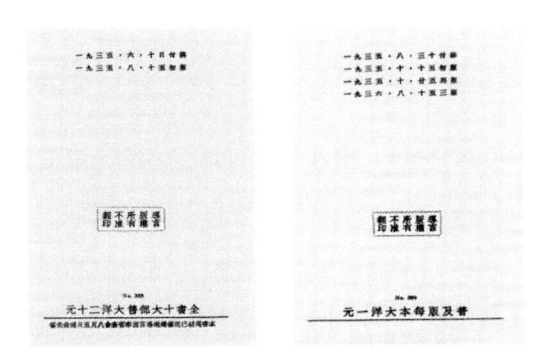

圖1，趙家璧主編，鄭伯奇編選，《中國新文學大系第五集：小說三集》初版本（上海：良友，1935）。

圖2，趙家璧主編，洪深編選，《中國新文學大系第九集：戲劇集》普及版（上海：良友，1936）。

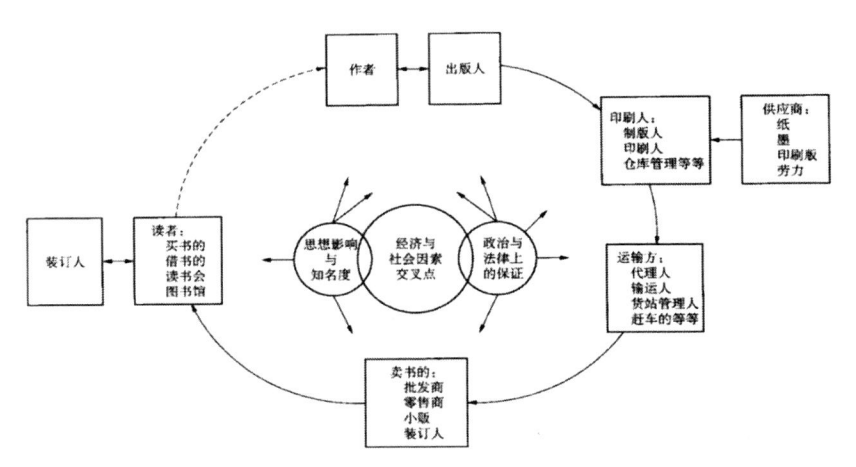

圖3，羅伯特・達恩頓著，蕭知緯譯，《拉莫萊特之吻：有關文化史的思考》（上海：華東師範大學出版社，2011），頁90。

外文文獻

濱田麻矢,《少女中国:書かれた女学生と書く女学生の百年》(東京:岩波書店,2021)。

Barthes, R. (1975). An Introduction to the Structural Analysis of Narrative (L. Duisit, Trans.). *New Literary History, 6*(2), 237-272.

Chang, E. (1937). Sketches of Some Shepherds. *The PhoeniX, 17,* 6.

Chang, E. (1937). My Great Expectations. *The PhoeniX, 17,* 38.

Chang, E. (1943). Chinese Life and Fashions. *The XXth Century, 4*(1), 54-61.

Chang, E. (1943). On the Screen: Wife, Vamp, Child. *The XXth Century, 4*(5), 392.

Chang, E. (1943). Still Alive. *The XXth Century, 4*(6), 432-438.

Chang, E. (1943). On the Screen: The Opium War. *The XXth Century, 4*(6), 464.

Chang, E. (1943). On the Screen: Song of Autumn, Cloud Over the Moon. *The XXth Century, 5*(1), 75-76.

Chang, E. (1943). On the Screen: Mothers and Daughters-in-law. *The XXth Century, 5*(2/3), 202.

Chang, E. (1943). On the Screen: On With the Show, The Call of Spring. *The XXth Century, 5*(4), 278.

Chang, E. (1943). On the Screen: China: Educating the Family. *The XXth Century, 5*(5), 358.

Chang, E. (1943). Demons and Fairies. *The XXth Century, 5*(6), 421-429.

Chang, E. (1943). Chinese Translation: A Vehicle of Cultural Influence. *PMLA, 130*(2), 488-498.

Hsia, C.T. (1961). *A History of Modern Chinese Fiction 1917～1957.* New Haven: Yale University Press.

Kristeva, J. (1986). *Alice Jardine and Harry Blake. The Kristeva Reader*. New York: Columbia University Press.

Louie, K. (Ed.). (2012). *Eileen Chang: Romancing Languages, Cultures and Genres.* Hong Kong: Hong Kong University Press.

Marquand, J. P. (1941). *H. M. Pulham, Esquire*. London: Robert Hale Limited.

Rose, J. (2004). Arriving at a History of Reading. *Historically Speaking*, *5*(3), 36-39.

```
國家圖書館出版品預行編目

「張看」現代：張愛玲的「新文學」(1917~
1949)閱讀史研究 / 李璐著. -- 臺北市：獵
海人, 2025.01
    面；　公分
ISBN 978-626-7588-11-6(平裝)

1.CST: 張愛玲 2.CST: 中國文學
3.CST: 現代文學 4.CST: 文學評論

848.6                           113020370
```

「張看」現代
——張愛玲的「新文學」（1917～1949）閱讀史研究

作　　者／李　璐
出版策劃／獵海人
製作銷售／秀威資訊科技股份有限公司
　　　　　　114 台北市內湖區瑞光路76巷69號2樓
　　　　　　電話：+886-2-2796-3638
　　　　　　傳真：+886-2-2796-1377
網路訂購／秀威書店：https://store.showwe.tw
　　　　　　博客來網路書店：https://www.books.com.tw
　　　　　　三民網路書店：https://www.m.sanmin.com.tw
　　　　　　讀冊生活：https://www.taaze.tw

出版日期／2025年1月
定　　價／400元

版權所有・翻印必究　All Rights Reserved
Printed in Taiwan